PAUVRE TYPE, PAUVRE SANGSUE

Marie-Odile CAUCHETEUX

Pauvre type, pauvre sangsue

Éditions Bénévent

Éditions Bénévent, 2010

Envois de manuscrits :
Éditions Bénévent — B.P. 4049 — 06301 Nice Cedex 4

Si ce livre est un jour terminé, si Dieu le permet,
Je le dédie à mes petits-enfants
A.J, L.J., M.C, D.C.
Que Dieu les préserve de toutes ces horreurs,
Que Dieu les garde, les surveille, auprès de son cœur,
toute leur vie, qu'il ne leur arrive aucune atrocité.
À mes petits-enfants,
À tous les enfants du monde.
Il faut les prévenir, les sauvegarder.

M.O.C.D.

Dimanche 23 mars 2008

Oui, il faut un jour, pour commencer, pour écrire ce que l'on a dans le cœur. Ce jour est arrivé !

TUEUR : Michel FOURNIRET
COMPLICE : Monique OLIVIER (3e épouse)

NOM : Michel FOURNIRET
DATE DE NAISSANCE : 4 avril 1942
LIEU : SEDAN
FILATION : Père alcoolique.
Mère, ne s'occupant pas lui, il a subi des atteintes sexuelles, incestueuses. Nous ne pourrons jamais le prouver : la maman étant décédée.

La chronologie de ce type m'importe peu, pourquoi ? Comment ? C'est apparemment un jeune homme sans histoire, il vit ce que chaque petit garçon connaît : école maternelle, primaire.

Est-ce à ce moment que dans la tête de ce monstre tout s'écroule ?

Mauvaises fréquentations ?
Parents irresponsables ?

Il vit dans la rue, fait un peu tout ce qu'il veut et rentre à la maison à n'importe quelle heure.

Une enfance heureuse pour ce futur monstre, sans contrainte ou presque ! En 1954 séparation des parents de Michel FOURNIRET.

Il ne vivait pas souvent avec eux, étant la plupart du temps livré à lui-même, sa mère en a la garde. Que se passe-t-il entre eux ? Inceste, peut-être ? Il devient renfermé sur lui-même, ce n'est plus le petit garçon insouciant d'avant, il avait des rêves, était intelligent voulait devenir quelqu'un, cela j'en suis sure en le regardant de près chaque jour du procès. Puis, la dérive arriva, l'écroulement d'une enfance, la déchirure d'une vie apparemment sans histoire. Il était jeune et s'il avait vécu une enfance normale, peut-être ces atrocités ne seraient-elles jamais arrivées.

La vie continue pour Michel FOURNIRET.

Quand on a l'âme d'un tueur par quoi commence-t-on ?

Le lycée, le vol, plusieurs larcins sans conséquence, mais cela pour lui n'avait pas beaucoup d'importance, il continuera d'évoluer en commettant des méfaits de plus en plus nombreux, une obsession probablement, mais certainement pas celle que l'on croit.

Commence pour lui « la chasse au gibier ». Peut-être, au début, cette chasse n'était-elle qu'un jeu, jeu d'adolescent, toujours est-il, avec son intelligence, sa double personnalité, je ne dirai pas son charme, il était quelconque, peut-être ses yeux démoniaques avaient-ils le pouvoir de faire fondre quelques jeunes filles.

Il rencontre une jeune infirmière Annette et s'éprend d'elle. Elle est plus âgée que lui. Des jeunes gens qui veulent fonder une famille, avoir un avenir merveilleux ils s'écrivent beaucoup, FOURNIRET étant en Algérie. Dans ses lettres, Annette est de plus en plus amoureuse, éblouie par ce qu'il lui relate, elle se voyait presque dans ce petit village d'Algérie où, disait-il, était sa garnison.

Il ne lui parlait pas des monstruosités, des crimes, de la barbarie, il omettait pensait-elle, pour ne pas l'effrayer, de décrire cette guerre atroce, où beaucoup de Français donnèrent leurs vies pour la gloire. Lui, s'en est tiré !

Ne dit-on pas que pour les êtres perfides et mauvais existe un Dieu, pour eux seuls !

Il rentre en France et épouse sa petite infirmière Annette en 1963. Leur vie de couple se passe dans la sérénité, Annette travaille à l'hôpital, FOURNIRET veut monter une entreprise : rêve d'adolescent !

C'est un bourreau de travail, il veut s'en sortir et part toute la journée, rentre assez tard, il ne parle pas beaucoup, il est toujours attentionné vis-à-vis d'Annette. La naissance d'un petit garçon, Jean-Christophe, est, à ce moment-là une joie immense pour Annette. Elle le bichonne, lui fait des câlins, il est tout pour elle, cette jolie maman, à ce moment-là, épanouie. FOURNIRET consacre peu de temps à son fils, son prétexte est le travail, il rentre de plus en plus tard, semble épuisé et même, à certains moments, dans ses yeux Annette découvre une ombre, une anxiété qu'elle ne lui connaissait pas auparavant. Mais, comme toute femme comblée, heureuse, Annette met cela sur le compte de la fatigue, pourtant, pense-t-elle, elle aussi travaille toujours à l'hôpital et a beaucoup d'employés sous ses ordres, il y a la maison, le bout de chou, oh! dans chaque couple il existe des moments sombres, comme des jours de pluie, après la pluie vient le beau temps!

Hélas pour Annette et petit bout de chou le beau temps n'est jamais revenu, la vie va devenir un cauchemar qui durera toujours jusqu'à leur mort, bien sûr, il y aura des moments de joies, de douceur, mais toujours cette ombre au fond d'eux-mêmes, ces deux êtres heureusement soudés l'un à l'autre vont malgré tout essayer de recommencer leurs vies.

Le cauchemar a commencé par un beau matin ensoleillé, une convocation au commissariat Michel FOURNIRET devait s'y présenter. Annette, étonnée, demande des explications à son mari, celui-ci lui répond:

— Oh ce n'est pas grave!
— Si tu veux, lui dit-elle, je vais t'accompagner.
— Je n'y vois pas d'objection.

Annette était assez sereine en arrivant au commissariat, mais quand le policier les fit entrer dans son bureau, quelle ne fut pas sa stupeur en voyant son employée, le mari de celle-ci et leurs deux petites filles fixant et montrant du doigt FOURNIRET:

— C'est lui! Il s'est livré à des attouchements sur ma fille!

Annette s'écroule, voit dans un brouillard intense FOURNIRET signer sans un mot le papier que le commissaire lui tend, elle ne se souviendra pas de ce qu'elle fit après. Une seule chose compte pour elle et elle se sépare tout de suite de FOURNIRET, lui dit de partir, ne parle pas encore de divorce tant elle est abasourdie.

Son refuge est de prendre son bout de chou dans ses bras, de sentir sa joue fraîche et de lui dire dans un souffle, à l'oreille.

— Je te sauverai, je te protégerai de cet être infâme.

Le divorce fut prononcé bien sûr et Annette eut la garde de Jean Christophe. Le travail à l'hôpital devint difficile, les rumeurs couraient à une vitesse folle. On lui disait qu'il attendait et surveillait des petites filles à la sortie de l'école, qu'il s'était livré à des attouchements sur elles !

Mais Annette était une jeune femme forte, pour son fils, elle devait l'être et fit la sourde oreille à ces êtres malfaisants !

Elle fut entourée de sa famille, de rares amis, le travail, ce qui la combla et, pour un temps seulement, elle essaya d'oublier le désastre de sa vie.

Lui, FOURNIRET, cessa de hanter sa vie, elle ne le revit plus, n'essaya même pas de savoir ce qu'il devenait. Elle espérait au fond d'elle-même que tout cela n'était qu'un rêve un cauchemar. Si seulement cela avait pu être le cas !

« Quand on a l'âme d'un TUEUR par quoi commence-t-on ? »

FOURNIRET continue son parcours, son obsession ne le quitte plus, il parcourt les rues au volant d'une 2 CV, simple comme procédé, les gares, les quais, prendre le train quelquefois, pourquoi pas ? Ses futures victimes lui font confiance, il a l'avantage d'être un beau parleur.

Dès 1966 il s'installe à Nantes et est condamné pour des faits de voyeurisme et de violences.

Il fit la connaissance d'une jeune fille dans le train, lui écrivit beaucoup, la rencontra quelques fois mais aucun abus sexuel ne fut commis.

Une autre étudiante qui faisait ses études à Rochefort croisa son chemin. Cette jeune fille attendait le bus pour rentrer chez elle, FOURNIRET lui proposa de la raccompagner.

Pauvre petite innocente, elle accepta, FOURNIRET lui posa des milliers de questions, eut même la gentillesse de la raccompagner en voiture à Givet (Ardennes). Il a commencé à la toucher et, heureusement, l'a finalement déposée à Givet. Cette affaire n'eut aucune suite, ce fut bien plus tard que cette étudiante éprouvera la plus grande peur de sa vie.

Puis FOURNIRET change de cap et réside dans une maison à Clairefontaine près de Paris. Ce fut sa rencontre avec sa deuxième épouse, Nicole CLERGÉ ; pourrions-nous dire, la deuxième victime…

Cette femme qui dirigeait une entreprise ne pouvait pas savoir qu'elle se jetait dans les bras d'un monstre, dans l'antre du démon !

FOURNIRET fit sa connaissance dans un train ou aux abords, leur relation dura un an avant leur mariage en 1969. Là encore, quelques années assez heureuses, naissance de Nicolas en 1971 et naissance de jumelles en 1972, c'était un père distant avec les enfants, parfois de petites gifles, il lui arrivait lors de ses fantasmes les plus fous de les attacher à la laisse du chien, encore une fois Nicole CLERGÉ met cela sur le compte de la fatigue, tout à fait comme la première épouse.

Le même scénario recommence et ce n'est que par pur hasard que Nicole CLERGÉ apprend les abus de son cher époux, décide de divorcer et essaye, au sein de son entreprise, de reprendre une vie tout à fait normale, heureusement aidée par des amis et la famille.

Pauvre deuxième victime, l'avenir ne sera pour elle que ténèbres à cause de ce monstre. Elle perdra son fils, Nicolas, âgé de 24 ans, et une de ses filles qui se suicidera pour ne pas avoir à affronter le monde, ce monde cruel qui la jugera, l'exclura à cause de ce père.

L'est-il au fond de lui-même ? Éprouve-t-il du remords ?

Comment un être aussi impitoyable peut-il se regarder dans une glace ?

Ce n'est pas ce deuxième divorce qui lui fera arrêter son parcours de chasse aux vierges, les méfaits reprennent.

1) Exhibitionnisme à Rambouillet

A-t-il vraiment quelque chose à montrer ce pauvre type ?

2) Vols de toutes sortes, beaucoup de larcins à nos jours pas encore découverts.

En 1981 nous le retrouvons à Étampes où il essaye d'enlever une jeune fille. C'est grâce à un jeune homme qui se trouvait près de la gare que cette jeune fille a pu être sauvée, FOURNIRET a pris peur et s'est enfui au volant de sa 2 CV.

Déjà, à ce moment-là, dans l'esprit de FOURNIRET commençait un plan diabolique :

— Il faut les attirer, ces vierges ! Mais comment ? Une camionnette ? Pourquoi pas ! Un matelas à l'arrière ? Quelques ustensiles ?

Oui, une graine petite s'était ouverte dans son cerveau, elle allait faire de nombreux germes et deviendra gigantesque.

Un arbre machiavélique où les pauvres victimes à venir épuiseront à jamais leur souffle.

Mais cet arbre, il lui faudrait une nouvelle racine dure comme l'écorce. Lui donnerait-on un nom ? Il ne le savait pas encore mais pour l'ombre ou l'épanouissement de sa vie, cette nouvelle racine va éclore dans un étang marécageux peuplé d'orties, de sangsues, on lui donnera pour nom Monique OLIVIER.

En 1982, il rencontre une jeune femme toujours au volant de sa voiture « Dahina Le Guennan ».

FOURNIRET arrête son véhicule fait croire à cette pauvre innocente qu'il est poursuivi, lui demande même le chemin jusqu'au commissariat… pourquoi pas ?

Sans aucune peur Dahina monte dans la voiture à côté de lui, après avoir échangé ensemble quelques propos anodins FOURNIRET change d'expression :

— Es-tu vierge ?

La jeune femme ouvre des yeux apeurés en se demandant dans quel guêpier elle s'est fourrée.

FOURNIRET emprunte une route secondaire à l'abri de tous les regards.
— Es-tu vierge ?

Il commence à la caresser. Dahina se laisse faire, plus un mot ne sort de sa bouche, elle est pétrifiée, incapable de réagir.

Elle racontera, bien plus tard, qu'elle avait eu confiance en lui, qu'elle ressemblait à ce moment-là à une poupée désarticulée se laissant faire. Mais pourquoi ?

Il la viola, la posséda et la ramena chez elle !

À ce moment-là, FOURNIRET se prenait pour Dieu, le crime n'était pas dans ces veines, ce n'était pas encore un vampire assoiffé de sang, fier de son triomphe sur cette jeune femme, il l'oublia, continua...

Plusieurs tentatives d'enlèvements et d'agressions à Trappes, Plaisir, Gif-sur-Yvette, Saint-Quentin-en-Yvelines, Bièvre, Rambouillet, tout cela en 1983.

Et peut-être d'autres villes et départements, nous ne le saurons jamais. En 1984, attentat à la pudeur sur Sandrine S, et enfin, après, une agression sur une jeune fille, Catherine.

FOURNIRET se retrouve pour la première fois derrière les barreaux : sept ans de prison dont deux ans avec sursis et trois ans de mise à l'épreuve.

La justice est-elle enfin là ?
A-t-elle compris à qui elle avait à faire ? À quel être infâme ?

Non malheureusement c'est là, dans cette prison de l'Essonne que le pire va arriver pareil à un papier peint que l'on déroule, déroule, jusqu'à ce qu'il ne soit plus que bouillie de chiffon, taché, imbibé du sang des pauvres créatures à venir.

Malheureusement on le reconnaît coupable mais récupérable, pour FOURNIRET, la prison fut une évasion de l'esprit. En quelque sorte, la prison c'est le repos. FOURNIRET écrit beaucoup, se fait des copains, du sport. Pourquoi pas ?

Même les gardiens sont sous son charme et c'est là qu'il rencontre Jean-Pierre HELLEGOUARCH et qu'il reçoit une lettre timide de Monique Olivier.

— Ah, la vie est belle ! Avec un peu de chance je sortirai dans 4 mois ! se dit FOURNIRET.

Mais avant, j'aimerais, dans ce livre, parler de Jean Pierre HELLEGOUARCH.

Je l'ai vu de mes propres yeux, c'est un Breton du « gang des postiches », « groupe terroriste », d'extrême gauche, détention d'armes, vols…

Je n'écris pas pour faire son procès, cela m'importe peu, mais il a croisé pour le reste de sa vie FOURNIRET. Oh ! Ils n'étaient pas amis, certainement pas, deux hommes à peu près du même âge se faisant des confidences : HELLEGOUARCH est un homme intelligent qui maintenant a 60 ans, vous donne envie de le plaindre ce n'est pas un tueur au sens propre du terme. La prison ne l'a pas anéanti, au contraire « un bel homme dans la force de l'âge, des yeux impénétrables qui accusent FOURNIRET », ton très calme ne faiblissant pas à chaque interrogatoire.

Alors pourquoi cet homme a-t-il fait confiance à FOURNIRET, lui révélant des choses que nul n'était censé connaître à part sa femme Farida que HELLEGOUARCH aime énormément.

Farida était âgée de 21 ans et venait souvent rendre visite à son mari au parloir de la prison, elle était très jolie, HELLEGOUARCH ne pouvait s'empêcher de parler d'elle, même à FOURNIRET. Hélas c'est à peu près à ce moment-là que FOURNIRET reçut une lettre d'une certaine Monique Olivier. Deux êtres démoniaques allaient se rencontrer, pour la vie, pour la mort, pour l'enfer à venir.

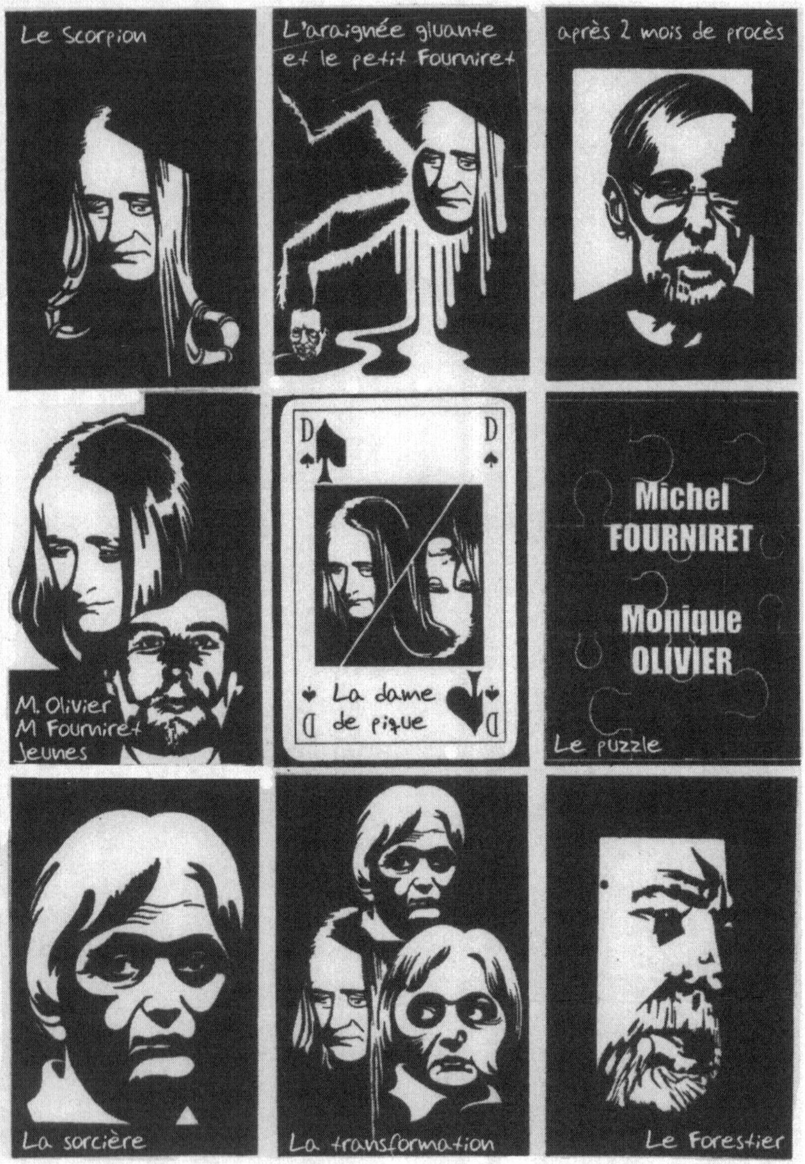
Le Scorpion
L'araignée gluante et le petit Fourniret
après 2 mois de procès
M. Olivier M Fourniret Jeunes
D
D
La dame de pique
D
D
Michel FOURNIRET
Monique OLIVIER
Le puzzle
La sorcière
La transformation
Le Forestier

PAUVRE SANGSUE

TUEUSE COMPLICE : Monique OLIVIER
DATE DE NAISSANCE : 31 OCTOBRE 1948
LIEU : TOURS

Parents peu présents, deux frères, elle est la seule fille et se sent rejetée par sa famille.

Scolarité faible, très courte, fait des études de secrétariat à la demande de son père.

Est-ce lors de la rencontre avec un militaire de passage qui lui prend sa virginité que cette femme basculera à jamais dans l'horreur, l'atrocité ? Déjà l'intérieur de son cerveau brûle d'une passion dévastatrice qui ne la quittera plus jamais.

Elle rencontra « Richard », moniteur d'auto-école : « la vie était bien avec lui ». Elle l'aida dans son travail, ce n'était pas une femme passionnée pour le ménage, l'ordre non, loin de là.

Richard, bien plus tard, dira d'elle : « personne soumise ne prenant aucune responsabilité »

Se prenait-elle pour un pauvre petit oiseau blessé ?

À cette époque-là, elle se considérait comme une victime, une femme ayant besoin de beaucoup de tendresse, d'être entourée, bercée par de tendres mots d'amour.

Ils continuèrent durant un certain temps à travailler ensemble, bref, une vie de couple, mais parfois la vie nous réserve de mauvaises surprises, manque d'argent, maladie, c'est Richard qui, à une certaine période, s'est plaint du cœur, il arrête l'auto-école, achète un restaurant, ses moments de loisirs sont la peinture. Il trace un portrait de Monique OLIVIER, la peint nue. « Elle était jolie Monique OLIVIER ». Puis c'est la naissance de deux enfants en 1980, deux garçons MURPHY et WILLIAM, période docile mais Richard changeait, il n'était plus le même, devenait même jaloux, possessif, violent, venait rejoindre Monique OLIVIER dans sa chambre, la menaçait, lui tirait les cheveux, l'obligeait de s'allonger dans la baignoire tentant de la noyer et cette pauvre petite chose n'osait pas crier de peur de réveiller les enfants. Ce sont les voisins qui, alertés par ces cris, soi-disant étouffés, sont venus la libérer de son bourreau. Ces propos ont été racontés par Monique OLIVIER au procès, ce que nie fermement son époux Richard.

Elle suivra, avec ses enfants, la voisine qui lui trouve pour le moment un foyer. Monique OLIVIER ne pouvant pas y rester durant le reste de sa vie essaye d'oublier les atrocités que lui a fait subir son mari et lui demande humblement de la recevoir chez lui avec les enfants.

Richard accepte et les accompagne à Nîmes, trouve un appartement et au même moment subit une opération cardiaque.

La pauvre « petite sangsue » se retrouve à nouveau plongée dans le déluge de sa vie. Richard revient de son hospitalisation, il est de plus en plus jaloux, surveillance constante, méfiance, il accompagne les enfants, il lui demande de monter dans la voiture pour l'emmener dans un coin perdu de Nîmes et faire des fellations à certains messieurs.

— Je m'exécute, lui obéis au doigt et à l'œil... dira-t-elle lors du procès

Les jours se suivent, se ressemblent.

— Je n'en peux plus !

Elle le quitte à jamais et lui laisse, pour l'instant, la garde des enfants.

Que peut faire un « petit oiseau blessé à jamais dans son amour-propre » ? Elle se réfugie dans une église, c'est là qu'elle rencontre un prêtre qui l'emmène au resto du cœur.

Monique OLIVIER épluche les annonces, s'occupe des handicapés, trouve une petite maison, y habite seule, veut essayer de récupérer ses enfants. Richard s'y oppose fermement et Monique OLIVIER n'aura plus jamais la garde de ceux-ci.

Elle réfléchit. Pour récupérer ses enfants il faut une vie stable : foyer, travail, argent, donc un mari ; les annonces *Le Pèlerin*, c'est un magazine catholique, il ne peut y avoir que des personnes convenables sous tous rapports. Pourquoi pas ?

Elle trouve un homme séduisant, qui plus, il est Américain ! Une deuxième noce éclair qui durera six mois mais toujours pas la garde de ses enfants. Il faut garder le moral, notre éplucheuse d'annonces se remet en quête de compagnie. *Le pèlerin*, toujours, le sauveur, et une petite lettre s'envole doucement lentement comme un papillon pour y frôler la main de FOURNIRET. Malheureusement, ce papillon-là gardera la vie éternellement et en détruira des centaines jusqu'à l'épuisement total et moral pour ne devenir que poussière bien des années plus tard.

FOURNIRET s'ennuie dans sa prison, se lasse de sport, joue aux échecs avec JPH et un autre détenu, se consacre entièrement à l'écriture, sa passion ! Cette lettre arrive à point nommé : une correspondance multiple s'installe entre ces deux êtres qui se disent tout, lui, le pauvre homme avec une enfance bafouée victime incomprise de ses parents, se livrant à quelques méfaits, atteintes sexuelles, il ne le lui cache pas. Elle le comprend, ce petit oiseau blessé aussi par le chaos de sa vie se retrouvant seule dans un monde cruel et néfaste sans la garde de ses enfants, les larmes débordent sur le papier.

« Il faut se venger de ces êtres qui ont pourri notre vie. Les détruire ! »

Le pacte qui ne les quittera plus est arrivé. Liés, soudés l'un à l'autre jusqu'au bout, même dans le couloir de la mort.

FOURNIRET demande à un autre détenu si sa femme, Christiane, pourrait héberger Monique OLIVIER. Il a tellement envie de la rencontrer, de lui serrer les mains, de lui prouver son amour, elle est trop loin de lui.

Christiane accepte, recueille comme un petit animal blessé cette inconnue C'est normal, Monique OLIVIER doit aider, faire la cuisine, même à l'ancienne, dans un vieux four, faire des crêpes chaque dimanche, oui, Christiane est une maniaque, le ménage à 6h30 du matin.

Christiane dira plus tard, lors du procès de MONIQUE OLIVIER, que c'était une femme paumée ne faisant rien de ses journées, n'étant pas coquette, dormant la plupart du temps et voilà enfin la rencontre de ces deux êtres démoniaques. Monique OLIVIER attendra octobre 1987 la sortie de prison de son bel étalon, ils s'installeront à SAINT CYR LES COLONS (Yonne). Durant ses visites à la prison, Monique OLIVIER fit la connaissance de Farida, l'épouse de JPH. Auraient-elles pu devenir amies ?

Non, parce que le plan de ces deux êtres commençait à prendre forme. Michel FOURNIRET sort de prison et les deux être infâmes se trouvent, se retrouvent, la passion entre eux dura, l'amour avec un grand A ! Cela ne dure pas longtemps, puisqu'en novembre 1987 nos deux tourtereaux se promenant apparemment tranquillement en région Parisienne sur l'autoroute A6 décident de voler, d'agresser un pauvre représentant qui prenait un peu de repos sur l'aire de l'autoroute ne se doutant pas de ce qui allait lui arriver. Braquant une arme, FOURNIRET et OLIVIER l'attaquent, lui assènent un coup sur le crâne. Le pauvre, en tentant de se débattre, tombe inanimé sur le sol. Heureusement, ses jours ne sont pas en danger. Le couple FOURNIRET retourne dans la voiture : quelle stupeur, la valise du représentant était… vide !

— Tout ça pour rien ! Oh ! Non ! Nous avons raté notre coup !

— Pas grave, réplique FOURNIRET, ce sera pour une autre fois.

Oui, cette autre fois sera pour bientôt, un peu avant Noël, le 11 décembre 1987, il fait froid, le givre, le gel même par endroits, la neige, le verglas, cela ne gêne absolument pas nos deux êtres.

FOURNIRET avait demandé à sa future épouse de lui trouver une jeune vierge, pure, belle, limpide, pourquoi ne pas lui offrir comme cadeau de Noël ? Oh, oui ! Pourquoi pas ? Une jeune fille emmitouflée dans un joli manteau avec des bottines blanches ou noires, plutôt blanches, c'est la virginité, la douceur, la pureté. Oh, oui ! Je vais lui offrir !

Il est 16 h 30, à ce moment-là, une jeune fille, belle, simple, une certaine timidité dans le regard sort de l'établissement scolaire, elle salue ses copines, les gratifie d'un sourire complice. « À demain ! » disent ses yeux.

— Au revoir, je rentre, il fait froid !

Après un dernier salut de la main, elle poursuit son chemin vers son havre de paix, la chaleur, l'ambiance familiale. Elle a 17 ans, la vie devant elle, le froid ne la perturbe pas : à cet âge qu'importe, elle arrivera vite chez elle. Un kilomètre et demi à parcourir : écouter assise les professeurs durant presque une journée, c'est dur ! autant profiter de l'air froid de cette fin d'après-midi ! Mais une Peugeot 304 ralentit à sa hauteur, une femme au volant a l'air perturbé, le sourire affable, lui demande son chemin.

— Je me suis perdue, pourriez-vous m'aider ? Oh ce froid nous perturbe tous, n'est-ce pas votre avis ? Montez avec moi, en même temps vous me montrerez le chemin.

Isabelle hésite et se dit : « Oh, ce n'est qu'une femme ! » et elle monte dans le véhicule.

Regarde-t-elle pour une dernière fois ce paysage hivernal, ce nuage gris là-bas va-t-il annoncer la neige ? Avec son beau sourire, ses yeux pétillants, elle monte près de la conductrice

Monique OLIVIER pense : « Elle est pas mal la petite ! Mon petit homme va l'adorer ! »

La voiture démarre lentement, accélère un peu, la conductrice a l'air enjoué, toujours ce sourire. Oui ! Monique OLIVIER savoure déjà son triomphe : elle va offrir à son mec une vierge toute de blancheur immaculée. Justement le voila, son « mec », FOURNIRET, un bidon d'essence à la main, semblant affolé, fait un signe à la conductrice qui, bien sûr, s'arrête :

— Pourriez-vous, Madame, m'emmener à une station-service ? Je suis tombé en panne d'essence, ma voiture est là-bas, il faut à tout prix que je rentre chez moi avant la nuit. Oh ! Merci ! Quelle amabilité ! C'est rare de nos jours !

FOURNIRET monte à l'arrière du véhicule et continue d'un ton neutre son monologue :

— Vous avez une bien jolie jeune fille, Madame, comment t'appelles-tu ? Tu reviens de l'école ?

Et soudain le ton change :

— As-tu déjà couché avec un garçon ?

Isabelle semble horrifiée, elle jette un coup d'œil affolé à la conductrice mais celle-ci continue de rouler comme si de rien n'était et prend même une route secondaire, chemin désert où son « mec » pourra assouvir ses pulsions.

FOURNIRET continue de harceler Isabelle qui répond par la négative. Ah ! FOURNIRET est au comble de la satisfaction, il la tient enfin cette vierge, mais comment s'y prendre ? Il faut l'anéantir, pas trop, car il aimerait qu'elle soit lucide pour la déflorer. Le cerveau du Tueur est en marche : il sait que Monique OLIVIER a des calmants dans la boîte à gants. Soudain, une corde encercle le cou de la jeune fille, il lui tire les cheveux, elle s'écroule à l'arrière et voit les yeux démoniaques de son agresseur, en même temps, tout en la forçant à avaler les médicaments, il lui demande de réciter ses cours, de compter jusqu'à cent, tout en la forçant à avaler les comprimés.

Notre petite fée avale, avale, avale et sombre dans l'inconscience. Elle n'est pas encore morte, « Oh non ! Surtout pas » se dit FOURNIRET « je n'en ai pas fini avec elle ! »

Monique OLIVIER est toujours au volant, elle s'énerve :
— C'est un peu trop long, que va-t-on faire ?

FOURNIRET reprend le volant, pense même à mettre la sécurité enfant, sait-on jamais, peut-être pourrait-elle se sauver !

Oh, non ! Notre petite martyre est toujours inconsciente à l'arrière, près d'une Monique OLIVIER qui a pris les rênes :
— Michel, faisons le plein d'essence et rentrons chez nous !

FOURNIRET fait le plein et a même l'intelligence de demander à Monique de reprendre place à l'avant. Ainsi, s'ils sont arrêtés, la police pensera qu'il s'agit d'un couple avec leur enfant endormi. Quoi de plus naturel ! Le couple démoniaque prend la direction de Saint Cyr, il fait nuit lorsqu'ils arrivent chez eux, place de l'Église.

Il faut sortir le petit corps inconscient de la voiture, Monique OLIVIER est assez forte pour aider son mec après un dernier regard dans la rue, oui, les flics, les badauds, les voisins, pourraient voir, on ne sait jamais ! Il faut prendre des précautions ! Monique OLIVIER introduit la clé dans la serrure, la porte s'ouvre, la petite se réveille, FOURNIRET la prend dans ses bras pour monter au premier étage, pourrait-on dire à la chambre de torture ou plutôt dans l'antre du démon. Il dépose Isabelle sur le lit dans un décor où règne un désordre presque parfait, la petite se recroqueville en chien de fusil, elle veut crier, n'y parvient pas, FOURNIRET lui dégrafe son pantalon. Isabelle, avec le peu de forces qu'il lui reste, essaye de résister.

Il la viole, dira-t-il lors du procès et appelle Monique OLIVIER qui découvre que l'acte a été commis. Une jalousie morbide s'installe en elle quand elle voit de ses propres yeux FOURNIRET continuer. Il lui caresse la poitrine et veut essayer de recommencer. Un instinct de survie s'empare d'Isabelle, elle hurle, implore, se débat, ses yeux sont révulsés, elle connaît l'horreur, avec un dernier sursaut d'énergie tente de s'enfuir. FOURNIRET, devant Monique OLIVIER, la rattrape et l'étrangle de ses propres mains. C'est le diable en personne. Quel pouvoir ! Enfin, elle est à sa merci, le plaisir de nouveau le ronge, il la pénètre une nouvelle fois avec puissance et force. L'horreur ne s'arrête pas, il ne sent pas la jouissance et demande à Monique OLIVIER de lui faire une fellation avec dans ses bras une petite fille, petite princesse qui vient de rendre son dernier soupir, le couple démoniaque vient de commettre son premier meurtre.

Pendant que le monde vivait, pendant que les lumières de chaque maisonnette alentour s'éteignaient une à une, pendant que des enfants de tous âges s'endormaient pour y puiser leur ressource ou faisait de jolis rêves sans penser à demain, pendant qu'une maman, qu'un papa, attendaient en vain leur petite fille, leur rayon de soleil…

Ce n'est que bien des années plus tard qu'ils retrouveront le corps de leur petite fille bien-aimée.

Le couple se regarde. Qu'éprouvent-ils, que pourrait-on lire dans leurs yeux à ce moment-là ?

Le pacte formulé à la sortie de prison vient d'être concrétisé, donc, il faut continuer, on ne s'arrête pas là, on enroule le petit corps dans un tapis, descendons l'étage, ouvrons une nouvelle fois la porte, la refermons à nouveau, déposons l'adolescente dans le coffre et roulons au hasard.

— Il faut se débarrasser du corps au plus vite, ne connais-tu pas un endroit ? demande Monique OLIVIER à son mec.

Pas de réponse.

FOURNIRET connaît bien les lieux et s'arrête devant le transformateur électrique d'une usine désaffectée. Il sait qu'autour de ces bâtiments on a creusé des puits. Un quart d'heure plus tard il parvient à retirer les barbelés, la petite victime dans ses bras, puis la jette au fond d'un puits.

Il dit à Monique OLIVIER :

— On n'est pas près de la retrouver !

Petite Isabelle, endormie à jamais, puisses-tu dans l'au-delà trouver le bonheur ! Dors, mon ange, ta vengeance arrivera un jour, il faudra attendre longtemps avant que l'on retrouve ton petit corps. Vingt ans, une éternité mais je suis sure que là où tu es, tu as retrouvé le bonheur !

Les futurs époux FOURNIRET retournèrent dans leur maison de Saint-Cyr et certainement s'endormirent dans les bras l'un de l'autre.

« Journée bien remplie, nous étions le 11 décembre 1987 »

Mais la vengeance les ronge jusqu'à sombrer dans l'impensable, neuf jours, ou, dirons-nous, dix jours après le meurtre d'Isabelle il faut continuer. Non pas les crimes, les viols. - Il faut se venger de ce petit moniteur d'auto-école, de ce peintre, ce petit, ce minable, il n'a même pas su vendre ses toiles, aussi faut-il les brûler, quand penses-tu, mon mec ?

Il répond :

— Oui, je suis d'accord !

Et les voilà à nouveau partis, tous les deux, à bord de leur voiture pour aller inspecter les toiles de notre peintre, cela se passe le 19 décembre 1987. Quoi de plus simple que de rentrer dans cette demeure avec son air timide, un peu « paumé », peut-être le regard rempli de larmes, elle demande à son ex-époux :

— Les enfants ? Comment vont-ils ? J'aimerais les revoir ?

Oui, le peintre les laisse entrer chez lui et a même le désir de leur montrer son atelier. Quoi de plus naturel, il se sent artiste au fond de l'âme, c'est sa passion, sa délivrance, peut-être que cela ne lui rapporte pas beaucoup d'argent, mais il fait de son mieux et est fier de ses œuvres. Mais le nu de Monique OLIVIER, qui est toujours là, au fond de son atelier, non recouvert de drap, non ! Là, devant le regard de FOURNIRET !

Son cerveau, à ce moment-là, est au bord de l'ébullition : « Il se prend pour qui cet être minable ? Je vais le détruire à jamais ! » Mais toujours ce sourire, et sa réponse positive à l'ex-mari de Monique OLIVIER qui leur demande de prendre un repas avec lui et les enfants.

Ils vont faire des courses ensemble, tout se passe bien : un ancien couple qui se retrouve la bonne humeur, on trinque, on rit.

Mais notre peintre ne sait pas ce qui l'attend : au petit matin, nos deux complices sont partis avec des valises, saccageant toutes les peintures, y compris le fameux nu.

« Peut-être voulaient-ils m'assassiner » dira plus tard l'ex-mari de Monique OLIVIER. « Je ne le saurai jamais, mais après bien des années, j'ai vu les yeux de ce type, j'ai pourtant fait des études sur le racisme, ses yeux démoniaques m'ont poursuivi très longtemps dans mes rêves si l'on peut dire. Elle, ce n'est qu'une pauvre paumée, je suis heureux d'avoir élevé mes enfants, ils sont sains, stables dans la vie, je n'ai pas toujours été un père présent mais rien à me reprocher. » Dira-t-il lors du procès.

Il y aura, quelque temps après, une deuxième tentative qui échouera, heureusement.

Et nous voilà en 1988, les époux ou dirai-je les futurs époux, s'installent dans les Ardennes, dans le petit village, Floing.

S'installer, oui, normal, mais pour payer le loyer, vivre, se nourrir il faut de l'argent. Quoi de plus facile ? Nous revoilà à nouveau avec JPH.

— Lui, il a de l'argent, il peut nous dire où il le cache, nous étions amis en prison, renouons nos liens d'amitié, nous devrions rencontrer son épouse Farida qui doit se sentir bien seule sans son époux tant aimé. Qu'en penses-tu, ma chatte, ma toute belle ?

— Oui ! C'est une très bonne idée, allons la rencontrer, je sais où elle habite. C'est une idée géniale, mon mec, allez partons !

Et nos deux tourtereaux s'embarquent une nouvelle fois vers une destination sans fin, « pour notre Farida », qui ne se doute pas un seul instant de la fin atroce de sa vie.

Farida aimait son mari, elle était entourée de sa famille, ses sœurs l'adoraient, elles ne la laissaient jamais seule bien longtemps, sachant pourtant qu'elle avait épousé un gangster, c'était leur sœur et chez eux les liens de la famille étaient sacrés

Farida reçu les FOURNIRET chez elle, les FOURNIRET s'y installèrent allant avec Farida rendre quelques visites à la prison.

Farida a-t-elle demandé à son époux où se cachait le butin du gang des Postiches ? Sans doute…

Toujours est-il que le plan machiavélique de FOURNIRET commençait à prendre corps. Promettant à JPH que tout se passerait bien, qu'à sa sortie de prison il lui remettrait l'argent, et qu'il le garderait en lieu sûr. Mais ce jour-là, FOURNIRET omet de lui dire où il habite. Et voila le déchirement d'une vie qui commence. Il ne s'achèvera jamais pour JPH.

Un soir d'avril 1988 FOURNIRET, Monique OLIVIER et Farida, armés de pelles et d'autres ustensiles, s'embarquent dans la voiture de FOURNIRET. À l'époque c'était une camionnette avec un grand coffre à l'arrière. Blanche de surcroît, immaculée… Pourquoi pas !

Et là, on découvre le butin : un coffre rempli d'or. FOURNIRET creuse, creuse, pelle à la main, Monique OLIVIER et Farida font le guet, la voiture n'est pas loin. Toujours le sourire satisfait, enfin le pognon si attendu !

FOURNIRET demande aux deux femmes de transporter le coffre dans le véhicule, il est très lourd en effet, rempli de lingots d'or, elles y parviennent après bien des efforts, mais avant de grimper dans la voiture FOURNIRET demande à Farida de retourner près du monticule de terre :

— Il ne faut pas que cela se voie. Regarde, il y a de la terre et des cailloux partout !

Farida obéit et, sans se poser de questions, lui tourne le dos. Elle sent, derrière la nuque, une douleur insurmontable : FOURNIRET, à l'aide de la pelle, lui fracasse le dos, la nuque. Farida ! Elle a mal, très mal, du sang jaillit de sa bouche, elle porte la main à ses lèvres :

— Non ! Pitié !

Monique OLIVIER arrive et essaye de l'achever à coups de baïonnette.

Elle le niera toujours au cours du procès.

Toujours est-il qu'elle aidera FOURNIRET à mettre le corps dans le coffre de la voiture. Farida n'est pas morte et gémit.

Combien de temps les FOURNIRET vont-ils rouler pour que les gémissements, les plaintes, ne s'éteignent ? Nous ne le saurons jamais.

Le corps désarticulé de Farida gît quelque part en France aux abords d'un étang, près d'un bois, les recherches continuent, même en cette année 2009.

Nos deux êtres regagnent avec leur butin l'appartement de Farida. Ont-ils dormi dans le lit de leur victime, savourant avec délice leur crime abject? Sans doute! Le lendemain matin, souriant à la voisine de Farida, ils sont repartis transportant quelque chose de lourd, très lourd, dira cette dernière et les voila de retour dans leur maisonnette, à Floing, avec des lingots d'or. Qu'ont-ils fait de ces lingots? Ils se sont consumés en argent pour l'instant bien caché à l'abri de tout regard indiscret.

Il faut savoir attendre, l'appât et le gain sont là, vivons l'instant présent rien ne sert de courir, il faut partir à point. Mais un coup de téléphone anéantit un peu les FOURNIRET. C'est vrai, ils n'avaient pas besoin de ce coup de fil, tout se passait bien, un mariage entre eux était même prévu. Oh! Pas tout de suite, mais bientôt!

La sœur de Farida: la voix angoissée lui demande gentiment si elle n'avait pas de nouvelles de sa sœur.

— Elle a disparu. Je suis allée à son appartement visiter les lieux, des tasses de café trônaient sur la table, il y avait un peu de désordre, ce n'est pas son genre! Je sais que vous y avez séjourné, est-elle chez vous?
— Vous a-t-elle dit qu'elle partait pour une destination inconnue?
— Nous sommes, toute la famille, très inquiets. Son mari lui non plus ne l'a pas vue au parloir. Aidez-moi, aidez-nous!

FOURNIRET prend le combiné de la main de sa « Natouchka », oui, à présent il l'appelle comme ça!

Sa Natouchka a pris de l'ampleur dans sa vie. N'est-elle pas celle qui lui apporte tout, lui donne des ailes pour favoriser ses fantasmes, ses inquiétudes. Oh, à ce moment-là, c'est plus que de l'adoration.

— Ne vous inquiétez pas, elle ne nous a rien dit, nous ne savons rien et nous l'avons quittée en pleine forme. Tenez-nous au courant, elle va certainement donner de ses nouvelles. Au revoir, nous sommes avec vous et pouvez nous appeler à tout moment.

Ce que la sœur de Farida fit quelques jours plus tard. N'ayant toujours pas de nouvelles, elle fit appel à un voyant qui lui dit que sa sœur était en Belgique. FOURNIRET et Monique OLIVIER proposèrent de l'accompagner, elle accepta : ce fut un week-end long et pénible pour les sœurs de Farida. En effet, la petite sœur de Farida avait accompagné sa grande sœur.

Après multiples recherches dans les hôtels, les restaurants, hôpitaux, boîtes de nuits, etc.

Harassés de fatigue ils s'arrêtèrent dans un restaurant pour une simple collation. FOURNIRET leur proposa de prendre un peu de repos dans sa maison à Auxerre. Oh, il l'avait depuis un certain temps, ne s'y rendait jamais ou si peu, les deux sœurs épuisées acceptèrent. Quel fut à ce moment-là l'éclair qui traversa la grande sœur ? Une lumière irréelle ! Toujours est-il qu'en arrivant dans cette maison, presque une ruine, elle se sentit oppressée surtout quand sa petite sœur lui demanda les toilettes. Elle lui prit la main fermement, il y avait un malaise, un terrible malaise elle le sentait au plus profond de son être et ne put à ce moment-là le définir, elle revint des toilettes, tenant la main de sa petite sœur et vit en une fraction de seconde Monique OLIVIER dire non de la tête à FOURNIRET.

— Si cela ne vous dérange pas rentrons.

Ce qu'ils firent tous sans protester. Les deux sœurs regagneront le domicile de leurs parents attendant en vain le retour de leur Farida, retour qui n'arriva jamais. Encore aujourd'hui, la famille espère retrouver le corps de cette jeune femme morte dans des circonstances monstrueuses.

Quel est le pouvoir de ces monstres ? Pourquoi ont-ils le droit de prendre la vie à des êtres humains quels qu'ils soient et surtout oser vivre, manger, dormir ? De quel droit ? C'est à la justice de régler cela, mais il faudra encore attendre longtemps. Nos futurs époux n'éprouvent aucun remords. La vengeance, toujours la vengeance, c'est le pacte qui les lie, les soude à jamais. Oh ! Ils envisagent de se marier, mais la soif du sang, comme les vampires, les ronge. Nous pouvons attendre. Qu'importe !

Nous ne saurons jamais la vérité sur cette jeune fille handicapée, Marie-Angèle DOMECE, placée dans un foyer de la DDASS, une jeune fille au regard éteint qui attendait son train à la gare d'Auxerre ce 8 juillet 1988. Elle était sans défense face à ces deux êtres ignobles. Comment ont-ils fait nos futurs époux ? Oh ! Il me semble l'imaginer…

— Oh, jeune fille, il fait chaud, nous pouvons vous ramener chez vous, ou voulez-vous une boisson fraîche ? Le ciel est menaçant et annonciateur d'orage !

Que peut faire une jeune handicapée seule au monde, sans personne près d'elle, sans soutien ? Elle monte dans la voiture de ces personnes qui lui sourient, ils ont l'air si gentil, pourquoi pas ! Le foyer n'est pas très loin, pourtant, nous ne la reverrons jamais. Son corps gît quelque part en France, disparu le 8 juillet 1988, un jour d'été ou le monde entier a envie de vivre, de crier « Bonjour, soleil ! Bonjour, la vie ! » mais ce monde, notre monde, ne sait pas encore qu'il existe des êtres impitoyables qui continuent d'assouvir leur soif de vengeance soi-disant de pureté, de virginité.

Les futurs époux consacrent leur temps à immoler ces jeunes filles sur l'autel, gisant nues, à leur merci, en leur pouvoir. Nous saurons bien plus tard que pour Monique OLIVIER ce fut une jouissance incomparable. Elle adorait relater, telle une danseuse aux petites ballerines blanches vivant jusqu'à l'extase les perpétuels mouvements de son danseur bien-aimé, allant même jusqu'à lui faire l'amour au pied de l'autel où ces jeunes vierges mouraient lentement, agonisaient et s'éteignaient à jamais.

Ce fut aussi le cas pour cette jeune britannique, Johanna Parish, mais ce crime ne fut jamais avoué par nos époux. Oui, il fut commis le 17 mai 1990, c'était une jeune femme brillante qui était assistante d'Anglais au lycée Jacques Aynot dans l'Yonne. Décidément cette région motivait nos chers époux ! Johanna avait 20 ans, la vie devant elle, elle était pétillante de joie, des yeux rieurs qui ne demandaient qu'à croquer la vie à pleines dents. Hélas, une semaine auparavant, elle avait fait paraître une petite annonce proposant des cours d'Anglais. C'était un journal gratuit. Notre éplucheuse d'annonce, Monique OLIVIER, a certainement sauté sur l'occasion :

— Qu'en penses-tu, mon fauve ?

— Oh, oui ! Ma Natoucka !

Oui, l'amour entre eux est au beau fixe, on s'invente des petits noms, tout va pour le mieux. Johanna reçoit un appel d'un individu qui lui donne rendez-vous devant la poste d'Auxerre.

Le lendemain, un corps fut retrouvé au petit matin par un pêcheur. Johanna gisait nue recroquevillée, le corps ensanglanté, elle avait été violée, étranglée. Nous étions en mai 1990 une anglaise, une jeune fille pleine d'espoir, avait malencontreusement croisé le chemin de ces deux individus. Oh, bien sûr, ils le nieront au cours du procès mais les parents savent, ressentent, jusqu'au plus profond de leur âme qu'ils étaient les assassins de leur fille bien-aimée. Une souffrance atroce les accompagnera jusqu'à la fin de leur vie à tous les deux. Que pensent ces deux êtres de la France, de la justice ? Je sais, les ayant vus, qu'ils essayent de comprendre et se disent : « Pourquoi elle ? Pourquoi nous ?

En Angleterre des crimes sont commis comme partout dans le monde, mais notre petite n'a jamais rien fait de mal, elle était débordante de vie. »

Là où tu es, petite Johanna, repose en paix, ferme tes jolis yeux, dors d'un sommeil d'ange, bientôt la justice te vengera.

Et tout doucement, nous arrivons trois mois plus tard, le 4 août 1988. Hélas, les crimes ne font que commencer pour nos deux amoureux. Monique OLIVIER, enceinte une nouvelle fois, ventre proéminent, va bientôt mettre un bébé au monde. Ce petit être qui dort dans l'antre d'un démon n'a pas demandé de venir au monde !

Pour l'instant, il écoute les moindres bruits de la planète qui l'entoure, entend le soupir et les rires de ses parents, jouit même de leurs plaisirs, c'est un ange qui bientôt s'éveillera à la lumière. Il ne sait pas ce que l'avenir lui réserve, à côté de ses parents démoniaques, hideux, mais malheureusement sains d'esprit… Car ils sont sains d'esprit, pas fous, loin de là !

Une femme enceinte, c'est l'appât des jeunes vierges. Alors continuons, la chasse repart à un rythme fou.

Et la victime se prénomme Fabienne LEROY. Oh ! FOURNIRET et Monique OLIVIER ont dû établir un plan, ce n'est pas un hasard, loin de là ! Ils avaient dû la guetter cette pauvre innocente qui vivait comme une jeune fille de 20 ans, insouciante, heureuse, sportive. Oui, le guetteur, au premier coup d'œil, voit cette jeune personne sortir d'un supermarché de St Hilaire le Grand, le sac de courses à la main, elle marchait, souriante. En ce mois d'août, le soleil montrait encore le bout de son nez. Quelle belle journée ! Et demain, et tous les autres jours, seront aussi beaux oui, même si le mauvais temps arrivait, qu'importe, elle était amoureuse, avait une famille formidable, une sœur jumelle Valérie, qui lui ressemblait. Elles s'entendaient bien, parfois des petites disputes mais qui n'en a pas surtout étant nées en même temps Oh ! Elle adorait dire qu'elle était la plus vieille et son petit frère Sylvain, adorable comme elle, l'aimait. Plus tard, pourvu qu'elle mette au monde un petit garçon qui lui ressemble !

Ses pensées s'enfuirent brusquement dès qu'elle vit sur le parking une femme enceinte lui faire des signes de détresse. Fabienne se précipita d'un pas alerte vers cette inconnue, elle était accroupie près de la portière de la voiture, se tenant le ventre à pleines mains.

— Oh ! Mademoiselle, pourriez-vous m'indiquer un bon médecin ? Je suis enceinte, j'ai peur, des douleurs dans le bas du ventre, suffoquait-elle. Des mots sans suite sortaient de cette bouche avide, de propos anodins.

Fabienne eut pitié.

Quelles sont les personnes qui n'auraient pas agi comme notre jeune adolescente, elle qui deux secondes avant pensait avoir plus tard un enfant qui ressemblerait à son frère ?

— Oh ! Oui, Madame, je vais vous indiquer le chemin. Vous sortez du parking et là, c'est tout droit.

Monique OLIVIER lui coupe la parole :
— Oh ! Montez avec nous, mon mari conduira, ce sera plus facile.

Fabienne s'exécute et monte dans la voiture derrière la femme enceinte, le conducteur ne se retourne même pas, juste un signe de tête, mais ses yeux, dans le rétroviseur, la contemplent, savourent déjà le triomphe.

« Qu'elle est belle ! Pourvu qu'elle soit vierge ! La déflorer sera plus qu'un plaisir, la voir soumise, en redemandant encore ? Ouf, enfin, celle-là, je la sens, elle sera l'une des meilleures jusqu'à ce jour. »

— Mais, Monsieur, vous vous trompez de route, ce n'est pas là, faites demi-tour !

Un silence absolu règne dans la voiture. Fabienne prend peur, sent tout à coup un véritable malaise s'emparer d'elle, surtout lorsque le conducteur emprunte une route secondaire près d'un petit bois. La voiture s'arrête brusquement et, avant que Fabienne puisse faire quelque chose, une arme surgit de nulle part, la menace, la terrorise. Cela n'est pas possible ! C'est un cauchemar !

— Non ! Arrêtez ! Je ferai tout ce que vous voudrez, je vais vous satisfaire, j'ai un fiancé, par pitié laissez-moi partir. Madame, faites quelque chose !

Mais Monique OLIVIER la regarde fixement avec des yeux de hyène, une bête féroce qui va engendrer. FOURNIRET prend alors la parole :

— Alors, Mademoiselle a un petit copain, on va voir cela tout de suite. Monique ! Tiens-la en joue, si elle bouge, abats-la comme une chienne.

Avec l'arme braquée sur elle, Fabienne descend du véhicule, se laisse faire, elle a si peur ! Elle regarde autour d'elle, elle ne saura jamais s'il fait nuit ou si c'est l'aube, l'aube d'un jour nouveau. Un court moment, elle pense à ses courses restées dans la voiture, son cerveau est vide, il est déjà poussière.

Comment s'est-elle retrouvée à terre, dénudée, on lui a mis certainement un bandeau sur les yeux, elle sent une main la toucher au plus profond de son être, là où personne n'a le droit, à part l'être aimé, elle entend des chuchotements à propos de sa virginité, sent un corps peser sur le sien, il est lourd, souffle comme un porc, se relève enfin.

Quelqu'un la soutient, la pousse, ou la jette dans la voiture, enfin, « c'est fini » pense-t-elle. « Je vais retrouver les miens, c'est un cauchemar n'y pensons plus, demain sera un autre jour, je verrai de nouveau le soleil. » Elle parvient à articuler lentement quelques mots :
— J'ai froid, je veux rentrer chez moi.
— Un moment ! Répond la voix de l'homme. Nous arrivons chez moi.

En effet, la voiture s'arrête, Fabienne sent des bras la pousser hors du véhicule, elle ne voit rien, sent sous ses pieds quelque chose de flasque, de gluant, ce n'est que de la boue. Un coup de feu l'atteint en pleine poitrine, elle tombe à plat ventre ce n'est plus que le silence, l'absolu, l'infini. À jamais, les ténèbres ont englouti notre petite sportive pour toujours. On retrouvera son corps nu, gisant face contre terre, les bras en croix, une main levée vers le ciel comme pour demander pourquoi.

Et les FOURNIRET repartiront dans les Ardennes, à Floing, épanouis. La future maman mettra peut-être la main sur son ventre arrondi écoutant les bruits sourds de son bébé et demandera à son fauve de poser aussi sa paume en lui disant :

— Regarde, il bouge, je sens que la délivrance n'est pas très loin.

Pendant que des parents souffraient atrocement de la disparition incompréhensible de leurs enfants, une femme, une mère, Monique OLIVIER mettait au monde un petit garçon le 9 septembre 1988.

Selim ouvre les yeux sur une future vie déjà, hélas, impitoyable, et qui ne lui laissera aucun répit. Le christ est mort sur la croix, lui, Selim, son cœur est mort à la naissance.

Un enfant, un bébé ressent chaque chose de ses parents, il ne sait pas encore que pour les futurs meurtres à venir, il en sera l'appât, l'hameçon.

Quoi de plus facile pour ces deux êtres démoniaques que de s'en servir ?

Mais l'argent que les futurs époux avaient dérobé à HELLEGOUARCH dormait toujours. Il fallait le réveiller brusquement : une cinquantaine de kilos d'or enterrés dans un cimetière parisien. « Fondons l'or ! » Comment a-t-il pu acheter le château du Sautou Donchery dans les Ardennes ? Cet or a fondu, devenu liquide, papier, monnaie, a-t-il soudoyé un notaire, a-t-il revendu cet or ailleurs ? Nous ne le savons toujours pas.

Mais les FOURNIRET sont devenus propriétaires de ce château.

À l'époque, quand on la regardait, la demeure était presque irréelle, entourée d'un parc immense, d'arbres majestueux, des fleurs de toutes couleurs semblaient courir sur la pelouse et aux abords, les fenêtres étincelaient dans la lumière. Et quand la nuit tombait, avec ses plafonds bien éclairés, on avait l'impression d'entrer au paradis. Hélas, ce petit château lui aussi ne savait pas que ses immenses étendues de jardins, ses pelouses bien entretenues, allaient devenir un cimetière, où des petites fleurs recouvriront les restes de nos petites martyres.

Nous étions en janvier 1989.

Les époux s'y installèrent avec le petit Selim. Oh, il y a quelques travaux à faire, la menuiserie, le toit, certaines pièces sont délabrées, il faudra refaire aussi le jardin pour le printemps, cela ne fait pas peur à notre monstre de travail, il s'en charge tout doucement. Les voisins le voient travailler férocement même par temps maussade, des brouettes vont et viennent, des échelles agrippées au toit.

Vraiment, quel travailleur notre nouveau voisin ! Il lui arrive même de proposer ses services : tout le monde l'aime bien.

Mais les villageois parlent. Comment ont-ils pu se procurer tant d'argent ? Ils ont même acheté un appartement à Sedan, une voiture neuve. On murmure dans les foyers et puis on oublie… « Ce ne sont pas nos affaires ! »

En attendant que les travaux soient terminés, ils vivent à Floing dans les Ardennes et FOURNIRET passe le plus clair de son temps à faire des allées et venues à Donchery où, dit-il au garde-chasse, il va construire un hangar.

— Pourquoi ? lui dit celui-ci, c'est déjà assez grand et puis il vous faut un permis de construire, c'est la loi !

— Oh ! Je me fiche éperdument de la loi, répond FOURNIRET d'un air menaçant.

Le garde-chasse le regarde fixement et retourne chez lui d'un pas alerte en se disant que ce type est bizarre.

Pendant ce temps-là, Monique OLIVIER fait connaissance avec ses voisins Gérard et Jocelyne CADÉ. Ils se sont rencontrés au supermarché, parlant de tout et de rien. Le printemps va bientôt arriver, il faudra s'occuper du potager, repiquer des fleurs, de leurs enfants… Elles deviennent assez proches pour prendre un café dans la cuisine, et se recevoir lors de quelques cérémonies. FOURNIRET discute avec Gérard CADÉ quand soudain il s'interrompt pour demander au couple s'ils seraient d'accord pour être les témoins dans leur union prochaine.

— Vous comprenez, nous voudrions régulariser la situation pour notre petit Selim.

Les CADÉ, assez surpris, acceptent :

— Pourquoi pas !

Ils ont l'air d'être si seuls, personne ne vient jamais les voir ; les CADÉ, après un échange de bisous repartent à leur domicile assez étonnés.

Et la vie continue, apparemment sans histoire, mais un quart d'heure suffit à ébranler leur vie de couple uni. En effet, JPH débarque à Floing, cet homme venait de sortir de prison et criait vengeance ! Vengeance absolue ! JPH voulait savoir, comprendre où était sa femme. Elle était la gardienne de son trésor, elle était sa vie, tous deux voulaient vivre heureux avec leur butin, tout avait disparu à jamais, au fond de son âme il savait que FOURNIRET était l'auteur de son obsession macabre : oui, il n'en pouvait plus, il fallait que la vérité éclate.

Aussi, après bien des péripéties, se trouva-t-il à Floing, caché derrière les arbres, une arme dans la main.

« Je vais lui faire cracher le morceau à cet enfoiré, il me dira la vérité ! » Il s'approche à pas de loup près de la maison, mais FOURNIRET, toujours aux aguets entend, voit quelque chose bouger, le lâche prend peur, entoure les fenêtres d'armes, de barbelés, et s'enfuit, laissant seuls Monique OLIVIER et le petit Selim accroché dans les bras de sa mère. JPH entre arme à la main et voit Monique OLIVIER et son fils le regarder, les yeux exorbités.

— Bonjour, dit Monique OLIVIER, que se passe-t-il ? Tu aurais dû nous prévenir ! Selim, dis bonjour à ton parrain, voyons !

En effet lors de la naissance de Selim, FOURNIRET avait demandé, en souvenir de leur « amitié », d'être le parrain de leur fils. JPH avait accepté.

— Où est FOURNIRET ?

— Il s'est enfui ! Dis-moi ce qui se passe !

— Où est ma femme ? Où est l'argent ? Tu le sais, réponds-moi !

— Je ne sais pas de quoi tu parles, je ne suis au courant de rien. Nous avons cherché Farida partout, tu le sais, tu es au courant, peut-être est-elle partie à l'étranger.

JPH, les nerfs à vifs, ne réplique pas.

— Je veux voir FOURNIRET !
— Il est parti au château.
— Au château ?... Quel Château ?
— Celui que nous avons acheté et essayons de rénover.
— C'est quoi cette histoire ?
— La vérité je n'en sais rien, avec les économies de Michel nous allons bientôt nous marier j'espère que tu seras avec nous.

JPH s'effondre, il a toujours l'arme à la main, les simples mots définitifs pour lui seront :
— Monique dis-moi ce qui se passe. À moi, tu peux le dire, si tu as peur, je suis là et t'aiderai. Dis-moi, as-tu peur ? Peur de quoi ?
— Non, tout va bien.
— Tu as mon numéro, appelle-moi !
— Oui ! Je le ferai...

Pendant de longues années, nous n'avons plus entendu parler de JPH jusqu'au procès. C'était un homme encore solide, des yeux expressifs, mais lors du procès on le sentait anéanti, vidé, JPH était un bandit mais un bandit avec « un cœur gros ».

Peut-être que là où il est à ce jour il regrette sa vie dissolue mais au fond de son cœur est-ce le butin ou sa femme qu'il aurait aimé retrouver ? Je pense sincèrement que c'est Farida.

Le mois de Mars avec ses giboulées, ce vent glacial qui nous transperce arrive, non, le printemps n'a pas encore montré le bout de son nez et, malgré ce temps féroce, FOURNIRET continue ses allées et venues entre le château et sa misérable cabane, son break chargé de toutes sortes d'outils roule, roule, pour faire des travaux. En effet, vu le temps plus que maussade, la toiture risque de s'effondrer et l'intérieur est à refaire, plafonds et sols.

Mais FOURNIRET creuse des tranchées, creuse comme une fourmi. Il ne s'arrête pas sous les yeux médusés des voisins !

Pendant ce temps-là, une blonde et timide étudiante entreprend des études à Charleville Mézières au lycée Sévigné. Elle n'a pas de copine de son âge, les autres la trouvent gauche, ne recherchent absolument pas sa compagnie, démodée, un peu hors du temps. Jeanne Marie Desramault n'en a cure elle est la fille unique de parents assez âgés qu'elle adore et préfère le monde des adultes. Son unique amie et confidente est sœur Marie, elle a 64 ans, Jeanne Marie a 21 ans…

Jeanne Marie est restée très longtemps, toute son enfance, au monastère Notre Dame de Montcy St Pierre, elle était heureuse là-bas mais les études doivent continuer et Jeanne Marie s'était inscrite à Charleville Mézières en première année de BTS Bureautique.

Sœur Marie lui manquait beaucoup, ses moments libres étaient pour la retrouver. Elle y puisait une source de réconfort et de joie. Aussi prenait-elle le train Lille-Charleville presque chaque dimanche soir.

Dans le même compartiment, un homme l'observe, lui sourit, engage la conversation, quelques propos sans suite… Elle a confiance en cet inconnu et lui raconte à peu près tout de sa vie, de sœur Marie qu'elle adore, qu'elle va d'ailleurs rejoindre, elle est chez elle à Notre-Dame, y loge le dimanche soir.

— D'ailleurs, vous verrez, sœur Marie sera là à m'attendre sur le quai, je vous la présenterai si vous voulez.

FOURNIRET acquiesce d'un signe de tête.

Les présentations furent faites dès l'arrivée à Charleville Mézières, sœur Marie tomba sous le charme de cet homme qui avait l'air si gentil, toujours prêt à rendre service.

— C'est très gentil à vous, Monsieur, de vous occuper de Jeanne Marie, elle est toujours dans les transports. Oui, vous comprenez, ses parents habitent Béthune, le temps passe plus vite quand elle peut converser avec quelqu'un.

— Et vous, Monsieur ?

— Appelez-moi Paul. Oh ! J'habite une ferme à Sedan et, moi aussi, je fais plusieurs retours pour affaires, « les papiers ».

— Enchantée d'avoir fait votre connaissance !

— Moi aussi, ma Sœur, à bientôt Jeanne Marie, à tantôt dans le train.

Il part, remonte dans le break où une femme l'attend, un dernier signe de la main…

Dans la voiture FOURNIRET raconte à Monique OLIVIER sa rencontre avec cette jeune fille :

— Elle doit être vierge, elle a été élevée chez les bonnes sœurs, quelle aubaine !

le Masque
le cerveau
le bélier, le scorpion
M. Olivier Jeune
le Sautou
le couple diabolique
M. Olivier - M. Fourniret
M. Fourniret et sa muse
M. Fourniret jeune

Les trajets continuent. Quelque temps après, Jeanne Marie accepte de rencontrer sa femme « Pierrette » et les accompagne au restaurant en Belgique à Bouillon pas très loin de Sedan.

Ce fut une soirée riche de culture, sa femme « Pierrette » était une jeune femme sympathique et parla de leur fils.

— Voulez-vous le rencontrer la prochaine fois ?

— Oui, pourquoi pas !

Paul et « Pierrette » la raccompagnent au monastère.

— Voulez-vous entrer ? Il y a une petite réunion charismatique, Sœur Marie sera enchantée.

— Non, merci, une prochaine fois, nous apporterons du jambon aux petites sœurs à bientôt !

Et Jeanne Marie rentre dans son havre de paix, embrasse tendrement Sœur Marie et lui raconte sa soirée.

— C'est formidable d'avoir rencontré des gens si sympathiques et la prochaine fois ils vont tous vous gâter avec une petite surprise !

Avec un rire, bras dessus bras dessous, toutes deux rentrent dans la pièce pour assister à la réunion.

Ce fut sa dernière réunion.

FOURNIRET attend une longue semaine devant la gare de Charleville Mézières, son obsession le ronge, où est-elle ? Que se passe-t-il ? Il est inquiet et demande à Monique OLIVIER de téléphoner au monastère.

Le lendemain, le 10 mars 1989, la sonnerie retentit dans les murs du monastère. Sœur Marie décroche, une voix inconnue lui demande des nouvelles de Jeanne Marie. Sœur Marie un peu sceptique pense que ce doit être les nouveaux amis de sa petite protégée.

— Oh ! Jeanne Marie est un peu souffrante et est restée chez ses parents… Oui elle sera là dans huit jours ! Voulez-vous qu'elle vous rappelle ? Quel est votre nom ?

— Madame Jadot… Oh, non, ce ne sera pas possible, nous n'avons pas le téléphone pour avoir la paix, tous ces coups de fil anonymes ; là je vous appelle d'une cabine. Merci, je rappellerai plus tard.

Et ce samedi 18 mars 1989 arrive. Comme chaque semaine, sœur Marie dépose Jeanne-Marie devant la gare, la regarde y entrer et attraper son train de 17 h 41.

Comme elle l'aime cette petite ! Elle est si douce, attachante, avec un grand sourire, elle lui envoie un baiser du bout des doigts.

— À demain, fais attention à toi !

— À demain !

Jeanne Marie entre dans la gare, sœur Marie démarre et repart vers le monastère.

Elle ne sait pas qu'elle ne verra plus sa petite protégée, que DIEU la prendra avec elle pour l'éternité.

Oui, le bourreau est là. « Enfin, se dit-il, je vais la déflorer… » Déjà, la jouissance apparaît sur son visage.

Ravie de revoir son compagnon du train, Jeanne Marie lui serre la main et demande des nouvelles de « Pierrette » son épouse.

— Elle est là, sur le parking, et justement « Pierrette » et moi-même nous nous demandions, enfin, si vous voulez, au lieu de prendre le train avec ses arrêts interminables, nous pouvons vous raccompagner chez vous. « Pierrette » et moi en profiterons pour visiter la région, nous ferons un arrêt chez moi et téléphonerons chez vous pour ce léger contretemps.

Jeanne-Marie accepte avec joie la proposition de FOURNIRET et c'est d'un pas léger qu'elle monte dans la voiture pour faire un petit baiser à « Pierrette », en la gratifiant d'un grand merci. Arrivant tous les trois dans leur demeure, Jeanne Marie s'assied sur un vieux canapé en regardant « Pierrette » vaquer à son ménage.

— Voulez-vous du café ?
— Oui, merci !

Jeanne-Marie parle beaucoup sur les mystères de la vie, de DIEU. A-t-elle, à ce moment-là, éprouvé un malaise ? On ne le saura jamais. Elle demande des nouvelles de leur enfant Selim.

Où était Selim à ce moment-là ? Chez une voisine ? Caché quelque part dans cette mansarde, mystère ? Lors du procès, Monique OLIVIER niera farouchement que Selim ait été présent.

Ce petit garçon était-il caché quelque part ? A-t-il vu ce que ses parents accomplissaient ?

Toujours est-il que FOURNIRET, las des paroles de Jeanne Marie, lui pose une question :
— Es-tu vierge ?

Jeanne Marie, de ses yeux noirs exorbités, ne comprend pas, ne comprend plus, elle se lève du canapé et le fixe. La force a remplacé la peur :

— J'ai 22 ans ! Eh oui ! J'ai eu des relations avec une personne plus âgée. C'est mon droit, cela ne vous regarde pas !

FOURNIRET voit rouge, il l'empoigne par ses longs cheveux blonds, lui met les mains à la gorge. Ses mains de tueur n'arrivent pas à la faire taire !

— DIEU vous punira !

Malheureusement ses forces l'abandonnent.

FOURNIRET la tire par les jambes sur le lit de la chambre. Jeanne Marie, sachant qu'elle n'a plus que quelques minutes à vivre, se débat comme une furie, casse avec une jambe le carreau de la chambre. FOURNIRET demande de l'aide à sa chère future épouse.

— Va chercher du sparadrap, quelque chose, dépêche-toi !

Monique OLIVIER s'exécute. Pendant que le sparadrap éteint son dernier souffle, Jeanne Marie sent qu'il lui écarte les jambes, puis plus rien. Le silence. Elle sombre. Des gouttes de sang perlent au coin de ses yeux mi-clos. Son dernier soupir fut :

— Mon DIEU !

Mais FOURNIRET, ivre de désespoir, ne s'arrête pas là. Les yeux injectés de sang, une rage insurmontable s'empare de lui. Il traîne ce petit corps désarticulé vers la douche, le jette et va chercher un sac plastique pour entourer ce regard fixe qui le pénètre. Est-elle encore en vie ? Il n'en a cure, lui enfonce le sac par-dessus la tête, fait des nœuds autour de son cou et ferme les rideaux.

Monique OLIVIER assiste au massacre sans dire un mot et voit son mari partir dehors préparer la voiture. D'un regard, il lui demande de l'aide. Monique OLIVIER s'exécute et transporte le cadavre dans la voiture. Là, nos chers futurs époux vont « enterrer » ce petit être au château du Sautou, où des tranchées étaient en cours.

Cela n'a pas duré très longtemps, les outils, y compris la pelle, attendaient. Jeter ce corps, creuser avec une rage continue, lui fit l'effet d'une délivrance peu commune.

— Viens ! dit-il à Monique OLIVIER, demain je recouvrirai le sol de terre. Il fait nuit, personne ne nous a vus.

Ils repartent, main dans la main pourrait-on dire, dans leur mansarde.

Qui nettoiera le sang de cette pauvre petite fille ? Qui osera se doucher après ce crime horrible ? La vie pour eux reprendra comme avant.

Pendant que notre petite fée dort pour toujours au fond d'une tranchée, ses espoirs, ses rêves, se sont enfuis à jamais.

— Parents bien aimés, Sœur Marie, je vous attends là-haut, près de DIEU, je crie vengeance, que justice soit faite ! Pas pour moi-même, non, mais pour les autres victimes à venir !

Le mariage de ce pauvre type et de cette pauvre sangsue approchait, il était prévu pour le 28 juillet 1989.

Mais plusieurs tentatives d'enlèvements ont eu lieu bien avant cette date.

Une, le 27 juin 1989, à BETHELAINVILLE, dans la Meuse. Affaire qui n'a pas été élucidée. Il y a, à ce moment dans la vie de ce couple, beaucoup de choses mystérieuses. Certaines personnes, témoins, ont préféré se taire, peut-être par peur de représailles. Les gens de la terre aiment leur travail, c'est lui qui les fait vivre, ils préfèrent fermer les yeux, les affaires, les embrouilles des autres ne les regardent pas, chacun sa vie !

Si seulement ILS VOULAIENT PARLER !

Le gouffre dans lequel la justice a sombré à ce moment-là s'ouvrirait pour laisser le doute s'abstenir et laisser la vérité éclater au grand jour.

Il n'est pas trop tard. Nous pouvons toujours espérer… l'espoir fait vivre !

Gérard et Jocelyne Cadé arrivent sur la place de la mairie. Étonnés, ils se regardent tous deux, pas âme qui vive, pas de voiture. Sous un soleil voilé, ils sont seuls, se seraient-ils trompés de date ? Non, nous sommes bien le 28 juillet ! Ils patientent dix minutes et voient enfin arriver les futurs époux.

Monique OLIVIER, dans une robe ample, bleu marine, pour une fois ses longs cheveux noirs sont coiffés avec soin. FOURNIRET, une veste pied-de-poule, se tient très droit et sourit aux témoins. Jocelyne CADÉ lui demande gentiment :

— Les invités sont-ils en retard ?

— Nous ne sommes que nous, n'ayant pas de parents et de rares amis qui n'ont pu se déplacer, répond FOURNIRET en les entraînant vers le bâtiment principal.

Ils montent au premier étage où un adjoint au maire officie. Cela ne dure que quinze minutes. Ce qui avait étonné à ce moment-là les époux Cadé, c'est qu'il n'y avait pas eu d'échange d'alliances.

Bref, un mariage bizarre, se diront-ils plus tard. Et voila nos nouveaux mariés repartant ensemble avec leurs témoins dans leur misérable cabane. Une brioche et du café les attendent. Les témoins repartent chez eux en sentant un grand trouble les envahir, bizarre, vraiment bizarre !

FOURNIRET continue toujours ses allées et venues entre Floing et le château, il va falloir travailler dur, cela ne lui fait pas peur en cette journée d'été 1988.

Roland Coutant, employé à la société Hichard à Charleville-Mézières, transpire abondamment sous un soleil brûlant, pour enlever broussailles et élaguer les buissons. C'est un enchevêtrement de ronces, d'orties, même des sacs plastiques qui lui collent à la semelle, des immondices, des détritus. Cela n'étonne pas notre courageux ouvrier qui, fatigué par cette chaleur, passe la main sur son front brûlant, prend une petite pause d'un instant et voit arriver d'un pas alerte FOURNIRET, le regard noir, qui le harcèle pour finir les travaux. Bon gré, mal gré, Roland COUTANT s'exécute et retire d'un coup sec le plastique collé à sa chaussure.

Quelle ne fut pas sa stupeur en découvrant à l'intérieur deux vêtements bleu marine et jaunes, maculés de sang !

— Le sang n'était pas sec, j'en ai même eu sur les mains ! dira-t-il bien plus tard. Avec horreur j'ai jeté le tout sur le côté droit de la route.

Pourquoi cet homme n'a-t-il pas prévenu la police ? Nous sommes des êtres humains ! Tous ! Sauf les criminels, leurs âmes sont dépourvues de sensibilité. Cet homme avait du cœur, comment aurait-il pu penser que des petits corps sans vie gisaient au milieu de ce château, qui lui demandaient de les aider de sortir des ténèbres.

JE PENSE SINCÈREMENT QUE CES PETITS CORPS LUI ONT ENVOYÉ UN MESSAGE. DE L'AU-DELÀ.

Il ne pouvait pas savoir. Il a jeté ces vêtements en pensant tout simplement aux pluies nombreuses dans la région qui auraient pu apporter toutes sortes de détritus.

Il oublia et continua son dur labeur

Mais, dans les Ardennes, on n'oublie pas, on chuchote… Le garde-chasse a de plus en plus de mal à « sonder » ce type.

FOURNIRET est un ouvrier comme lui ! Comment peut-il avoir autant de fric et ces travaux… cela n'a aucun sens, une cabane ! personne, n'y va jamais, sa femme, son fils, sont invisibles et on chuchote et chuchote encore.

Mais pendant ce temps quelqu'un mène son enquête : JPH est de retour, il veut savoir, tout savoir, et ne se gène absolument pas pour poser des questions à toutes les personnes qu'il peut rencontrer, il a tout le temps. FOURNIRET lui a pris sa femme, son « argent », en un mot sa vie.

Et les voisins continuent à observer ce couple. Oh ! Il n'a pas beaucoup d'amis, rares sont les voitures à fréquenter ce chemin caillouteux qui les entraîne vers cette misérable demeure.

Pourtant, un jour, un ancien collègue de FOURNIRET, Jean D., vient lui faire une petite visite. Jean D. était tourneur à l'époque, FOURNIRET fraiseur. Il dira de lui que c'était un gars poli, sérieux, une mémoire phénoménale. Jean D. lui avait tendu la main lors de l'incarcération de FOURNIRET.

— Il avait commis une bêtise, pour moi cela n'était pas sérieux, j'étais là, il avait besoin de moi. Dira-t-il lors du procès. Nous n'avons jamais perdu contact et voulions à ce moment-là créer une société de chaudières à bois dans les Ardennes. FOURNIRET était très content de me recevoir il a même organisé une petite soirée, « pas de manières entre amis », quelques bières et des crêpes que Monique OLIVIER faisait cuire dans la poêle.

FOURNIRET lui fait faire le tour du propriétaire du « château ».

Jean D. est très étonné de ces pièces immenses, sans meuble, du matériel de cantine dans la cuisine, de ce jardin ombragé où des arbres poussent n'importe comment, des travaux partout, une cabane, un hangar… Jean D. ne pose aucune question, mais en remontant dans sa voiture il revoit le regard morne de Monique OLIVIER, l'ombre dans les yeux de FOURNIRET, un rictus au coin des lèvres, à peine perceptible.

Comment sont-ils arrivés ici dans ce trou perdu ?

Les voisins aperçoivent aussi, de temps en temps, des enfants jouant dans la cour : ce sont les jumelles de FOURNIRET. Aussi, une commerçante de BOSSEVAL et son mari empruntent le chemin menant au « château ». À part ces quelques personnes, RIEN !

Le château ferme ses persiennes et le silence demeure longtemps.

Mais le rituel démoniaque des époux va recommencer : la Belgique n'est pas très loin de leur domicile, nos chers époux ont emprunté très souvent cette route et ne sont absolument pas inquiétés par la douane.

Le 20 décembre 1989, le couple part vers Bruxelles, dans une Renault 9, pour changer quelques pièces de valeur. Le couple passe un après-midi tranquille et repart vers sa masure, tranquillement.

Soudain FOURNIRET aperçoit une jeune piétonne avec une chevelure blonde. Il arrête le véhicule, la suit des yeux.

— Qu'elle est jolie ! Elle ressemble à une petite danseuse, une ballerine, j'ai l'impression de voir voler un oiseau, regarde, Monique, elle est presque irréelle et je suis sûr qu'elle est vierge ! Nous avons le temps, suivons-la. Non, reste au volant, je vais la suivre et te ferai signe le moment venu.

Notre petite Élisabeth BRICHET suit son chemin tranquillement, sans savoir qu'un vautour, derrière elle, surveille ses petits pas, lentement, attendant patiemment sa proie.

Élisabeth s'arrête à une maison, sonne fait un grand bisou à une autre fillette qui l'attendait, la porte se ferme et les fillettes passent un après-midi agréable. C'était un mercredi, toutes deux attendaient en vain une autre copine qui devait venir mais, étant souffrante, la maman de celle-ci préférait la garder au chaud chez elle !

Oui, il faisait froid, nous étions en Décembre, la nuit tombait vite, Élisabeth devait rentrer chez elle à 18 h 30, ce n'était pas très loin. FOURNIRET, toujours aux aguets, vit les deux fillettes sortir et croisa leur chemin. Un bonsoir très aimable auquel elles répondirent par un bref sourire et s'engouffrèrent dans une boulangerie. Elles en sortirent toutes deux, une baguette croustillante à la main, riant aux éclats, Élisabeth embrassa son amie en lui disant :

— Je rentre, il fait déjà nuit !

Mais son amie ne la revit plus jamais.

Des milliers d'affiches parcoururent la France, la Belgique, le monde entier, en vain, durant quatorze années. Son pauvre petit corps désarticulé sera retrouvé au domaine du Sautou, tout près de Jeanne Marie Desramault, une carte d'identité souillée sera retrouvée portant son nom.

FOURNIRET a violé, tué, une nouvelle fois, un petit ange, son prétexte pour l'attirer dans ses filets « nous cherchons un médecin pour notre enfant. »

Élisabeth était une fée, adorait danser, écoutait la musique, était gaie, son amie dira d'elle lors du procès.

— Je la connaissais depuis la maternelle, nous nous aimions comme des sœurs, encore aujourd'hui je n'arrive pas à y croire.

Et s'effondre en pleurant n'osant pas regarder le vautour en face d'elle.

Nos deux époux regagnent leur domicile avec un petit corps sans vie dans leur coffre et le jettent comme un sac-poubelle avec les autres ossements dans leur tombeau macabre.

La vie reprend mais une ombre plane autour de ce couple comme une menace, une présence néfaste, FOURNIRET le ressent et est aux aguets. Pourtant, une baby-sitter est là chaque jour et s'occupe de Selim. Nous pourrions l'appeler « la survivante ».

Sarah est très heureuse chez FOURNIRET, elle gagne bien sa vie, FOURNIRET est très poli, Monique OLIVIER aimable, le petit Selim ne demandant qu'à jouer. Elle a même le droit de recevoir son copain ! Que demander de plus ? Mais au bout d'un mois, FOURNIRET lui dit aimablement qu'il n'a plus besoin de ses services :

— Nous vous rappellerons. À bientôt, peut-être.

Une enquête est menée par le fisc qui épluche un à un les comptes bancaires, surtout ceux de la véritable propriétaire du château : Monique OLIVIER. Beaucoup de recommandés arrivent dans la boîte aux lettres, les impôts n'en restent pas là et deviennent de plus en plus pressants, ils veulent savoir comment ont-ils pu acheter ce château. Monique OLIVIER répond d'une voix ferme : les économies de Michel !

Les impôts ne lâchent pas prise, surtout qu'au même moment, JPH étant sorti de prison, est surveillé presque jour et nuit. La PJ, la police, le soupçonnent d'avoir caché un trésor de guerre et JPH est connu comme membre de l'organisation dissoute « action directe ». La PJ sait qu'il faisait partie du « gang des postiches ».

De là, la PJ fouille dans son passé et apprend que JPH connaissait un certain FOURNIRET, oui, compagnons de cellule. On cherche, on trouve, et les enquêteurs surveillent plusieurs jours durant, à l'aide de jumelles, cachés dans les broussailles, les époux FOURNIRET.

Tout d'abord ils ne comprennent pas pourquoi ils habitent dans cette misérable demeure à Floing ? Que veulent dire ces allées et venues ?

Plusieurs véhicules stationnent souvent devant le château mais pas âme qui vive, ils voient Monique OLIVIER rentrer des courses, le coffre plein de victuailles, cela n'a pas de sens, que fabriquent-ils ?

Des questions sans réponse et tout devient clair pour la police.

Il faut faire une perquisition au château, peut-être trouveront-ils des armes, le magot et d'autres choses encore.

Comment, à ce moment, auraient-ils pu deviner, lors de la perquisition de ce 28 juin 1990, qu'ils avaient en face d'eux un tueur en série et que des cadavres jonchaient la pelouse, en voyant cet homme qui, en bâillant, leur ouvrit la porte ?

— Messieurs, que puis-je pour vous ?
Tendant un papier le policier lui dit :

— Nous avons l'ordre de perquisitionner chez vous.
— Chez moi ? Mais pourquoi ?
Monique OLIVIER, cheveux hirsutes, arrive à ce moment-là :
— Que se passe-t-il ? Ne faites pas de bruit, vous allez réveiller le petit !

Les enquêteurs entrèrent, fouillèrent de fond en comble le château, cherchèrent même les tableaux de l'ex-mari de Monique OLIVIER.

Ils repartirent bredouilles, en promettant à FOURNIRET qu'ils reviendraient :

— L'enquête n'est pas terminée, non, loin de là ! Nous aurons plusieurs questions à vous poser...
— Quand vous voulez, Messieurs, nous n'avons rien à cacher, bonne nuit, reposez-vous bien !
En effet les policiers avaient fouillé toute la journée sans interruption.

Et la porte se referme en un claquement sourd ! Peut-être que FOURNIRET se passa la main dans les cheveux en regardant sa Natouchka en riant :
— On s'en est bien sorti, non ?

Avec un semblant de sourire Monique OLIVIER se réfugie dans les bras de son fauve.

Le lendemain, les policiers rentrant de leur pénible tâche, un peu anéantis, apprirent de la brigade de Paris qu'ils avaient trouvé les vrais membres « d'Action Directe » et les avaient incarcérés. JPH n'en faisait absolument pas partie mais se retrouva une nouvelle fois derrière les barreaux pour trafic d'armes, détention d'explosifs, et falsification de documents administratifs. JPH se retrouva de nouveau coincé ne sachant toujours pas la vérité au sujet de Farida et du butin.

FOURNIRET, croyant être tranquille, reprend ses méfaits.

Agression de Florence S. à Fismes, dans la Marne, vols d'armes dans un commissariat de police. Il se sent tellement puissant, sûr de lui, ils ne pourront jamais l'attraper, quelles preuves auraient-ils ?

Mais malgré tout l'enquête continue et le 20 novembre 1990, Michel FOURNIRET et Monique OLIVIER sont convoqués par le tribunal correctionnel de Nantes pour la destruction des tableaux de l'ex-mari de Monique OLIVIER. D'autres méfaits leur seront attribués, et c'est d'un pas léger que tous deux, montant dans leur voiture, partent pour Nantes. Pour ne pas être en retard ils préfèrent passer la nuit à l'hôtel.

Ils sont tous deux si confiants : ce sera une balade en amoureux ! Selim a été placé chez sa nounou attendant leur retour. Aucune inquiétude, pas de soucis, ils ont même emmené leur chien, un bouvier des Flandres. Ils ont rendez-vous avec un avocat de Sedan qui les attend devant le tribunal.

Nos deux tourtereaux sont à l'heure devant le tribunal, un bref serrement de mains à leur avocat et les voilà devant le magistrat.

FOURNIRET, habillé avec soin et même une certaine élégance, répond à toutes les questions d'une voix posée sans aucune ironie, la leçon donnée par son avocat a été bien retenue.

— Oui, Monsieur le Président, nous avons mis le feu aux tableaux, surtout celui de ma tendre épouse, mettez-vous à sa place, elle a été bafouée par André M, il l'a jetée dehors sans rien, même pas un bibelot, c'est tout juste si elle a pu voir ses enfants, l'argent n'en parlons pas ! Pas un sou, tout ce que Monique a pu récupérer ce ne sont que quelques photos. Demandez-lui, Monsieur le Président !

Monique OLIVIER, vêtue d'un tailleur strict, répond d'une voix absente :

— Oui, c'est vrai, Monsieur le Président, il m'a bafouée, je sais, c'est impardonnable ce que nous avons fait. Avec un petit sanglot dans la voix. Veuillez nous excuser, cela ne se reproduira plus.

Le magistrat hoche la tête et se retire.

Le jugement tombe dans le milieu de l'après-midi :

Quatre mois de prison pour FOURNIRET, malgré un casier judiciaire déjà chargé.
Quatre mois avec sursis pour Monique OLIVIER.
Leur peine sera amnistiée par la grâce Présidentielle le 14 juillet de l'année suivante !

Et les voila sortant en souriant du tribunal :
— Merci, Monsieur l'avocat !
— Prendriez-vous une collation avec nous ? Nous pouvons vous raccompagner, cela vous évitera de prendre le train.
— Non, merci, répond l'avocat.
Il n'avait absolument pas envie de monter dans le véhicule, avec ce chien baveux.

Les FOURNIRET, à bord de leur véhicule, rient à gorge déployée :

— On les a eus, hein ? Ma Natouchka. N'aurais-tu pas envie de faire une balade ? Allons rendre une visite à ton frère, il y a longtemps que tu ne l'as pas vu !

— Oui d'accord !

Le frère de Monique OLIVIER habitait en Loire-Atlantique, et dira lors du procès :

— Je me souviens de cette visite impromptue, ils ont dîné avec nous ce soir-là, ma sœur avait un drôle d'air, le regard fuyant, ils ne sont pas restés longtemps et sont partis tout de suite après le repas. Ce n'est que bien plus tard que j'ai appris… Ma femme en est morte !

Une nouvelle nuit à l'hôtel et le matin, les FOURNIRET reprennent doucement la route à bord de leur C15, vers les Ardennes.

À peu de distance, une famille nombreuse se dirige vers le centre Leclerc pour y faire quelques emplettes. Une maman, accompagnée de ses deux filles cadettes Natacha et Davina, sa fille aînée Christine, de son gendre et ses deux petits-enfants.

La famille nombreuse s'engage sur le parking, s'y arrête, et tous s'engouffrent dans le supermarché. Mais au moment de régler ses achats la maman s'aperçoit que malheureusement le porte-monnaie n'est pas dans son sac !

— Oh ce n'est pas vrai !

Elle l'a oublié sur la commode de la salle à manger, elle se retourne vers Natacha, âgée de 13 ans.

— Tu veux bien retourner à la maison? J'ai oublié mon porte-monnaie, il est dans la salle à manger, ce n'est pas loin, Christine peut t'accompagner, il y a tellement de monde, vous serez vite revenues !

Et Natacha, l'air grognon, quitte le supermarché.

Cette petite silhouette, vêtue d'un manteau violet, quittera pour toujours le centre, elle ne verra plus jamais les lumières, le sapin avec ses innombrables étoiles, là, au milieu du supermarché !

Nous étions le 21 novembre, presque un mois avant Noël, déjà les préparatifs commençaient, elle ne verra plus sa chambre coquette et gaie, n'embrassera plus jamais ses sœurs, ne rentrera plus chez elle, à cause d'un monstre infâme qui, lui aussi, se trouvait là parce que comme n'importe quel humain, il faisait des courses. Monique OLIVIER a croisé le chemin de cette fillette au manteau violet. FOURNIRET, au volant de sa Renault ou Citroën, l'avait remarquée. Quoi de plus facile ! Monique OLIVIER, sac plastique blanc à la main, demande à Natacha l'adresse d'un médecin.

Plus tard, nous ne saurons jamais si c'est l'épouse ou le mari qui a accosté Natacha. Les époux diaboliques ont soi-disant oublié… Le Pacte?

La petite n'a pas peur et monte à l'arrière du véhicule en compagnie du chien qui lui lèche la main.

— Il a l'air gentil, dit-elle.

Pas de réponse.

Le médecin de famille était à quelques mètres de chez elle mais, surprise, le conducteur se trompe de route.

— Non ce n'est pas là ! Non, vous vous trompez !

FOURNIRET roule à tombeau ouvert, il ne connaît pas bien la Bretagne et se fie à son instinct.

Pour une fois ce n'était pas une route secondaire mais la mer, une plage déserte ! Personne aux environs, nous étions au mois de novembre. Quel promeneur marcherait dans cette brume, dans ce sable humide ?

La petite est violée, étranglée, certainement les poignets attachés et subira les assauts incessants de cet être immonde.

Monique OLIVIER la dénudera et lavera notre petite victime, « pour effacer toute trace de sperme ».

On te retrouvera mon ange, dévêtu, gisant dans le sable ballottée entre la mer et l'embouchure d'une rivière ! Une petite sirène, les cheveux trempés d'algues marines.

En ce jour, vogues-tu toujours dans l'océan ? As-tu pour seule compagnie les poissons ?
As-tu trouvé la paix ?

Non je ne le pense pas, toi aussi tu as retrouvé « les autres âmes innocentes ».
Ensemble, petits oiseaux perdus à jamais, vous vous tenez la main et criez vengeance !

Nous, sur cette terre, ne vous oublions pas et hurlons que justice soit faite !

HÉLAS !

La famille de Natacha rentre à la maison très vite, la sœur aînée avait réglé la note, la maison était vide, le portefeuille gisant sur la commode, personne ! Le silence, affolée, la maman de Natacha, accompagnée de Christine, se rendent au commissariat.

— Il faut attendre, c'est une fugue !

— Non, jamais ! Natacha n'aurait jamais fait ça !

À ce moment, CHRISTINE, le visage déformé, parle en sanglotant, parle avec des mots hachés, vides de sens.

— J'ai vu… J'ai vu… En l'attendant… NATACHA, parler avec un homme ou une femme sur le parking… De loin, j'ai reconnu son manteau violet, je n'y ai pas prêté attention sur le moment et n'ai pas voulu t'inquiéter, Maman… Je regrette… mon Dieu ! Où est-elle ?

Elle se met à pleurer sans pouvoir s'arrêter

Les policiers, alertés, la prennent au sérieux.

— Rentrez chez vous, nous allons nous en occuper de suite.

Mais le lendemain, on découvre à 15 h 05 le corps de Natacha. Ce sont deux promeneurs qui la découvrent.

Les policiers se rendent sur le lieu du crime : la petite victime est nue, pas de collants, pas de chaussures.

Le manteau violet a disparu.

Elle a été étranglée, ses poignets laissent des marques de liens ! Probablement violée.

Le médecin légiste, appelé sur les lieux, ne trouve pas de traces de sperme :

— Elle a certainement été violée, mais l'assassin a pris soin de la nettoyer.

Et le déroulement d'une enquête, sans trêve ni repos pour les policiers, va commencer.

Ils interrogent Christine, encore et encore, elle ne peut en dire plus que ce qu'elle a déjà évoqué « Homme ou femme ! Quelle voiture ? »

Ils interrogent Davina, les deux petites filles étaient dans la même école, Davina se souvient d'un devoir, les collégiennes devaient se débrouiller seules pour financer un voyage scolaire.

Natacha, raconte-t-elle, aux policiers avait eu l'idée de vendre du jus de pomme et avait sonné à la porte du vétérinaire qui avait soigné leur petit chien, mais sc souvient-elle, celui-ci, une heure durant, leur pose des questions sur l'école, les mathématiques.

Davina écoute sa sœur répondre comme elle peut et voit ce Monsieur vociférer.

— Cette jeunesse n'apprend rien ! À quoi sert-elle donc cette école ? Non, du jus de pomme et puis quoi encore ?

Les deux petites filles médusées sortent et d'un même rire cristallin :

— Il est pas net ce type !

Il n'en faut pas plus pour que les policiers aillent perquisitionner chez lui.

Quelle ne fut pas leur surprise en découvrant au premier étage trois militants emmitouflés de cagoules noires, bombes ! Armes ! L.E.T.A., ce sont des membres de l'organisation indépendante de la Bretagne !

Le vétérinaire sort de son cabinet menottes aux poignets, lui aussi est une victime des époux FOURNIRET et sera accusé d'un crime qu'il n'a pas commis, il clame son innocence, hurle, tempête, mais la nuit dans sa prison il ne voit qu'un tunnel noir, ne se nourrit plus et on l'accuse, on lui pose des milliers de questions.

— Ce sang, que nous avons retrouvé dans le coffre de votre voiture, à qui appartient-il ?

— Mais c'est le sang d'un animal ! Je suis vétérinaire !

On ne le croit pas !

Jean-Yves GROIX, exténué, se suicidera en prison, le 27 janvier 1991. Il sera, longtemps après, blanchi par la justice.

Une autre victime venait de s'évanouir pour toujours dans la nuit, elle aussi doit errer dans l'au-delà, en criant vengeance et a certainement tendu la main vers nos petites âmes esseulées.

Et l'enquête continue. Un autre suspect est interrogé, un marginal espagnol, mais il s'avère qu'au moment du meurtre, il croupissait dans une maison d'Allemagne.

Les parents veulent un nom :
— Il faut trouver l'assassin de notre fille.

Un autre viol accompagné d'un meurtre fut commis dans l'auberge de jeunesse de Pleine Fougères en Ille-et-Vilaine.

Caroline DICKINSON, 13 ans et demi, est retrouvée morte, asphyxiée.

Un SDF est interpellé, mais, grâce à l'ADN, il est innocenté quelques jours plus tard. Tous les hommes âgés de 15 à 60 ans, sont soumis à des analyses génétiques…

Aucun résultat.

On retrouvera l'assassin de Caroline en avril 2000, grâce à L'ADN.

Les époux FOURNIRET étant chez eux, dans leur mansarde, écoutent avec ravissement les nouvelles à la radio, savourant leur triomphe.

Oh ! Jamais on ne les retrouvera !

Le coffre de la voiture a été nettoyé avec soin : plus de traces de sang, de cheveux…

Puff ! L'ADN ! Façon de parler ! Ils sont si sûrs d'eux-mêmes, nos chers monstres !

Les enquêteurs pensent à un certain Francis HEAULME, le routard du crime, qui a plus de neuf meurtres à son actif. Ce n'est pas le même genre que FOURNIRET. HEAULME est un idiot, alcoolique, et tue pour le plaisir. Il traverse la France et commet des crimes ici et là.

Mais là aussi, la piste s'arrête. À l'heure dite, HEAULME ne pouvait pas être en Vendée et se trouvait à Metz près de sa sœur.

Pour les époux FOURNIRET, HEAULME leur a été en quelque sorte d'un grand secours, un alibi.

« Oh ! Michel FOURNIRET, dans toute sa splendeur, ne pouvait en aucun cas lui ressembler. Lui, était un homme puissant, intelligent, lui, ne buvait pas et avait toutes ses facultés pour commettre ses crimes.

Mais est-ce vraiment des crimes ?

Il avait le droit d'immoler ses petites filles, on ne pouvait savoir ce que la vie leur aurait réservé. Elles ne souffriront plus maintenant. »

Voila ce qui se passait dans le cerveau immonde de ce pauvre type.

Le 3 juillet 1991, FOURNIRET se présente à VERDUN devant les magistrats.

Plusieurs plaintes ont été déposées contre lui, trois agressions, en automobile, sur des femmes dans l'Est de la France. La première, Fabienne L, menacée, agressée verbalement, alors qu'elle roulait tranquillement et était arrêtée à un feu rouge. Avec une arme, il la force à s'extirper de sa voiture, en lui racontant que la police le recherche et qu'il a besoin d'un otage…

Finalement il la laisse sur le bord du trottoir et s'enfuit au volant de sa propre voiture, Fabienne se rend au commissariat le plus proche et porte plainte. Cette jeune femme avait eu soin de relever le numéro de la plaque d'immatriculation, elle a été très choquée par son attitude. « Il était vêtu d'une veste noire en cuir ». Les policiers lui tendent plusieurs photos, le reconnaît-elle ?

Fabienne, sans hésiter, a reconnu son agresseur :
– Oui ! C'est lui !

Il faut peu de temps pour le retrouver, FOURNIRET nie et invente une histoire abracadabrante.

— Je prête régulièrement ma voiture à un ami, mon épouse n'est pas au courant, il a les clefs, je peux vous donner son nom, Jean-Pierre CANDO, c'est peut-être lui.

Les policiers, assez sceptiques, le laissent partir.

Une deuxième agression, le 27 juin 1989, une infirmière rentrant d'un dîner chez des amis à VERDUN regagnait assez tard son domicile quand soudain une voiture la doubla et stoppa net devant sa voiture.

Elle racontera plus tard qu'elle s'était rendu compte qu'elle était suivie, et a laissé le conducteur la doubler.

Cette infirmière s'est arrêtée devant la voiture de FOURNIRET, elle a bloqué ses portes et, entrouvrant la vitre, lui a demandé quel était le problème. Pour toute réponse FOURNIRET braque une arme, lui racontant la même fable qu'à Fabienne L.

— J'ai commencé à discuter avec lui : « Si vous baissez votre arme je vous donnerai de l'argent. »

FOURNIRET la fixe et, tout à coup, lui fait signe de partir, ce qu'elle fit malgré la peur qu'il lui tire une balle dans le dos. Elle eut le réflexe de mémoriser le numéro de la plaque et surtout ce visage, ces yeux… et, elle aussi, se rend au commissariat et le reconnaît sur les photos.

Il est à nouveau entendu. Jean-Pierre CANDO sert une nouvelle fois d'alibi. Les policiers lui montrent une photo.

— Oui ! C'est lui ! Recherchez-le !

Les policiers ne sont pas dupes et FOURNIRET, sûr de lui, repart tranquillement.

Il sera surveillé, les enquêteurs sont presque certains qu'il recommencera et là, ce sera la condamnation. Ils attendent en épiant leur proie.

Mais FOURNIRET aime voyager… Troisième affaire, à FISMES, le 4 août 1990. Une nouvelle plainte et, grâce aux collègues de Sedan, on recherche FOURNIRET, mais l'oiseau s'est envolé ! Plus personne au domicile…

Les enquêteurs cherchent et le retrouvent au poste frontière de Givet.

ENFIN LE FAUVE SE TROUVE DANS LES MAILLES DU FILET

— FOURNIRET, savez-vous pourquoi vous êtes ici ? Affaires de mœurs, agressions avec arme sur des jeunes femmes… ai-je oublié quelque chose ?

FOURNIRET nie et répond qu'il pensait que le contrôle judiciaire était tombé aux oubliettes.

— Et cette photo, là, est-ce bien votre ami, un dénommé Jean-Pierre CANDO ? Est-ce lui, Monsieur FOURNIRET ?

Il répond par l'affirmative.

— Votre mémoire doit défaillir car votre ami, votre compagnon de cellule, est noir ! Et celui-ci est blanc et blond ! Alors ? Votre réponse ?… J'attends…

FOURNIRET ne répond pas et a même l'ombre d'un sourire.

Michel FOURNIRET n'écope que de six mois de prison ferme et est transféré à la maison d'arrêt de BAR-LE-DUC.

Les policiers une nouvelle fois ne savent pas qu'ils ont en face d'eux un assassin, lui qui, de ses mains, vient de tuer Natacha, celle que l'on recherche partout.

Ils ne peuvent savoir qu'ils sont tout près d'un tueur en série, pire que HEAULMES ou DUTROUX…

Pourquoi FOURNIRET a-t-il commis ses agressions ? Il savait pourtant qu'il serait reconnu un jour, jouait-il au chat et à la souris ? Se croyait-il invincible, cet être dépourvu de cœur ?

Monique OLIVIER se retrouve seule avec Selim et a peur que les voisins flairent quelque chose de louche, aussi cette « mère », attentive à l'éducation de son petit garçon, s'installe à SART-CUSTINNE dans les Ardennes belges et fait la connaissance de Rolande, une personne âgée, qui prend pitié de cette femme avec un petit garçon en bas âge et son mari souffrant sur un lit d'hôpital d'un accident sur les routes de France.

— Il a besoin de repos et ne rentrera que dans quelques mois.

Rolande, peinée, lui propose même de lui téléphoner et lui prête gentiment sa ligne téléphonique.

Monique OLIVIER s'était installée dans une ancienne fermette et n'avait pas de téléphone.

Mais les gens de SART-CUSTINNE s'interrogent : « comment et pourquoi ont-ils acheté cette demeure en ruine, surtout qu'elle est seule avec un petit garçon ? »

Les langues se délient, Rolande a appris de Monique que l'état de santé de son mari s'améliorait de jour en jour.

Il sera bien vite à la maison et effectuera les travaux.

En effet, le voilà de retour, en pleine forme, pas de béquilles ! Pas de stigmates de l'accident ! Vraiment les hôpitaux en France savent soigner et guérir !

Monique OLIVIER lui présente Rolande. Très courtois, FOURNIRET la remercie de son amabilité envers son épouse, et fréquemment ils se retrouvent chez elle, devant une tasse de café, en discutant de faits divers.

Mais bien vite les voisins s'aperçoivent que ces « nouveaux français » vivant en Belgique ne sont pas trop aimables, juste un bref signe de tête de temps en temps, un bonjour !

Et FOURNIRET creuse, des bruits de pelle, de tronçonneuse, jusque dans la nuit. Une agricultrice se plaint, FOURNIRET lui répond, agacé :

— Il faut bien faire tous ces travaux !

Selim est inscrit à l'école. Sa « mère » l'accompagne et prend garde de fermer à double tour la fermette, en jetant quelques regards furtifs autour d'elle.

FOURNIRET trouve un emploi de maçon et de forestier. Cela lui permet d'échapper au gîte conjugal, à sa tendre « Natoucka » et même à son fils. Il devient renfermé sur lui-même et de nouveau parcourt les routes, peut-être à la recherche du gibier ? Les échecs le stimulent un peu, il se prenait pour un fin joueur mais las de ne pas être un héros, il abandonne, encore un trait de son caractère : Monsieur veut être le meilleur en tout. Il achète un chien féroce, son « jeu » favori.

Et Selim doit supporter les crocs acérés de ce chien à l'aide de cuissardes autour de ses jambes, Selim doit obéir aux humeurs de ce « père » si attentif, qui lui impose, soi-disant, les règles primaires de la vie. Les voisins s'apitoyent et se demandent si ce nouveau voisin n'est pas simplement fou !

FOURNIRET, pour ne pas avoir d'ennui, tue le chien !

Et Monique OLIVIER s'ennuie, se replie sur elle-même. Quelques voisines, ayant pitié de cette femme, l'emmènent avec elles pour quelques balades dans la campagne, mais Monique OLIVIER ne parle à personne, elle sera toujours la dernière, ne prend part à aucune discussion... « Un fantôme ! » Que lui manque-t-il à notre petite sangsue, a-t-elle enfin du remords ?

Pense-t-elle, en voyant toutes ces femmes normales, vivant leur vie quotidienne, parlant de leur mari, de leurs enfants, en toute simplicité, rentrant chez elles pour préparer le repas du soir et s'endormant dans les bras de l'être aimé, pensant au lendemain, sans aucune inquiétude, ayant des projets ?

Les enviait-elle ? Est-ce là, à ce moment, qu'elle a envie de se rendre à la police ? De tout dire ? Pour vivre enfin tranquille ? Libérée de toute contrainte, de cet homme qui lui a pourri la vie ! Elle se sent comme étourdie : qu'en a-t-elle fait de cette vie ? Est-ce en regardant Selim vivre, s'épanouir, malgré ce « père » qui devient maniaque, qui les fait vivre en surveillant les dépenses de la maison.

Savait-elle qu'elle dormait sur un matelas rempli d'or ? Qu'elle pourrait partir loin en emmenant son fils avec elle pour toujours !

Vivre enfin !

Elle était toujours propriétaire du château ! Ces questions sans réponse lui obstruent le cerveau.

Mais le destin, la chute, pourrait-on dire, arriva…

Monique OLIVIER trouve un emploi, pour arrondir les fins de mois : auxiliaire de vie pour personnes âgées. Grâce à Rolande qui, malheureusement, venait de perdre son mari.

Les FOURNIRET compatissent, assistent aux funérailles à l'église. FOURNIRET, très pieux, semblait affecté par l'épreuve que traversait sa voisine. Il l'aida de son mieux et pria avec elle pour le repos de l'âme du mari de Rolande.

Monique OLIVIER travailla presque à temps complet, il fallait quelqu'un pour garder Selim et « l'éplucheuse d'annonce » contacta une baby-sitter en août 1993.

Monique OLIVIER va chercher elle-même à BRUXELLES une jeune étudiante de 18 ans, belle, yeux en amande, petite, mais un corps à damner un saint !

Selim l'adore tout de suite, sa « grande sœur », nous ne saurons jamais son nom, peut-être Delphine. Selim ne le dira pas, même en ce jour, mais il se souvient d'elle…

FOURNIRET l'observe, la guette, elle avait peu de liberté mais Delphine lui demande gentiment de participer à la fête locale des « pyramides », Michel BERGER, son chanteur favori venait de quitter notre monde, elle l'appréciait beaucoup, et c'est avec une certaine tristesse qu'elle s'y rendit et rencontra un adolescent du même âge avec qui elle partagea son chagrin. Une belle soirée, un petit flirt, il lui donna même rendez-vous pour les jours suivants.

Les jours suivants, peut-être cet adolescent a-t-il attendu cette jeune fille en vain. Il ne la revit plus.

Delphine est rentrée un peu réconfortée de cette rencontre, mais le fauve, l'être sanguinolant, l'attendait et est rentré à l'aide d'une échelle par la fenêtre entrebâillée de sa chambre pour la violer, la tuer et cacher son corps.

Petite fée aux longs cheveux blonds, nous n'avons toujours pas retrouvé ton corps, où es-tu ? Ton âme est-elle toujours là ? As-tu trouvé la lumière ? Es-tu enfin en paix ? As-tu retrouvé ton idole ? Te protège-t-il ? Seras-tu vengée un jour ? Connaîtrons-nous la vérité ?

Beaucoup de jeunes filles, étudiantes, baby-sitters seront engagées dans les mois à venir, d'elles aussi, on ne retrouvera jamais de traces. L'une d'entre elles a pu être sauvée. Monique OLIVIER lui aurait demandé de coucher avec son mari, celle-ci aurait raccroché d'un geste brutal en disant : « Vous êtes folle ! »

Combien de ces jeunes filles ont-elles disparu de la main des FOURNIRET ? Au moment du procès, les époux ont gardé un mutisme complet.

Petites âmes vagabondes où êtes-vous ? Hantez-vous le cerveau de « ce pauvre type » ?

JE L'ESPÈRE DE TOUT CŒUR !

Et puis voilà notre pauvre type accablé, anéanti, qui se lance sur une nouvelle piste, adieu la virginité, l'obsession de toute sa vie ! Il a envie d'une infirmière, « la blouse blanche immaculée », mais avant il lui faut des armes. Sa tendre épouse, pour l'instant, n'est plus d'aucune utilité. Il se lasse de sa « Natoucka », n'éprouve aucun sentiment pour elle. Faire l'amour ? Pourquoi ?

Avec elle, c'est fini pour l'instant, il lui faut autre chose. Ils n'ont plus rien en commun à part Selim, huit ans, un enfant, un petit être qui ne demande qu'à jouer, aller au foot, avoir des copains. Cela lui est interdit, pas le droit de parler aux autres. Le travail de Selim à l'école est plus que médiocre, un petit enfant perdu qui regarde ses camarades avec envie, qui rentre chez lui, tête baissée, en attendant les propos injurieux de ce « père » ! Sa « mère », je pense qu'elle l'aimait et essayait de le protéger.

Monique OLIVIER était lasse, très lasse, et laissait partir son fauve : au moins il la laissait tranquille. Elle, qui n'avait jamais été coquette, partait à la dérive, grossissait et c'est tout juste si le savon faisait partie de son univers. Mais quelque chose s'illuminait dans ses yeux, quand son fauve favori lui relatait « ses journées ».

Oui, FOURNIRET recherchait quelque chose, il se sentait si bien dans sa peau.

Vols d'armes à nouveau : le week-end des 7 et 8 août 1993, les locaux de la Police de l'Air et des Frontières de GIVET sont cambriolés.

FOURNIRET prend soin de voler des menottes.

Le pacte recommençait, il avait acheté un autre chien « pour Selim », et surtout avait observé avec attention cette jeune femme au « salon de toilettage pour chien ».

Monique OLIVIER s'y rendit plusieurs fois et connaissait parfaitement les lieux.

Et le soir, le couple, tout bas, parlait de cette jeune femme.

— C'est une affaire ! Qu'en penses-tu ?
— Oui ! Vas-y !

Et cette jeune femme va vivre un enfer…
Joëlle PARFONDRY allait fermer son salon pour rejoindre son mari, un peu fatiguée mais qu'importe ! Journée bien remplie !

Joëlle adorait son métier : les animaux.

Soudain, un homme entra, cagoule noire, arme à la main.

— Je pensais, raconte Joëlle lors du procès, qu'il en voulait à l'argent de la caisse, mais non, il me raconte qu'il est poursuivi, a besoin de se cacher et, tout à coup, m'ordonne de me déshabiller. Nue tout de suite, il a envie de moi, et si je ne n'obéis pas, il me tuera.
Je me suis déshabillée lentement, en priant que, vu l'heure tardive, mon mari arrive, mais il avait pris soin de fermer à double tour, les clefs étant sur la porte, les stores étaient déjà baissés.

Tétanisée, croyant à un cauchemar je m'allonge nue sur la table où je bichonnai mes petits animaux. Il se jette sur moi, langue pendante. Je ne voyais pas ses yeux, la cagoule n'avait pas encore bougé, mais à travers, bien plus tard, et toute ma vie je n'oublierai pas !

Des yeux, même à travers ce bandeau, des yeux de hyène féroce, qui vous transpercent et qu'on ne peut oublier. Un être damné !

Mais il faut croire à la vie, avoir un dernier espoir, croire à l'immensité, aux étoiles, à Dieu. Survivre, avoir un dernier sursaut d'énergie, et dire tout simplement, tout doucement d'un murmure sorti de l'au-delà.

— Allez doucement, je vous en prie, je suis enceinte !

Et là le fauve bondit, me fixe de ses yeux hagards, sans vie, et me dit d'une voix rauque :

— Je m'en vais, mais chaque jour que tu vivras, prends garde, je te retrouverai, te traquerai, surtout n'oublie jamais.

Puis il ouvre la porte et s'en va d'un pas tranquille.

Le destin attrape FOURNIRET lentement mais sûrement, il racontera à sa bien-aimée qu'il a échoué. Qu'importe les échecs, il en aura encore.

Joëlle ne s'est jamais remise et a pris peur chaque jour, chaque soir. Quand le téléphone sonnait elle décrochait en tremblant, n'osait plus sortir de chez elle sans l'aide de son mari et de sa maman. Un enfant né quelques années plus tard ne l'a jamais rétablie tout à fait, son salon de toilettage fut vendu, même encore maintenant c'est une jeune femme frêle, secrète, et grâce à un psychologue, tout doucement, un fleuve limpide traverse ses veines, il lui faudra du temps pour reconstruire son monde.

Joëlle, je vous souhaite bonne chance, et suis sûre que dans le sourire de vos proches vous renaîtrez. Vous aussi êtes une victime.

Lors du procès, j'aurais aimé vous tendre les mains et vous communiquer ma force : foncez maintenant la lumière vous éblouira jusqu'à votre propre mort.

La vengeance a eu lieu, les fauves sont enfermés à jamais : c'est à Dieu de les juger.

Oui à Dieu de juger ces êtres ! Si seulement la chute était arrivée à ce moment-là, mais non ! Malgré les disputes incessantes du couple, la disparition de Monique OLIVIER durant deux jours, rentrant chez elle la mine penaude, et vaquant à son ménage, bon gré mal gré.

Pendant un moment la fermette se mure dans un silence malsain.

— Oui, quelqu'un l'a recueilli avec son fils.
— Non, elle n'a rien dit.

Monique OLIVIER en a assez ! Le pacte se disloque !
Non ! Je ne crois pas, car il va se ressouder jusqu'au procès.

Un coup de téléphone assombrit brutalement l'horizon de FOURNIRET, c'est Nicole CLERGÉ, son ex-femme, qui lui annonce la disparition brutale de leur fils Nicolas.

FOURNIRET, ivre de désespoir, part en trombe au chevet de ce fils et dormira une nuit durant sur un paillasson devant la chambre où repose son fils.

Pas un mot ne sera échangé entre les ex-époux. FOURNIRET repartira à l'aube vers la Belgique, et ne cessera jamais de chanter les louanges de ce fils. Qu'il n'a pas élevé, ne s'est jamais intéressé à lui.

Croire aux larmes cachées de ce pauvre type : les âmes sensibles le pourront peut-être !

Une force insurmontable le traversa, avide de sang, les mains ensanglantées, il fallait continuer. FOURNIRET, avec l'aide de sa tendre épouse, allait aller au-delà, ce n'était plus la virginité mais l'appât, l'infirmière à la blouse blanche oubliée, mais des adolescentes belles. Le reste, on verra ! Il se croyait invincible « le mec », et au moment de ses cauchemars macabres DUTROUX arriva.

CE FUT POUR LUI UN AUTRE ALIBI

Le 25 avril 1996, croyant être à l'abri de tout soupçon, FOURNIRET entrouvre sa porte et voit devant lui deux gendarmes français.

Mais que lui veulent-ils ? Aussitôt il pense à JPH, mais pourquoi lui aurait-il envoyé ces gendarmes ? JPH doit chercher ses lingots d'or et envoyer la police cela ne tient pas debout, il aurait bien trop peur.

Il pense aussi à la disparition de la baby-sitter ! Mais comment ? Pourquoi ? Il n'avait rien à se reprocher !

L'officier de gendarmerie Gérard VANESSE, tout simplement, lui parle du vol des armes au poste de police de l'air et des frontières de GIVET.

— Mais, que signifie ? Je n'ai rien à voir avec cela ! De quel droit venez-vous tambouriner à ma porte ?

Un peu soulagé, FOURNIRET referme la porte.

Mais le gendarme VANESSE est un as des as dans son métier et emporte toujours avec lui son carnet de notes.

Tous les enquêteurs de France et de Belgique cherchent, les vols, les disparitions, les meurtres, les abus sexuels, et surtout un trafic de pédophilie.

On interroge VANNESSE, épluche ses notes, mais aucune trace de ce FOURNIRET Michel ; les officiers de police perquisitionnent partout, même chez les forains, et on parle d'un certain Michel NIHOUL, homme d'affaires scrupuleux, serait-ce les deux mêmes hommes ?

Et l'on commence à parler d'un certain Marc DUTROUX et de sa femme Françoise.

Ces deux couples, les époux DUTROUX et FOURNIRET ont suivi à peu près le même parcours mais les mineures, chez les

DUTROUX, sont séquestrées plusieurs jours durant, des photos sont prises de ces petites créatures qui mourant de faim, de soif, de froid, subissent des tortures incessantes jour après jour.

Pour les DUTROUX c'est l'argent ! Les envoyer à l'étranger pour ne plus jamais les retrouver.

Mais en 1989, DUTROUX est condamné à treize ans d'emprisonnement, sa concubine Michelle MARTIN à cinq ans. DUTROUX sera libéré sous condition en 1992.

Mais, toujours accompagné de sa concubine, il continuera de plus en plus ses actes sordides, au cours desquels seront enterrées plusieurs fillettes.

Mais un de ses complices le dénonce, en 1998 DUTROUX, non menotté, s'échappe lors de son transfert au palais de justice. Il est vite rattrapé.

Son procès débute en mars 2004, en juin, DUTROUX est condamné à perpétuité, sa concubine à trente ans d'emprisonnement.

La bande, dont le chef était DUTROUX, enlevait des fillettes, réalisait des vidéos pornographiques et, bien sûr, distribuait les cassettes dans toute l'Europe.

Encore une fois, FOURNIRET écoute tout cela à la radio, mais avait-il rencontré ce DUTROUX ?

Ces deux couples se sont certainement croisés lors de leur chemin dévastateur où ils arrivaient à satisfaire leur soif de sang auprès de ces petites filles qui ne demandaient rien, simplement sourire, s'épanouir auprès de leurs familles.

Mais les recherches continuent, Gérard VANNESSE sera placé en détention préventive, accusé d'avoir été le compagnon de Marc DUTROUX et de Michel NIHOUL. Il était le lien pour le réseau de pédophilie et sera blanchi mais condamné à cinq ans de prison pour trafic de stupéfiants et de voitures.

Quelques semaines après sa sortie de prison il décédera d'une crise cardiaque

Qu'avaient-ils en commun ces pauvres types ?

Se connaissaient-ils ? FOURNIRET faisait-il partie de cette bande assoiffée de sang comme des vampires ?

ENCORE UN MYSTÈRE À ÉLUCIDER.

FOURNIRET, lors du procès et quand il se donnait la peine de prononcer quelques mots a déclaré : « moi je ne suis pas un pédophile comme DUTROUX ».

Comment le croire ? Le mensonge, obligatoirement, fait partie de son vocabulaire !

FOURNIRET continue de travailler, c'est un forcené. Son employeur dira de lui « qu'il travaille vite et bien », mais un caractère ombrageux, susceptible et, au bout de trois mois, après une broutille avec un contremaître, il quittera son emploi.

Il retourne chez lui auprès de son épouse et de son fils. Il devient exécrable, même quand ses jumelles lui rendent visite, mais son souffre-douleur est Selim.

Selim ne servait plus d'appât pour ses fantasmes, quoiqu'une idée, une toute petite idée germera dans son cerveau !

FOURNIRET n'a jamais cessé ses parcours et était toujours à la recherche d'une jeune fille. Il recommence à traîner dans les gares ! C'est là que le gibier se trouve, et il rencontre Sandra NOIROT, âgée de 14 ans. Il faut changer les propos. « Femme enceinte » c'est terminé, pourquoi ne pas dire qu'il attendait sa fille, qu'elle n'était pas visible, « je l'ai perdue »...

— Mademoiselle n'auriez-vous pas vu une fillette de six ans ?

Sandra, méfiante, répond que non. Tout à coup, FOURNIRET l'attrape par le bras :

— Je te donne 10000 francs belges et je te trouverai un boulot si tu viens avec moi.

Sandra se débat et remarque une camionnette blanche garée un peu plus loin. Heureusement pour elle, des voyageurs sortent du quai, FOURNIRET prend peur et, la rage au ventre, s'enfuit.

SANDRA en parle à ses parents, une plainte est déposée, son père garagiste se souvient de cette camionnette blanche.

— Je lui ai déjà fait le plein d'essence, c'est une voiture de chez nous, il ne doit pas habiter loin !

Camionnette blanche : facile à retrouver ! Mais, comme par miracle, FOURNIRET, une nouvelle fois, échappe à la police.

AFFAIRE CLOSE.

Ivre de fureur, de hargne, le tueur en série repart seul au volant de sa camionnette. Il guette, guette, jusqu'à l'épuisement total. Ce n'est plus un besoin, c'est pire que la cocaïne, l'alcool, c'est viscéral !

Le 16 mai 2000, Céline SAISON sort de son épreuve de bac, malheureusement, un peu avant l'heure prévue. Céline est fatiguée et a peur de ne pas avoir réussi son épreuve. Elle a envie de se confier à ses parents, à son père, qui la comprend. Son père ! Elle l'aime tant, il est son ami, son confident, à lui, elle peut se livrer, jamais il ne la blessera et lui laissera le choix de sa vie en la guidant pas à pas, à force de conseils, ce qu'elle a toujours fait.

Mais une camionnette s'arrête non loin du domicile de ses parents. La clef de la maison, son sac, étaient dans ses mains et, tournant la tête vers cet inconnu qui lui demande son chemin.

— Oui, c'est pas très loin, Monsieur.

Et là, plus rien, le vide, le silence absolu. Où est passée cette jeune fille ?

Céline n'est plus jamais rentrée chez elle, n'a plus jamais franchi le porche de sa maison où l'attendaient ses parents bien aimés.

AUCUNE TRACE !
PLUS DE SAC !

PLUS DE CLEF !
RIEN !

Les parents affolés courent partout chez ses amis, la famille, le commissariat. Rien ! Où est-elle ? Que fait-elle ? Une fugue ? Non ! C'est impossible, on ne lui connaissait même pas de petit copain ! Non ! C'est un cauchemar ! Pas possible !

Deux mois plus tard, on découvrira ton petit corps, une dépouille, des lambeaux de tissus blancs… Tu reposes, petite Céline, dans un bois, en Belgique, entourée d'animaux nuisibles qui ont dévoré ton corps jour après jour, nuit après nuit.

Mais tes parents anéantis sauront te reconnaître et resteront prostrés devant cette horreur, jusqu'à la fin de leurs jours.

Toi petite fille comment as-tu pu faire confiance à cet être !

La fatigue de ton cours ? La peur du bac ? Te sentant protégée par les murs de ta maison, si près, tu avais juste à faire un pas pour y rentrer, mais non ! Ce « pauvre type » t'a attirée comme un aimant, t'a droguée, bourrée d'alcool, t'a possédée encore et encore, jusqu'à ce que tes yeux immenses, remplis de frayeur, se ferment à jamais.

Cet assassin est rentré chez lui, content de sa journée. Il a réuni ton sac contenant tes cours, quelques habits, tes clefs, ton portable, en jetant le tout dans les bras de sa bien aimée.

— Journée parfaite, affaire conclue, mais j'en ai repéré une autre !

Monique OLIVIER attrape le sac avec un sourire et le brûle jusqu'à ce qu'il ne soit plus que cendre et le regarde se consumer.

— Il ne faut surtout pas laisser de traces.

Enfin son mec est redevenu comme avant, la chasse est repartie, Selim et moi-même allons avoir la tranquillité « après tout c'est ce que certaines épouses demandent à leur conjoint ».

— Comment s'est passée ta journée, mon chéri ?
— Très bien mais fatigante et j'aurais besoin d'un bon repas que m'as-tu préparé ! Cela sent si bon dans la cuisine !

— Oh c'est une surprise !

Voilà le quotidien d'un couple normal…

Mais le dernier meurtre connu allait surgir, je dirais le plus sombre, le plus cruel.

Une jeune fille asiatique, chevelure noire de jais, de grands yeux en amande, Mananya, surnommée « Eyes », collégienne en 6e E au collège NASSAU de Sedan, studieuse, débordante de vitalité, ayant des amis un peu partout, une sœur, Pomelo, qu'elle adorait, une maman qu'elle idolâtrait, essayant de lui ressembler trait pour trait tellement elle était belle, un beau-père affectueux, Brice, qui la considérait comme sa propre fille, un foyer affectueux où il faisait bon vivre.

Mais FOURNIRET traquait… Oh ! Il lui a fallu peu de temps pour remarquer cette jeune fille sortant de chez elle, les bras encombrés de livres, faisant un joli sourire à toutes les personnes qu'elle rencontrait, le groupe qui se formait autour d'elle devant le collège « on ne voyait qu'elle tant elle était éblouissante, irradiante, les autres n'étaient que poussière sombre », pensait FOURNIRET.

Il la suivit très longtemps, attendant son heure et, chaque jour, racontait à Monique OLIVIER qu'elle était la plus jolie, qu'il saurait attendre, emmenant une fois sa tendre épouse. Derrière les vitres de la voiture, Monique OLIVIER l'aperçut :

— C'est vrai, on dirait une princesse !

Le guet-apens commençait, Manaya aurait pu être une copine pour Selim, son fils était si seul. Selim, pour la dernière fois, devenait encore et toujours l'hameçon sans le savoir.

Bientôt il sera délivré de ses « parents », mais ce qu'il apprendra par la suite fera de lui un jeune homme renfermé. Aucun sourire n'apparaîtra sur son visage. Pourrait-on dire, un mort vivant, même l'estime de ses proches ne pourra le guérir de ce cancer de la vie qui le ronge jour après jour.

Selim est un solitaire et le sera toujours.

Puisses-tu un jour oublier ? Construire ton chemin, pas à pas, avec quelques moments de bonheur…

Je te le souhaite avec toute l'ardeur que je peux y mettre, du fond de mon cœur !

Mananya avait l'habitude de se rendre à la médiathèque « Corne de Soissons » à Sedan, souvent avec une copine Laurie, qui était en 5e C.

Une semaine avant sa disparition, un homme en camionnette arrête son véhicule près de Mananya, pour une fois la petite n'était pas accompagnée de Laurie, il lui demande son chemin, Mananya l'indique à cet individu homme, âgé pour cette adolescente. Elle ne prend pas peur et monte dans le véhicule, à côté de lui !

Eyes n'est pas effrayée : il a l'air si gentil et lui parle de son fils qui a à peu près le même âge qu'elle.

— J'aimerais que tu sois une copine pour lui, tu pourrais le rencontrer quand tu veux et peux en parler à tes parents. Je viendrai te chercher et te raccompagnerai chez toi, comme aujourd'hui.

— Oui, merci, Monsieur, à la prochaine fois, je leur en parlerai, à bientôt.

Elle descend du véhicule faisant un signe de la main à cet inconnu si gentil et rentre chez elle, ne parle à personne de cette mystérieuse entrevue, même pas à Pomelo sa sœur, non, simplement une rencontre avec un Monsieur bien sous tout rapport pourquoi en parler ? À quoi cela sert-il ? Elle ne le reverra sans doute jamais mais elle le revit sans s'y attendre, un samedi où, comme d'habitude, elle se rendit à la médiathèque pour ses devoirs et avait rendez-vous avec Laurie.

Ses parents allaient à Carrefour, à Charleville-Mézières, pour les courses. Pomelo, au dernier moment, a préféré les accompagner.

— Je n'en ai pas pour longtemps, juste quelques recherches et serai certainement rentrée avant vous. À tout à l'heure !

Notre princesse asiatique quitte le domicile pour toujours, un samedi où Sedan, par ce jour ensoleillé, vaque à ses besoins, courses, sports… Le week-end, autant en profiter ! Pour une fois qu'il fait si beau !

Elle sort de chez elle, princesse belle à couper le souffle à tous les hommes qui l'observent, elle n'en a cure, habituée, et fonce vers la médiathèque où l'attend son amie. Là, toutes deux prennent des notes pour le cours de lundi. Laurie, attendue par ses parents, lui fait un bisou sur la joue en disant :

— Je pars mes parents m'attendent.

— Oui, vas-y ! À lundi et bon week-end !

Et Mananya continue ses recherches et se retrouve seule. DOMINIQUE, employé à la médiathèque, va bientôt fermer les portes.

Mananya sort avec un sourire, des notes plein les bras, et lui dit au revoir.

— Moi aussi je rentre. À bientôt !

Quelle ne fut pas sa surprise en voyant ce Monsieur qui l'avait déjà raccompagnée lui dire :

— Je vous ai vu arriver, je peux vous raccompagner si vous voulez, je connais le chemin maintenant, en même temps nous pourrons aller voir mon fils, il n'est pas trop tard.

Mananya hésite, hésite encore !

— Non, je dois prévenir mes parents, ils sont partis faire des courses et vont s'inquiéter.

— Allons, venez ! Je ne suis pas un vilain Monsieur !

Et Mananya, avec un grand sourire, embarque dans cette camionnette où sa vie va s'éteindre à tout jamais.

FOURNIRET, sûr de lui, parle. Il a toujours été un beau parleur :

— Cela ne te dérange pas ? Je dois aller à Bouillon. Oh, ce n'est qu'un petit détour !

— Non, vous m'aviez dit que nous allions voir votre fils.

Et d'une seule main, il l'attrape par sa chevelure, lui ordonnant de baisser la tête, « la frontière n'est pas loin ». Mananya obéit, la peur au ventre.

— Que me veut-il ? J'ai peur ! Maman ! Brice ! Pomelo !
J'ai peur !

FOURNIRET passe la frontière, une main ferme entourant la nuque de Mananya et prend un chemin forestier à l'abri de tout regard. Il la jette à l'arrière du véhicule et assouvit ses besoins en la possédant…

Mananya, sans force, se laisse faire et lui dit d'une voix atone :

— Vous avez eu ce que vous vouliez, ramenez-moi chez mes parents, je vous en prie !

FOURNIRET lui répond :

— Tu parleras, j'en suis sûr et je n'ai pas besoin de cela. Ta dernière heure est arrivée, mon ange asiatique !

IL L'ÉTRANGLE ET A UNE NOUVELLE JOUISSANCE.

Il jette son corps, ses vêtements éparpillés, de-ci de-là dans les bois des Ardennes belges. Son pull noir, qu'elle aimait tant... sa maman le lui avait offert !

J'aimerais te dire, ce jour, Mananya, que tu as été la dernière victime présumée de ce « pauvre type », que tes parents souffrent atrocement, ta sœur, tes copines, même la médiathèque a perdu son rayon de soleil.

J'ai parcouru longtemps à pied les abords, m'y arrêtant en fumant une cigarette, et regardé intensément les méandres de ce fleuve, espérant voir ton visage, ton corps, ton sourire, mais il n'y avait que les canards se suivant, essayant de comprendre pourquoi !

Tout à coup, un silence mortel envahit ce petit parking !

Petite asiatique des Ardennes, personne ne t'a oubliée, ton image, ton cœur sont présents dans notre sedanais.

Nous avons tous entendu les hélicoptères voler autour de nos foyers espérant qu'ils te retrouveraient saine et sauve. Cela n'a pas été le cas, nous avons simplement retrouvé sur un lit de feuilles, ton pull noir, tes ossements dispersés de-ci de-là dans un bois.

Ta maman y a déposé des fleurs, ton beau-père, Brice, ta sœur, Pomelo, étaient à ses côtés. Ta maman ne s'est jamais remise et essaye de toutes ses forces d'oublier.

Elle a vu, lors du procès, ce tentacule, ce monstre, et n'a pas cillé un seul instant.

Je savais ce jour que tu étais présente et sentais ton âme. Tu n'as pas encore trouvé le repos, d'ailleurs, vous, âmes vagabondes, perdues à jamais, je vous demande humblement de lui tenir la main, elle était la plus insouciante et gaie de vous toutes et surtout a été la dernière et avant que la lumière, les étoiles ne l'éclaboussent. Mananya, petite princesse, ta vengeance va arriver et ce sera une petite fille qui va anéantir pour toujours et jusqu'à la mort le destin de ces monstres. Car, malgré les déboires supposés de ce couple, le pacte était toujours présent, « à la vie à la mort », malgré ces comédies entre ces deux êtres lors du procès.

Et puis arriva l'affaire Estelle MOUZIN. Cette disparition fit du bruit, beaucoup de bruit ! Petite fille où es-tu ? Nous avons, nous, le monde, cru te voir sur une photo « Internet Pornographique » en janvier 2003.

Au moment du procès malgré, son huis clos formellement exigé, FOURNIRET a crié, hurlé, d'une voix profonde, qu'il n'y était pour rien.

— Non ! Ce n'est pas moi ! Rien à voir avec cette affaire ! Cherchez-la ! Trouvez-la ! Je ne vois rien d'autre à dire !

Et le mutisme habituel recommence.

Estelle, nous voudrions tellement que ce soit toi sur ces photos. Depuis ce mois de janvier, nous essayons, à travers les médias, de voir le bout du tunnel. Mais hélas, il est noir, englouti, pas à jamais ! Il le faut ! Nous connaîtrons la vérité ! Fais-nous un signe, pour ton papa qui a peur mais serait tellement heureux de te serrer dans ses bras !

Les médias, les personnes compréhensives, s'en chargeront et je serai la première à figurer en tête de liste.

Les êtres insipides qui te gardent enchaînée, un jour, verront non pas le néant, mais pire : l'enfer ! Justice sera faite, FOURNIRET ou pas !

Il faut garder confiance en nos magistrats !

Et voilà enfin la fin le chaos de ce « pauvre type », qui sera anéanti et brûlé à jamais.

Tout simplement deux personnes, l'une de dix-sept ans et une jeune femme intelligente, les pieds sur terre, menant une vie normale. Mais cette jeune personne va sauver le monde de deux personnes, deux vautours, à la recherche de proies savourant avec délice la chair de jeunes enfants.

Merci à toutes deux d'avoir eu la force d'aller jusqu'au bout, sans l'ombre d'un doute.

Marie, Madame GENTON, vous méritez toutes deux la médaille de courage, de persévérance, de l'intelligence. Toutes deux, êtes des déesses et il faudrait chaque jour déposer des fleurs à vos pieds et couvrir vos mains de baisers affectueux et sincères.

MERCI ! MERCI !

Que votre savoir puisse sauver ce monde néfaste et cruel !

Marie passe la journée avec sa sœur, les magasins et, pour l'école, partait à la recherche d'une carte, sa sœur devait rentrer et la laisse seule.

— Tu n'en a pas pour longtemps ? Je t'attends à la maison !
— Oui, vas-y, j'arrive !

Marie sort du magasin, sa carte à la main. Un homme, au volant de sa voiture, l'aborde, essayant de déchiffrer un papier froissé dans la main.

— Mademoiselle, s'il vous plaît, pourriez-vous m'aider ? Je n'y comprends rien, je cherche une adresse, voulez-vous y jeter un coup d'œil ?

Marie prend le papier des mains de FOURNIRET et, méfiante, le parcourt très vite des yeux, tout en continuant son chemin.

— Oh ce n'est pas loin, continuez tout droit et tournez à gauche.

FOURNIRET, main au menton, simulant l'incompréhension, lui demande de l'accompagner :
— Cela me rendrait service et en même temps je peux vous déposer à votre domicile.

Marie hésite et continue d'avancer d'un pas plus rapide.

« Qu'il se débrouille, je n'ai pas que ça à faire ! »

Le véhicule roulant très lentement à ses côtés, FOURNIRET, avec un sourire irrésistible lui dit :

— Allez, montez, nous irons plus vite !

Marie ouvre la porte passager et prend place à côté du conducteur.

— Oh, n'aie pas peur de moi, je ne vais rien te faire ! Et il démarre en trombe sur une route où peu de véhicules passent.

« Il a commencé à me parler d'une voix douce, mielleuse, il m'a fait penser à un chat guettant sa souris. J'ai paniqué ! Pourquoi ? Je ne sais pas. Il me demande mon âge, mon nom, la voiture accélérait, je voyais les arbres au bord de la route défiler devant moi à une vitesse folle. Et j'ai parlé de tout de rien, je ne sais plus ce que mes lèvres prononçaient. J'ai prié en moi-même. Le conducteur, d'un brusque coup de volant, a pris une route secondaire. Un instant de lucidité, dans l'effroi qui s'emparait de moi, m'a permis de reconnaître le passage à niveau. Il s'arrêta brusquement et, d'un geste brutal dans le dos, m'a ordonné de m'allonger. Il me dit : « si tu ne le fais pas, je te frappe si fort que tu ne pourras plus respirer. Compris ?

J'ai peur, une envie de vomir me monte à la gorge mais je m'exécute.

Il me prend les mains, les lie avec une corde, les serre très fort, sort du véhicule et regardc aux alentours.

Cela me semble une éternité, je pleure, sanglote.

Avec une fureur de fauve, il ouvre la portière, me sort du véhicule et me jette à l'arrière, m'attache les pieds et je me retrouve sur le ventre, pieds et mains attachés, mais ma bouche n'est pas muette.

Je crie ! Implore :

— Pourquoi faites-vous ça ? Je ne vous connais pas ! Je n'ai rien fait, pourquoi ?

— Je veux que tu me donnes du plaisir, sinon tu ne rentreras pas !

J'ai prié, hurlé.
— Vous êtes comme DUTROUX !
— Oh, non ! Ma belle ! Je suis pire !

Une voiture arrive débouche du chemin, FOURNIRET prend peur, la bave dégoulinant de sa bouche, il reprend le volant, d'une main experte, il démarre lentement…

Je suis toujours à l'arrière, pieds et mains liés, cela ne sert plus à rien de prier, de sangloter, j'ai vu ma vie défiler comme dans un film d'horreur, me suis dit que c'était mon destin.

Je finirai mes jeunes jours entre la France et la Belgique, plus personne n'entendra parler de moi, adieu mes parents, ma sœur, ma tendre famille !

Pourtant il existe de part notre monde une force surnaturelle, une puissance que n'importe quel être humain peut connaître. La survie ! L'impensable ! La délivrance !

Les liens me faisaient mal ; ne pouvant faire aucun mouvement, seuls les pieds arrivaient à se débattre.

J'ai pensé à un film que j'avais vu à la télé et, me tortillant comme un serpent, j'ai réussi à libérer mes pieds, à l'aide de mes dents, de mes mains.

Un sourire fugace me prit : merci à je ne sais plus quel acteur !

Le verrou de l'arrière de la camionnette n'était pas fermé, tant pis, je saute, autant mourir sur la route qu'entre les mains de ce monstre.

Le destin, mon Dieu, me sauva, puisque la voiture s'arrêta, peut-être un stop, un feu rouge. En un tour de main, j'ouvris l'arrière et sautai du véhicule. L'air froid qui me submergea à ce moment, me donnant un regain d'énergie et je courus à toute vitesse dans le sens contraire de la route.

Telle une folle, cheveux ébouriffés, criant, hurlant, me suis trouvée nez à nez avec mon ange gardien, ma bienfaitrice, ma fée.

Celle à qui on doit une vie, une éternité, je l'aimerai, la vénérerai jusqu'à ce que mes yeux se ferment, pour l'éternité et même là-haut, j'aurai encore la force de la soutenir, car pour moi et mes parents Madame GENTON est immortelle.

Cette jeune femme repartait chez elle, le coffre encombré de courses pour nourrir sa petite famille ; avec effroi, sur la route, elle vit une enfant lui faire de grands signes et immobilisa son véhicule brutalement.

— Que se passe-t-il ?
— J'ai peur, il me poursuit, emmenez-moi, je vous en supplie !
— Monte vite ! Grimpe !

La petite monte à côté de cette fée, son ange gardien, et éclate en sanglots, par paroles hachées elle lui relate les faits.

Madame GENTON enclenche la vitesse et démarre.

La spirale infernale
Meurtres à quatre mains
Le Minotaure de M. Brichet
La transformation
L'Échiquier
M. Fournirет
Le Bélier
Le Minotaure
L'œil du cyclone

— Non tout va bien je suis là ! Où est-il ton ravisseur ?
— J'sais, j'sais pas ! J'ai peur je veux voir mes parents !
— Chut, tout doux, calme-toi ! Essaye de te détendre, tu es saine et sauve, cela est le principal !

Dans un cri douloureux, MARIE hurle :
— C'est lui ! La camionnette blanche, là, regardez ! C'est lui, mon Dieu ! Il nous a vues !
— Non, je vais ralentir ! Cache-toi ! Je vais relever le numéro, ne t'inquiète pas j'ai une mémoire d'éléphant !

Ce qu'elle fit et, l'espace d'un éclair, elle vit les yeux fous, hagards, de cet « épervier ».

Madame GENTON prit tranquillement la route pour le commissariat le plus proche. Quand les officiers virent arriver cette jeune femme accompagnée d'une petite fille défigurée, en pleurs, ils comprirent tout de suite.

Les parents de Marie, appelés par la brigade, arrivèrent en trombe.

Les officiers ne perdirent pas une seconde : en moins de temps qu'il ne leur en fallait ils se rendirent au domicile de FOURNIRET.

Monique OLIVIER leur ouvrit la porte, médusée.
— Que se passe-t-il ?
— Vous êtes l'épouse de FOURNIRET Michel ?
— Oui, qu'a-t-il encore fait ?
— Nous le cherchons, Madame, pour tentative d'enlèvement sur une fillette.

— Je ne comprends pas, il n'est pas là, il est parti faire des courses.

Pourtant, à ce moment, une camionnette blanche s'arrête devant la maison, FOURNIRET en sort tranquillement, mains dans les poches.

— Bonjour, Messieurs, un ennui ?
— Non, vous êtes bien Monsieur FOURNIRET Michel ?
— Oui !
— Nous allons vous emmener avec nous pour simple vérification, cela vous pose-t-il un quelconque problème ?
— Mais je vous en prie, aucun souci !

Avec un regard pénétrant vers son épouse, il s'engouffre sans baisser la tête dans le fourgon de police.

Voilà la fin, pourrait-on dire, tragique de ce « pauvre type ». Il est et sera pour toujours derrière les barreaux d'une prison.

Il faudra attendre le 28 juin 2004 pour l'arrestation et les aveux de Monique OLIVIER.

Une année où les policiers essaieront de sortir de cette bouche avide de sang les aveux, la vérité…

Monique OLIVIER se sent de plus en plus mal dans sa peau, se retrouve seule avec Selim notre « pauvre sangsue » décline. Oh ! Elle a toujours un boulot : il faut bien vivre ! Le pauvre petit adolescent Selim se sent abandonné, une ombre ! Il mange, dort, continue l'école.

Sa « mère » ne parle plus, se morfond dans ses pensées et c'est Murphy, son demi-frère qui, prenant le train, vient chercher ce pauvre petit être et le remet entre les mains de son père qui le recueille comme une brebis égarée et le protégera Il essaie encore aujourd'hui de lui rendre le sourire et l'épanouissement de son propre destin.

TOUTE CETTE FAMILLE NE SAVAIT PAS ENCORE L'HORRIBLE VÉRITÉ, LE CAUCHEMAR QUI ALLAIT SUIVRE.

Monique OLIVIER fut arrêtée le 28 juin 2004.

Il a fallu attendre longtemps pour que cette créature craque !

Les deux tourtereaux se retrouvent après une année de séparation en Belgique côte à côte.

Bien sûr, Monique OLIVIER n'a jamais perdu le contact, lettres, téléphone, quelques rares visites au parloir, c'était une habituée des lieux. Mais là, ils étaient séparés par quelques mètres, son fauve rodait autour d'elle, elle sentait son odeur pénétrante et plus que jamais l'aiderait jusqu'au bout, dans son sommeil il ne la quittait jamais, sa main serrant la sienne.

« LE PACTE ÉTAIT DANS SES VEINES : D'UN SEUL REGARD ELLE LE COMPRENAIT, PAS BESOIN DE PAROLES ! À QUOI CELA SERT-IL ? TOUS DEUX SAVAIENT SI BIEN COMMUNIQUER, MÊME LES MURS DE LA PRISON NE POUVAIENT ATTEINDRE LEURS PROPOS COMME « DES SOURDS ET MUETS ».

Monique OLIVIER fut entendue par les policiers, jour après jour, des heures durant, sur des sujets qui n'avaient rien à voir avec leurs crimes.

— Madame OLIVIER, connaissez-vous cette jeune femme, marocaine, qui a été enlevée et violée ?

— Non ! Qui est-ce ?

— Madame OLIVIER, vous souvenez-vous de cette jeune fille, à AUXERRE ? Regardez la photo.

— Je ne sais pas, j'ai oublié.

— Vous avez oublié ? Mais oublié quoi ?

— Je ne sais pas, de quoi parlez-vous ? C'est peut-être Michel, moi je n'ai rien à voir avec tout cela, pourquoi suis-je ici ? Je n'ai rien à me reprocher !

— Avouez, Madame FOURNIRET, cela soulagera votre conscience !

Pas de réponse…

Monique OLIVIER baissait la tête comme une écolière que l'on grondait.

Puis tout recommençait, les policiers sentaient qu'ils arrivaient au bout de leur enquête, quelque chose n'était pas clair ! Cette femme est une comédienne, elle veut parler mais au moment de déballer tout ce qui la perturbe, un bloc de glace lui ferme les lèvres.

Le commissaire principal, derrière la vitre opaque, l'observe très longtemps, souvent nuit sans sommeil, ne mangeant presque plus, cette femme l'obsède, comment faire ? Il faut qu'elle parle. Mettre les époux ensemble, les faire parler ? Non ! Il faut savoir attendre.

Des micros sont installés dans la prison, même là, c'est un échec !

Quand ils se voient à travers les barreaux, très rarement, aucun mot n'est échangé à part leurs regards presque menaçants.

Le commissaire principal quitte cette pièce étouffante et d'un pas excédé sort du commissariat, c'est presque avec colère qu'il achète le journal, l'ouvre de suite sans prendre garde aux voitures qui circulent sur la route, il rentre dans son bureau et parcourt son journal : là, en première page, « Les époux DUTROUX ».

Une petite idée germe dans son esprit, il appelle ses coéquipiers !

— Écoutez-moi bien, nous en avons tous assez de cette Monique OLIVIER, regardez ce journal, je vais le laisser trôner sur le bureau, page ouverte sur les « DUTROUX », vous allez chercher cette OLIVIER, la laisser seule, pas très longtemps et on verra ! Nous allons la surveiller derrière cette vitre.

Et le commissaire et ses officiers virent Monique OLIVIER s'asseoir tranquillement devant le bureau, mains sur les genoux, mine penaude, et attendre…

Plusieurs minutes s'écoulèrent avant qu'elle ne s'empare du journal et le lise.

Médusés, les policiers virent pour la première fois Monique OLIVIER s'effondrer, des soubresauts, des pleurs, la secouèrent.

Ils entèrent tous dans le bureau et là, Monique OLIVIER raconta tout du début à la fin.

Tous les policiers, abasourdis, muets tout à coup, ne purent la croire de suite.

C'est impossible ! Pas ça ! Il faut prévenir la France.

— Allez chercher ce FOURNIRET, nous allons les confronter !

Mais la confrontation fut pire entre les deux époux, des propos incompréhensibles, ils se renvoyaient la balle à chaque instant, n'étant pas d'accord.

Il faut les faire parler chacun leur tour.

Et le 1er juillet 2004, FOURNIRET Michel passa aux aveux.

Oh ! Il reconnut avoir violé, tué, mais sans l'ombre d'un remords, ses yeux fixaient les enquêteurs sans sourciller.

— J'ai écrit des centaines de lettres en prison, je peux vous les remettre, tout est écrit noir sur blanc, à vous de les déchiffrer ! Je n'ai rien à ajouter…

La France et la Belgique s'unirent pour aller faire une perquisition au château du Sautou, nous étions le 3 juillet 2004.

Des centaines de journalistes de tous les pays, des officiers de police, des magistrats, des avocats, des badauds, des curieux, arrivèrent sur les lieux très tôt, ce matin-là.

La circulation était interdite, pourtant deux fourgons de police, des motards, ouvraient la route au maître des lieux, au châtelain, Michel FOURNIRET, lui-même, menottes aux poignets, capuchon cachant son visage, descendit du fourgon et, comme un propriétaire faisant visiter son domaine, d'un pas nonchalant, scrutait le terrain à la recherche de ces petites créatures qu'il avait englouties par-ci par-là.

FOURNIRET ne se souvenait plus :
— Oh ! Ça doit être là ! Creusez, j'ai dû me tromper !

D'un air impassible ce monstre regardait les pelleteuses faire des trous dans son jardin.

Monique OLIVIER, arrivée sur les lieux elle aussi, gardait un visage assez serein.

Les avocats lui demandèrent :
— Souvenez-vous ! Où sont enterrés les corps ?
— Je ne sais pas, demandez-le lui, je ne me souviens pas !

Les époux ne se sont pas regardés une seule fois et feignaient de s'ignorer.

Cela dura presque une journée entière !

Et l'on découvrit les corps de Jeanne-Marie DESRAMAULT et d'Élisabeth BRICHET dans le parc.

Des centaines de personnes se trouvaient devant les corps de nos pauvres petites martyres.

Un silence mortel régna, même les oiseaux, pourtant nombreux se sont tus, pas une mouche, pas un moustique, n'osa frôler ces deux petits corps désarticulés.

Les parents de nos deux petites fées étaient là et osèrent regarder les époux FOURNIRET dans les yeux. FOURNIRET les fixa sans un mot, sans un regret, menton dans la main.

Pas une larme ne coula des yeux de Monique OLIVIER, « une femme, une mère ».

Les policiers sans un mot remirent l'un après l'autre les fauves dans leur enclos.

En décembre 2005, Monique OLIVIER fut extradée vers la France et FOURNIRET en janvier 2006.

Le 30 juin 2006, le corps d'ISABELLE LAVILLE fut découvert à BUSSY-SUR-OTE dans l'Yonne.

FOURNIRET fut emmené dans un fourgon à Sedan à la « Corne de Soisson ». Là aussi, une foule immense encombrait les lieux. FOURNIRET avoua avoir kidnappé Mananya, mais violé, non ! Il n'y avait aucune preuve puisque son corps, ses os, avaient été éparpillés dans les bois des Ardennes belges.

Pourtant FOURNIRET attendit longtemps devant la médiathèque, les enquêteurs voulaient en savoir plus, il eut même le temps de déjeuner tranquillement dans le fourgon et a même eu l'audace de renvoyer son café parce qu'il n'aimait pas le lait, et que ce n'était pas ce qu'il avait commandé !

Et nous voilà au début du procès de Michel FOURNIRET et de Monique OLIVIER devant la Cour d'Assises de CHARLEVILLE-MÉZIÈRES.

NOUS SOMMES LE 27 MARS 2008
SUITE

LE PAQUEBOT DE L'ENFER

À Sophie, mon imprévisible petite secrétaire
que j'honore. Merci !

GÉRARD H. À M. NACHBAR FRANCIS,
DOMINIQUE. M. LATAPIE GILLES,
MAMIE G, AUX GREFFIÈRES,
ANNICK, AUX OFFICIERS DE POLICE,
BRICE, AUX GARDES DU CORPS,
FRANÇOISE, AUX AVOCATS,
ALEXANDRA,
ET TOUS LES AUTRES…
À MON MARI, AVEC UN GRAND MERCI POUR SA PATIENCE.

AUX FAMILLES DES VICTIMES AVEC TOUTE MA COMPASSION.
MARIE, MADAME GENTON, AVEC UN GRAND MERCI
Et à ma Louna (ouaf ouaf)

C'EST MAINTENANT LE GRAND JOUR : LE 27 MARS 2008.

Petite fourmi, sur le bastingage je regardai cette foule se diriger vers la passerelle. Journalistes, policiers, public, badauds, tous avaient le regard dirigé, l'oreille aux aguets, vers les gyrophares amenant les époux terribles, les monstres, vers l'absolue vérité, les aveux et surtout la punition, l'échafaud, la peine de mort, l'exécution pure et simple !

Tous le voulaient, mais la peine de mort n'existe plus.

En octobre 1972, POMPIDOU avait dit : « je ne suis pas sanguinaire. »

BADINTER a passé toute sa vie ou presque contre la peine de mort. BUFFET a été exécuté, le président, à l'époque, a rejeté sa demande de grâce.

BUFFET est passé le premier dans le couloir de l'horreur, BONTEMPS fut le second.

Ces dernières paroles furent : « Je voudrais écrire à mes parents, je suis content, c'est l'affaire de quelques secondes, je vous ai aimés, je vous embrasse ! »

Après s'être lavé les mains, passé le visage à l'eau et uriné, c'est d'un pas léger qu'il part vers son jugement de l'infini, vers les juges du ciel.

Pour la dernière fois il serre son avocat dans ses bras.

Tout s'achève, les balais, les éponges s'activent pour effacer à jamais le sang de BONTEMPS. Le corps, son caveau, part vers le néant dans un simple camion entouré de motards.

BADINTER est effondré, ne répond pas aux journalistes, c'est dans les bras de sa femme qu'il puise son réconfort.

L'affaire « PIERROT LE FOU » affole psychiatres et juristes. Accusé de trois meurtres après 35 ans de détention, il sera jugé aux assises début 2007. Son cas reste un mystère, il échappera à la peine de mort.

Patrick HENRY ayant tué un petit garçon et dormant dans une chambre d'hôtel avec le cadavre sous le lit, lui, a été amnistié.

La plaidoirie de BADINTER fut expéditive.

— Comment des êtres humains, des hommes, peuvent-ils condamner et demander la peine de mort, comment nous, êtres humains, pouvons-nous donner l'absolution, la mort, la guillotine ?

Les jurés sombrent dans un sérieux dilemme et ne savent qui croire.

BADINTER continue sa plaidoirie ; il joue un peu au théâtre et fait frémir certaines âmes sensibles.

— Vous, Messieurs les Jurés, vous êtes donc seuls à mettre fin à la vie de Patrick HENRY ? Vous êtes juges, c'est à vous d'abolir ! C'est à vous qu'il appartient de le juger, vous serez seuls, Messieurs et Mesdames les Jurés. Si vous votez la peine de mort, vos enfants, vos petits enfants, vous montreront du doigt !

Patrick HENRY s'effondre, s'écroule et regrette.

BADINTER a gagné son plus grand procès mais dans quelques années nous verrons la suite…

François MITTERRAND, le 10 mai 1981, demande l'abolition de la peine de mort : « je ne suis pas favorable à la peine de mort, c'est ma conviction. »

Art.12. (Peine de mort)
Assasinat Art. 295, 298 et 302, aliné 1 du code pénal

BADINTER devint un homme, un avocat influent, il avait gagné son combat et fut nommé Garde des Sceaux en novembre 1981.

Et là, accoudée, j'observai et pensai à cet homme. Que dirait-il s'il avait été présent devant ces familles de victimes, anéanties, montant la passerelle, se serrant les uns contre les autres comme pour y puiser un simple réconfort, un contact humain.

La foule les observait, tout s'éteignait.

Un silence de mort régnait, mais je sentis une ou plusieurs mains me serrant avec une force incroyable, il faut y aller ! Que vengeance soit faite ! Que la vérité éclate ! Plus jamais ces horreurs !

Pour ces êtres minables, la peine de mort aurait été un réconfort.

Nous entrons tous dans une grande cabine, après avoir été fouillés, sacs ouverts, aucun portable allumé, et prenons place sur les bancs.

L'aquarium où seront jugés nos monstres est présent, fermé par des vitres à l'épreuve des balles, de toutes petites fenêtres où les accusés pourront parler s'ils le désirent. Cinq sièges, dont un à l'arrière. Un officier s'y postera, ouvrira la porte aux époux FOURNIRET. À gauche de la cabine, des sièges vides qui attendent les familles. Elles viendront une par une par une porte latérale, chacun sera fouillé…

Sans un murmure, dignes, pères, mères, sœurs, frères, grands-parents, cousins, cousines, amis, prendront place sur leurs sièges, attendant le pire, l'inavouable.

Derrière les familles se tiendront les témoins, les miraculées voulant parler à tout prix de ces êtres odieux.

À droite, des journalistes très nombreux de toute la France et la Belgique.

Pas le droit aux photos : FOURNIRET n'y tient pas ! Aucun ordinateur, téléphone, les écrits se feront à la main.

Derrière eux se trouve un public rare, quelques privilégiés se trouvent au premier rang.

Une salle attenante, sur le pont arrière, sera ouverte pour le reste de la foule, s'agglutinant les uns derrière les autres comme des mouches, se poussant, s'injuriant pour avoir la première place, étant pour la plupart, arrivés à l'aurore.

Devant nous tous, se dresse l'estrade où les magistrats, dans leur robe écarlate, tenteront de comprendre l'impensable.

Chacun son rôle ! Le président de la cour d'assises est à, avec, à ses côtés, ses suppléants.

Plus loin, les jurés qui doivent en leur âme et conscience juger ces deux êtres immondes !

Pas loin, des familles des victimes, un peu plus haut se trouvent l'Avocat Général, le Procureur de la République, juste en face de lui se trouve « l'aquarium ».

Une estrade, plus bas, les avocats des familles devant « l'aquarium », les avocats de la défense : chaque être humain a le droit d'être défendu.

FOURNIRET et OLIVIER n'auront qu'à tendre la main par la petite fenêtre mise à leur disposition pour y glisser quelques mots, des lettres.

À EUX DE LES DÉCHIFFRER, C'EST LEUR TRAVAIL !

Tout au fond se trouve notre dessinateur qui est déjà en position et griffonne à l'aide de fusains, de crayons, certainement la foule assise attendant avec patience l'entrée de ces deux acteurs de la mort qui se font attendre.

Une urne vitrée où se trouvent les pièces à conviction.

Soudain une porte s'ouvre: petit passage que personne n'avait remarqué. Un homme vêtu de noir, la robe des huissiers, surgit.

Monsieur Jacques HENNEQUIN, « huissier audiencier », un large sourire aux lèvres, de son regard pénétrant derrière des lunettes, parcourt l'assemblée présente.

« Quinquin », « Jacquouille », que personne n'oubliera, a été l'âme bienfaitrice de ce navire.

C'est lui, lui seul, qui a su donner du bonheur à toutes les familles des victimes. Il savait qui avait besoin d'un verre d'eau et à qui donner une poignée de main de cet homme avec un cœur si gros, un être humain tellement prenant qu'en le regardant on avait l'impression que ces horreurs n'avaient pas eu lieu !

Tout au long du procès, il était présent, donnant du chocolat au papa de Jeanne Marie DESRAMAULT, qui ne voulait plus se nourrir. Il attendait le verdict pour aller retrouver sa famille parmi les innombrables étoiles du ciel !

Même les témoins s'accrochaient à cet homme de cœur, rien qu'avec son sourire irrésistible ils avaient confiance et montaient vers les magistrats, sans bafouiller, ayant une force presque surnaturelle.

« QUINQUIN » demanda le silence complet.

La foule entière s'assit et se leva d'un même élan quand les magistrats, les jurés et les avocats, firent leur apparition.

Le rideau rouge sombre venait de se lever !

— Mesdames, Messieurs… la Cour !

Le Président, Monsieur Gilles LATAPIE, d'un simple geste, nous fit signe de nous asseoir.

— Messieurs les officiers, faites entrer les accusés.

Tous les regards s'orientèrent vers « l'aquarium », pas un souffle, pas un soupir, pas un murmure.

Monique OLIVIER, assistée d'un policier, arriva la première, tête droite, mains croisées, regardant la foule et la pendule qui se trouvait à gauche, tout cela en l'espace d'une minute.

— Madame OLIVIER Monique, épouse FOURNIRET, asseyez-vous je vous prie.

Puis ce fut le tour de FOURNIRET Michel, qui surgit, tête baissée, lui aussi accompagné d'un policier. Petit homme, cheveux grisonnants lui tombant légèrement dans le cou.

— Monsieur FOURNIRET Michel, asseyez-vous !

Les époux étaient séparés par deux officiers de police, deux autres se trouvaient derrière eux. Ils ne se regardèrent absolument pas, mais un courant passait entre eux, je le sentais en les observant sans cesse : le pacte n'était pas disparu !

Deux acteurs qui joueront la comédie du début jusqu'à la fin.

Deux acteurs qui se complaisaient chacun dans leur propre rôle.

Deux êtres malfaisants.

— MADAME OLIVIER Monique, épouse FOURNIRET, veuillez, je vous prie, vous lever.

— MONSIEUR FOURNIRET Michel, veuillez, je vous prie, vous lever.

Ce qu'ils firent, toujours sans se regarder.

— Mesdames, Messieurs les jurés, l'audience est ouverte. Nous allons procéder au jugement de ces deux personnes, de viols, de meurtres, et pour Monique OLIVIER de complicité d'enlèvement avec préméditation sur de jeunes adolescentes. À vous, Mesdames et Messieurs les jurés, de délibérer en votre âme et conscience.

Le premier jour du procès relatera les actes morbides de ces soi-disant êtres humains, le Président de la Cour d'Assises ne posera ce jour aucune question, les accusés resteront debout sans omettre aucun son, têtes baissées, écoutant avec délice les propos de Monsieur LATAPIE.

FIN DE LA PREMIÈRE AUDIENCE

Tout le monde se retire, chacun retrouve son univers en attendant le lendemain.

Les jours vont se suivre dans l'horreur.

Nous attendons que ces époux parlent, qu'ils se mettent à genoux en implorant le pardon.

Non ! Le deuxième jour du procès, plus pimpant que jamais, le même scénario recommence.

Les êtres malfaisants attendent les témoins, regardant la pendule, comptant les minutes pour en finir au plus vite.

FOURNIRET semble dormir, avachi sur sa chaise.

Monique OLIVIER, tête baissée, regarde ses mains et parfois tourne la tête de gauche à droite.

J'ai fixé son regard de hyène, elle n'a pas baissé les yeux, moi non plus !

Dix heures du matin, les témoins vont se succéder, les uns après les autres.

— 1 Enlèvement à CHARLEVILLE-MEZIERES et meurtre de Céline SAISON.
— 2 Mananya

Soudain un murmure, les avocats ayant relaté les faits vont s'asseoir tranquillement derrière leurs box respectifs.

Suspension d'audience, grève d'avocats !

Quelles sont les menaces qui pèsent sur eux ?

Une manifestation dans les rues de CHARLEVILLE-MÉZIÈRES : la foule, brancards à la main, trouvait inadmissible que des avocats puissent défendre ces êtres.

Tous voulaient la mort ! Les voir enfermés dans un trou pendant des jours et des jours, sans nourriture sans eau.

— Qu'ils crèvent ! À mort ! Hurlaient toutes ces personnes avides de vengeance.

Non aux avocats !

Non aux horreurs !

Justice oui ! Mais pas comme ça !

Et de nouveau, chacun regagne son foyer.

Avant de partir, ce jour-là, j'ai observé le visage de FOURNIRET : visage impassible, yeux fixes, aucun remords !

Monique OLIVIER : visage très las mais à l'écoute des faits horribles annoncés par le greffier, baisse la tête, souvent la penche sur le côté. Éprouve-t-elle des remords ? Elle ne regarde jamais du côté de son mari. Ils s'ignorent totalement.

Le lundi 31 mars 2008, le calme est revenu. Tout le monde attend enfin les témoins.

— 1er témoin : Monsieur Émile THIEBOT, technicien de la police belge, relate les faits et gestes des époux FOURNIRET lors de leur incarcération, parle de la perquisition au Château du Sautou, de ces époux terribles qui n'ont même pas versé de larmes.

— 2e témoin : Madame GENTON qui relate les faits d'une voix calme, posée, osant regarder le monstre dans les yeux. Lui aussi la fixe, avec même l'ombre d'un sourire. C'est tout juste s'il ne la déshabille pas des yeux !

— Monsieur FOURNIRET, levez-vous ! Qu'avez-vous à dire ?

— Monsieur le Président, il me semble vous avoir fait part de ma position : je demande et redemande le huis clos.

— Monsieur FOURNIRET, nous avons des questions à vous poser.

Le procureur lui parle calmement et essaye de le raisonner avec attention. Nous avons l'impression qu'il lui parle comme à un enfant malade.

— Je vous le demande, Monsieur le Procureur, et j'ai besoin de réfléchir ! Je voudrais…

J'étais loin d'être prêt à l'intervention de certains témoins et familles… Je ne parlerai pas du bout des lèvres ! Ma sincérité… Je préfère le huis clos !

— Ce n'est pas comme cela que cela marche Monsieur FOURNIRET, répond le Procureur d'une voix profonde.

— J'en mesure les conséquences, je ne suis pas assez intelligent pour faire ceci ou cela, je brûle d'envie de communiquer, mais je ne peux pas !

L'avocat lui parle d'une manière assez directe, FOURNIRET semble l'écouter.

— Je vous dicte les faits, le week-end vous a reposé.

— Je vous ai écrit des lettres et envoyé des dessins que j'ai faits moi-même, répond FOURNIRET. Pour moi, Monsieur l'Avocat, il ne s'agit pas d'un système de défense, s'il y a un début je serai obligé de parler, je demande le huis clos.

Des heures interminables, nous étions abasourdis, FOURNIRET ne parle pas et se fout du monde entier.

Il se prenait pour le commandant de ce « paquebot » et menait ses matelots avec un semblant « de bras de fer », les faisaient naviguer au gré de sa soi-disant force de caractère.

— Monsieur était le « Dieu » de la mer, Poséidon, son épouse, sa déesse Neptune, au gré de ses fantasmes les plus fous.

Le papa de Marie Ascension vient à la barre et parle. Ses paroles sont précises :

— Monsieur le Président, ma fille était la troisième de notre famille et a eu l'horreur de rencontrer FOURNIRET Michel. Elle essaye d'oublier depuis trois ans et espère que le procès pourra effacer cette terrible épreuve, c'est l'angoisse éternelle dans la maison, son comportement a changé, elle n'est plus la même, sa gaieté, son insouciance, ont disparu de son visage et moi, son père, je la sens comme un petit oiseau blessé, comme si on lui avait coupé les ailes. Monsieur le Président, savez-vous que ma fille, en décembre 2003, un peu avant Noël, a reçu un courrier de cet individu ?

Le papa de Marie regarde FOURNIRET, fixement.

— Qu'avez-vous à répondre Monsieur FOURNIRET ? Levez-vous, je vous prie ! dit le Président.
— Monsieur le Président, je ne peux pas répondre, je le voudrais bien mais ne le peux.

Le papa de Marie tourne le dos à cet individu et retourne près de sa famille, il prend la main de sa fille Marie, lui chuchote quelques mots à l'oreille. Celle-ci se lève et, d'un pas décidé, va rejoindre l'estrade où les magistrats vont l'écouter, sans l'interrompre, jusqu'au bout.

Elle racontera tout, du début jusqu'à la fin, face à face, sans ciller devant cet être abject qui, lui, écoutera sans faiblir, debout, le regard baissé, ses mains allant et venant sur le pupitre comme un musicien jouant des notes sur son clavier.

— FOURNIRET, qu'avez-vous à répondre ?
— Monsieur le Président, je vous prie de formuler ma demande au public et à vous-même, le huis clos. Vous avez eu connaissance de mes documents et savez à quoi vous en tenir.

Il lève la tête et regarde Marie.
— Si vous aviez eu le courage de me connaître, Mademoiselle, peut-être auriez-vous changé d'avis !

Des exclamations du public fusèrent de toutes parts, le Président d'un simple geste nous fit taire.

Le Procureur se lève et remercie Marie, surtout d'avoir été plus intelligente que FOURNIRET.

Il est 12 h 30 et la reprise est fixée à 14 heures…

Nous sortîmes tous, le soleil présent nous aveuglait, des larmes coulaient des yeux de certaines personnes, les flashs incessants des journalistes nous éblouissaient.

Une simple collation pour certains, d'autres quelques fruits, gâteaux, comment pouvoir avaler quelque chose quand on a l'estomac noué, même en ce beau jour ensoleillé. Nous pensions à ce qui allait suivre ! Qu'allions-nous encore découvrir ?

Il est 14 h 30 nous attendons à nos places respectives.

— Mesdames et Messieurs… la Cour !

Le commissaire principal de DINANT en Belgique, va prendre la parole et relatera les faits, meurtres, vols, découvertes, les premières perquisitions, le début de son intervention, certaines plaintes déposées contre les époux, la police scientifique sur les lieux des crimes, les recherches sur les jeunes filles au pair, pour les retrouver des fouilles complètes ont été exécutées : sous-sol, cave, fouilles négatives, aucune trace. Et les découvertes d'autres cas non élucidés.

Le commissaire insiste beaucoup à cette époque pour essayer de faire parler Monique OLIVIER, lors de son interrogation le commissaire dira de cette femme :

— Monique OLIVIER a deux facettes, la première, timide et la seconde, sûre d'elle.

La déposition dura plusieurs heures cet après-midi-là, ce ne fut que le lendemain que les questions aux assassins furent posées.

FOURNIRET demande toujours le huis clos et ne répondra pas aux questions de l'Avocat Général.

Monsieur NACHBAR, Avocat Général, garde son calme et nous sentons tous qu'il essaye de pousser à bout cet être immonde, ce rapace, mais FOURNIRET a toujours la même réponse : « huit clos ». De temps en temps nous le voyons glisser quelques lettres à ses avocats.

Est-ce sur les conseils de ses avocats qu'il s'obstine à demander ce huis clos ?

À ce moment, aucune question n'est posée à Monique OLIVIER.

L'avocat général continue et demande à FOURNIRET :
— Vous avez fait des aveux Monsieur FOURNIRET ! Vous avez reconnu quelques meurtres… Et les autres ? Où vous êtes-vous procuré ces pièces d'or ? 30 000 euros ? Où ?

Aucune réponse.

— Votre épouse était-elle votre complice, oui ou non ?

L'Avocat Général, après un certain moment, s'assoit en disant un bref merci à FOURNIRET.

L'audience est suspendue et reprendra le lendemain à 10 heures.

Sixième jour du procès, jeudi 3 avril 2008 : intervention des avocats de la défense.

Médusée, j'écoutais… Que ! Qui ! Quoi ! Pouvaient-ils défendre ces hommes de loi, une seule chose, l'enfance bafouée de ces deux tentacules de l'enfer, une vengeance, une jalousie envers la vie proprette et simple de leurs concitoyens, quoi d'autre ?

L'Avocat Général pose enfin des questions à Monique OLIVIER qui se lève de son siège et semble engourdie, ensommeillée.

— Des cheveux de certaines victimes retrouvés dans la voiture, à qui, d'après vous, appartenaient-ils ?
— Je ne sais pas ! répond Monique OLIVIER.
— Vous ne savez pas ? Et les médicaments ?

Haussant les épaules, Monique OLIVIER répond :

— On peut mettre des choses dans la voiture, je ne me rappelle pas.
— Et les vêtements des jeunes filles, Madame FOURNIRET ?
— Je ne sais pas, si c'est lui ou moi…
— Madame FOURNIRET, on se rappelle les derniers moments d'une jeune fille, vous ne savez pas si vous avez administré des médicaments à ces jeunes filles pour qu'elles soient soumises ? Vous ne savcz pas ?
— Je ne leur ai rien donné du tout !
— Monsieur FOURNIRET, levez-vous ! Voulez-vous ajouter quelque chose à ces propos ?
— C'est une situation inconvenante j'en conviens, je préfère me taire et donner aux familles les réponses aux questions qu'elles se posent par écrit seulement ! répond notre Dieu de la mer, Poséidon.

Le procureur excédé répond :

— Mais, Monsieur FOURNIRET, vous vous prenez pour qui ? Vous avez peur de quoi ? Vous vous conduisez comme un lâche !

— Je ne changerai pas mon attitude !

— Monique OLIVIER, avez-vous plaqué la main sur les bouches de ces petites victimes pour étouffer leurs cris ?

— Je n'ai pas plaqué de mains sur la bouche !

— Et vous, Monsieur FOURNIRET ?

— Vous connaissez ma réponse !

— Vos propos sont contradictoires, Monsieur et Madame FOURNIRET. Madame OLIVIER avez-vous une grave perte de mémoire ? C'est grave ! Vous niez tout, n'ayant aucun souvenir, vous avez pourtant fait des aveux !

— Pourquoi me posez-vous ces questions ? Demandez-lui à lui… dit-elle en se retournant à demi vers son époux.

— Vous m'avez dit, hier, Madame FOURNIRET, qu'il avait toujours son attirail sur lui ?

— Je ne sais plus !

AUDIENCE TERMINÉE

Et, à nouveau, le rideau tombe sur ces acteurs de la mort. Nous regagnons le pont avec une fureur en nous qui nous fait mal, les familles des victimes étaient déjà sur le quai, regardant s'éloigner les bourreaux entourés de motards qui allaient tranquillement regagner la cale du PAQUEBOT. Ils prendront un bon repas, préparé avec soin par les marins de garde, une bonne nuit de sommeil et seront frais et dispos pour le lendemain.

Nous regagnons notre domicile, épuisés par cette journée. De quoi peut-on avoir envie après ces images gravées à jamais dans nos cerveaux.

Pour ma part, ce fut une longue bouffée de tabac, je regardais la fumée s'envoler vers le ciel qui s'assombrissait, un orage, une tempête…

Vous, petites âmes, montrez votre colère, une ombre, un oiseau m'effleura à ce moment et j'ai su que vous étiez présentes, toutes !

FILLES DE LUMIÈRE ! PETITES FILLES
INNOCENTES ! PETITES FILLES DES TÉNÈBRES
SI DIEU LE PERMETTAIT,
S'IL EN AVAIT LE POUVOIR,
J'AIMERAIS QUE TOUTES VOUS SOYEZ LÀ,
PARMI NOUS, SUR CE PAQUEBOT, BERCÉES NON
PAR LA MER MAIS PAR DES COURANTS AUSSI FORTS
QU'ILS ENGLOUTIRAIENT À JAMAIS CES ÊTRES
QUI VONT ÉCHAPPER À LA MORT, AUX TORTURES
QUE LA PLUPART DES ÊTRES HUMAINS RÉCLAMENT.
AU PROCÈS, FACE À VOTRE BOURREAU.
QUE JUSTICE SOIT FAITE !

Je ne pense pas que la mort pour ces pieuvres imbibées de sang noir soit douce… Oh non !

Il faut que ces atrocités s'arrêtent.

J'aimerais que, lors de cette audience, une lumière pourpre nous envahisse, que vous soyez toutes parmi nous.

Peut-être y aurait-il un arc-en-ciel, peut-être justice sera faite ! Que ces montres présents et à venir s'engloutiront à jamais dans les ténèbres.

Ce soir, seule, sur le quai, je prie pour vous et je sens vos âmes me toucher.

J'ai besoin de votre force pour continuer.

J'y arriverai, il le faut !

Je prie pour vos parents qui pleurent des larmes de sang. Vos parents pour qui cette vie ne sera plus jamais pareille.

Dieu, ayez pitié de ces âmes.

Donnez-leur enfin le repos éternel !

Je répète : QUE JUSTICE SOIT FAITE !

MERCI À LA COUR, AUX MAGISTRATS, SURTOUT AU PROCUREUR GÉNÉRAL QUI, DANS SES YEUX, A SU NOUS FAIRE DÉCOUVRIR QU'IL EXISTE UNE PARCELLE DE PURETÉ, DE REGRET, DE SANGLOTS ÉTOUFFÉS, ET MÊME DANS CES PROPOS, QUAND LA FOULE, LES JOURNALISTES, L'OBSERVAIENT SANS RELÂCHE, GUETTANT À CHAQUE INSTANT UNE PAROLE MENAÇANTE, MALENCONTREUSE…

Ce ne fut pas le cas, celui ou celle qui aurait pu sonder son esprit aurait découvert que derrière ses paroles des larmes étouffées le submergeaient.

MERCI AUX MAGISTRATS D'ALLER JUSQU'AU
BOUT AU PLUS PROFOND DE L'OCÉAN MORBIDE
QUI NOUS ENTOURAIT ET NOUS FAISAIT DÉRIVER.

Y A-T-IL UN ANGE ? J'Y CROIS, JE RESSENS, PETITES SIRÈNES, VOTRE PRÉSENCE À TOUTES JUSQU'AU PLUS PROFOND DE MON ÂME.

JE VEUX ÉCRIRE CES PAGES POUR TOUTES LES AUTRES VICTIMES À VENIR.

IL FAUT QUE CELA CESSE.

FOURNIRET, OLIVIER, répondez à nos questions ! Pourquoi ? Comment ?

Elles sont mortes ces victimes, de vos mains, dans des circonstances accablantes abominables.

POURQUOI CE MUTISME ?

SCÉANCE DE L'APRÈS-MIDI À 14 heures.

MESDAMES ET MESSIEURS… LA COUR !

Le Président prend la parole et va parler de Céline et Mananya.

— Madame OLIVIER, levez-vous, je vous prie, vous avez sans doute oublié !

— Je ne sais pas, répond Monique OLIVIER, Michel, ce jour-là, est rentré seul, quand il allait sortir de prison je n'avais pas envie de le reprendre, c'est à ce moment-là que j'ai eu envie de dire toute la vérité !
— Ce n'est pas la question que je vous pose ! Quelle est la vérité ! Céline ? Mananya ? Isabelle ? Les médicaments ?

Combien de cachets, Madame OLIVIER, pendant que votre époux violait les petites, où étiez-vous ? Répondez, Madame OLIVIER, à toutes ces questions !

— Je n'ai rien vu, j'étais dans la chambre à côté.

— Et Selim, où était-il ?

— Il n'était pas là, il était chez les voisins.

— Madame OLIVIER, vous avez aidé votre mari à enterrer les cadavres dans votre domaine !

— Je ne sais rien, je ne connais pas l'endroit exact.

— Monsieur FOURNIRET, levez-vous, je vous prie. Qu'avez-vous à nous dire ?

— Nos versions sont très différentes, si l'avocat croit m'émouvoir en parlant… et j'aimerais ajouter : merci d'avoir pris connaissance de mes écrits, je répondrai comme d'habitude et ne veux pas que mes réponses soient rendues publiques.

Il insulte presque l'avocat et le prend de haut.

— Si j'avais été avocat, j'aurais agi comme vous.

— Asseyez-vous FOURNIRET et OLIVIER !

REPRISE DE L'AUDIENCE DANS UN QUART D'HEURE

L'audience avait été suspendue parce que « Poséidon » voulait converser avec ses avocats et demandait toujours le huis clos. Il voulait s'expliquer par écrit avec les familles, ce que toutes ont refusé.

Vingt minutes plus tard, l'audience reprit et les questions sans réponse des deux meurtriers fusèrent de toutes parts.

Le Président s'adressa à FOURNIRET :

— Monsieur FOURNIRET, votre épouse était au courant du meurtre de Farida, l'épouse de votre ancien compagnon de cellule ! Et les lingots d'or, elle vous a aidé à les transporter ! Pourquoi vouloir la couvrir ?

La réponse de FOURNIRET fut simple et nette :

— Je n'ai pas à revenir sur ce que j'ai déjà dit.

— Et Isabelle LAVILLE, Monsieur FOURNIRET ?

— Je ne demande pas mieux que de répondre mais à huis clos ou par écrit.

L'avocat général se lève et demande la parole :

— Restez debout, Monsieur FOURNIRET, j'ai une question à vous soumettre qui me trotte dans la tête depuis le début du procès : quel effet, Monsieur FOURNIRET cela vous a-t-il fait d'avoir dans vos bras un corps mort… Ce petit corps sans vie vous a-t-il procuré une sensation physique ?

D'une voix coupante les yeux du monstre fixent Monsieur NACHBAR, FOURNIRET répond :

— Je ne peux pas répondre dans ce sens !

— Mais, FOURNIRET, vous avez, comme n'importe quel être humain, ressenti une émotion ?

— L'érection, en somme, est une chose normale !

— Conséquence, émotion, érection… c'est extravagant ! Monsieur FOURNIRET !

— J'aimerais bien vous répondre « oui » ou « non » Monsieur l'Avocat Général, mais c'est grotesque ! Ne le pensez-vous pas ? Je redemande le huis clos !

— Merci ! Vous avez quand même répondu… Un peu de réconfort pour les membres des familles, un début de commencement de réponse ! Vous faites des progrès, FOURNIRET, continuez et comme le dit le proverbe, « qui va doucement va loin ».

Le Président de la cour s'adresse de nouveau à FOURNIRET :

— Monsieur FOURNIRET, êtes-vous un monstre ?

Imperturbable, FOURNIRET répond :

— Est-ce une question que vous me posez Monsieur le Président ? Allez savoir, Monsieur le Président ! Je ne suis pas psychologue, n'ai pas de réponse, impossible ! Et surtout je ne veux pas faire de théâtre, n'ayant pas l'âme d'un acteur surtout devant un public assoiffé de sang ! Regardez-les, Monsieur le Président, ce sont tous, pour la plupart, des piliers de bistrot !

— Et les familles, FOURNIRET, qu'en pensez-vous ?

— Je refuse de répondre je vous l'ai déjà dit : « une intelligence ne va pas au-delà. »

— Nous sommes vendredi, un long week-end vous attend, Monsieur FOURNIRET…

La cour se retire et reprendra ce lundi 7 avril 2008. Ce sera le septième jour du procès.

Et de nouveau, la sortie vers nos foyers. Gérald, notre garde à tous, nous fait un sourire, serre des mains par ci par là, une main sur l'épaule à plusieurs personnes éberluées, anéanties. Non ! C'est un cauchemar ! Un type comme ça ! Qui est-il ce FOURNIRET ? Le diable est-il revenu sur terre ?

Gérald nous ouvre les portes vers une lumière éblouissante, le soleil nous éclabousse.

— Non, vous tous, regardez ! Le monde n'est pas détruit il est là ! Il vous fait un grand sourire, il est vivant, respirez ses effluves, il est encore temps.

D'un grand geste de la main, Gérald nous bouscule vers notre terre natale, nous nous retournons tous vers lui avec un sourire timide, nos yeux embués, lui disons que nous avons compris son message. À lundi gardien du PAQUEBOT, nous y serons tous !

Les portes du PAQUEBOT se referment avec un bruit sourd

Lundi 7 avril 2008

Septième jour du procès : dossier Fabienne LEROY.

Le président relate les faits.
Le 4 août 1998, à treize heures, est découvert le cadavre de Fabienne LEROY dans un camp militaire à MOURMELON.

— Monsieur FOURNIRET, levez-vous ! Madame FOURNIRET, levez-vous ! Reconnaissez-vous les faits ?

FOURNIRET :
— Je reconnais les faits.

Monique OLIVIER :
— Je reconnais les faits.
— Asseyez-vous !

Les parents de Fabienne viennent à la barre, Colette LEROY regarde le Président, tristement, mains tremblantes, raconte la vie d'avant, le bonheur, la naissance des jumelles, Fabienne et Valérie, les deux époux soudés l'un à l'autre, main dans la main, relatent leur vie au Sénégal, la belle vie, tout allait bien, la sérénité, rien que la sérénité, en 1972, Sylvain, leur petit frère est né, trois enfants superbes débordants de santé de joie de vivre.

— Mais en 1977, pour mon travail, nous avons quitté la Côte d'Ivoire et sommes arrivés dans l'Aisne où, malheureusement, le grand malheur allait arriver.

Soudain la lumière de la cabine s'éteignit, des diapositives apparurent sur le mur, derrière les jurés, d'autres écrans de tous côtés nous éclairèrent.

Les photos de Fabienne, Valérie et Sylvain bébé.

Ils riaient, l'insouciance de la jeunesse, une famille unie qui ne demandait qu'à s'épanouir.

J'entendis derrière moi des pleurs, même les journalistes n'écrivaient plus.

Nos yeux se sont dirigés vers les monstres.

Pas un muscle de leur visage ne bouge, Monique OLIVIER se mouche, est-ce un simulacre de larmes ?

Les écrans s'éteignirent et la lumière réapparut.

Monsieur et Madame LEROY regagnèrent leurs places.

Le Président et le Procureur, les jurés, les avocats des familles, le public, les journalistes, fixèrent durant de longues minutes ces tentacules du malheur.

Elles avaient la tête baissée et n'osèrent pour une fois la lever.

— Mesdames et Messieurs, l'audience reprendra dans vingt minutes, nous avons tous besoin d'air frais !

Je ne suis pas sortie ce jour-là avec la foule, d'un pas incertain j'ai déambulé dans la cabine presque vide, Gérald gardait comme d'habitude la porte d'entrée, lui aussi avait l'air désabusé, triste, « Jacquouille » avait la tête entre les mains et semblait prier.

Je me suis avancée vers les pièces à convictions, des habits maculés de poussière, de sang séché, des lambeaux de tissu, des médicaments, des cordes, des armes, l'attirail de deux meurtriers, du moins, ce qu'il en restait…

Mananya ! Où sont tes cahiers que tu aimais tant ? Petites filles, où sont passés vos sacs ? Vos habits de sport ? Vos petits secrets de jeunes adolescentes, vos numéros de téléphone, vos portables.

ENFOUIS À JAMAIS DANS L'ANTRE DE CES DÉMONS.

J'ai caressé du bout des doigts la vitrine pour y sentir votre présence, un souffle léger m'a caressé la joue, c'était « Quinquin » qui, avec son sourire, m'a accompagnée jusqu'à la porte pour y puiser un peu de réconfort.

Vingt minutes plus tard, nous avons tous regagné nos places attribuées, sans un murmure.

Silence religieux, les monstres sont arrivés, accompagnés de leurs matelots.

Madame LEROY, à nouveau, monte à l'estrade et d'une voix coupante s'adresse à Monique OLIVIER.

Monique OLIVIER se lève sur l'ordre du Président, toujours le regard baissé, telle une petite fille prise en faute pour quelque chose d'impardonnable.

— Madame FOURNIRET, vous n'êtes pas digne d'avoir été mère, vous étiez enceinte de huit mois quand vous avez assassiné ma fille ! Pourquoi ? Je veux savoir ! Nous voulons tous, ici présents, comprendre !

Madame LEROY tourne le dos et rejoint son mari, elle ne peut verser de larmes, il est trop tard, sa petite fille ne reviendra plus jamais.

La sœur jumelle, Valérie, vient à la barre, des sanglots étouffés lui coupent momentanément la parole. Très vite, Valérie se reprend et à son tour fixe Monique OLIVIER.

— Vous avez, Madame, supprimé la vie de ma sœur jumelle. Je suis mariée et j'ai deux enfants. Chaque jour je vois le sourire de ma sœur, peut-être aurions-nous eu deux enfants chacune. Nous serions une famille unie, la maison remplie de rires, des noëls éblouissants, tous réunis, ensemble, avec les grands-parents à nos côtés. Vous nous avez ôté la joie de vivre, même de respirer ! Vous n'êtes pas digne d'être une femme !

Sylvain, à son tour, rejoint sa sœur.

— J'avais seize ans quand ma sœur a disparu. Il ne se passe pas un jour où je la revois belle comme une princesse, elle était la joie de la maison ! Maintenant, bien sûr, nous nous retrouvons tous aux repas de famille, plus personne n'ose parler d'elle mais nous savons tous qu'elle est présente.

Il ne peut continuer, des larmes coulent comme des petits diamants qui iront briller dans le firmament.

Le président s'adresse à FOURNIRET :

— Levez-vous, Monsieur FOURNIRET, qu'avez-vous à ajouter ?

— Oh ! Très peu ! Dans le cas où je pourrais parler... des détails ? Est-ce cela que vous voulez ? répond FOURNIRET s'adressant à Madame LEROY, vous demander pardon ? Je n'ai en ce moment pas les idées claires et je ne vois pas ce que des mots pourraient y rapporter. Deux mots ou plus n'y changeront rien, je n'ai pas varié de mon idée depuis le début de ce procès, et en plus si je considérais ma personne ce ne serait pas le cas.

Le Président, une nouvelle fois, garde son calme et essaye de lui faire entendre raison.

— Monsieur FOURNIRET, soyez réaliste, ce n'est pas à vous de changer le code de procédure pénale !

— Monsieur Le Président, je demande le huis clos.

— Asseyez-vous, FOURNIRET !

— Monique OLIVIER, levez-vous, Madame OLIVIER, qu'avez-vous à dire ? demande le président.

— Je vais essayer... J'ai honte ! Nous étions à l'époque dans les Ardennes, à FLOING, et ce jour-là nous revenions de chez Madame CLERGE, l'ancienne épouse, il fallait faire des courses, nous nous sommes arrêtés sur le parking d'une supérette. C'est lui qui a aperçu Fabienne LEROY, elle est montée dans la voiture, lui s'est arrêté dans un petit chemin, j'étais angoissée, il m'a demandé de prendre le pistolet qui se trouvait dans la voiture, je tremblais, je n'ai pas pointé l'arme sur Fabienne LEROY. Il s'est éloigné… m'a demandé de le suivre… elle était allongée par terre, je ne sais… pas ne sais plus… il m'a demandé de vérifier… je n'ai pas pu le faire, il m'a attrapé le bras, dit des mots sans suite, une grande colère, je suis partie, j'ai marché, et il m'a rattrapée et ordonné de monter dans le véhicule et nous sommes repartis.

— Madame OLIVIER, nous ne comprenons rien, mais rien du tout à ce que vous racontez ! Essayez-vous, par tous les moyens, de vous disculper ?

D'une voix forte, Monique OLIVIER répond :

— Chacun ses affaires, chacun pour soi, tout ne me revient pas vraiment, je ne sais pas comment vous dire autre chose. Dans l'état où j'étais, j'étais loin de penser qu'il aurait osé faire ça… En effet, j'étais enceinte, c'est impardonnable, je sais que les familles ont de la peine.

Cinéma ou pas ?

J'observe son visage pour y déceler une émotion, une quelconque émotion, il n'y en a absolument pas !

Le Président :

— Madame OLIVIER, combien de temps cela a-t-il duré ?

— Ça dure toujours très longtemps, je ne sais pas, je ne pourrais pas dire si elle a crié ou pas, je ne sais plus, oui, c'est vrai, elle était confiante.

— Vous imaginez ce que votre enfant a pu ressentir ?

Pas de réponse mais mine penaude…

— Madame FOURNIRET, lui avez-vous donné de l'alcool ? Lors de la découverte de ce jeune corps, le taux d'alcoolémie était de 0.35 grammes.

— Je n'ai pas donné d'alcool, je ne me souviens plus !

— Vous avez bien conscience, pourtant, d'avoir tenu l'arme ?

— Oui !

— Madame OLIVIER, avez-vous souvenir du bandeau ?

— Je ne sais plus, j'avais peur et ne savais pas où aller.

Elle marque un petit temps d'arrêt et d'une voix normale Monique OLIVIER déclare :

— J'aurais été quelqu'un d'autre si j'avais eu un père, des frères, c'est comme si je n'en avais pas, jamais je n'aurais connu FOURNIRET. Je ne veux plus reparler de ces horreurs, je les vois le soir face à face, je ne veux plus en parler !

Quelle ironie !

— Madame OLIVIER, nous vous remercions, la cour et moi-même pour ces réponses quelque peu démesurées. Asseyez-vous. L'audience est terminée et reprendra à quatorze heures.

Quatorze heures ce jour (suite Fabienne LEROY plus appel à témoins)

L'audience reprend

Le président :

— Monsieur FOURNIRET, levez-vous ! Avez-vous injecté le contenu d'une seringue à votre victime pour qu'elle se taise ?

— Possible… répond FOURNIRET.

— Comment cela, « possible » ?

— Je suis en prison, je n'ai plus rien à perdre !

— Dans la voiture, vous aviez un fusil, des sacs plastiques, de l'éther, des cordes, de l'alcool…

— Oui !

L'avocat, comme ce matin, essaye de le déstabiliser. Le pacte a-t-il repris entre les monstres ? Nous avons tous l'impression que quelques heures ont suffi à ces deux êtres du malheur pour de nouveau être soudés l'un à l'autre… complices !

— Monsieur FOURNIRET, c'est votre unique chance de répondre.

— Je ne reviendrai pas sur ce que j'ai dit ce matin.

— Il me semble que tous deux, vous êtes les mêmes !

— Oui, je me suis expliqué ce matin.

— Madame FOURNIRET, levez-vous ! Pourquoi n'avoir rien fait ?

— J'avais peur ne savais pas quoi faire.

— De qui ? De quoi ? Vous aviez tout le temps d'alerter n'importe qui !

— Je ne sais pas…

— Oui, Madame OLIVIER, vous ne savez pas, ne savez plus, vous êtes une montagne d'hypocrisie !

L'Avocat Général à son tour prend la parole :

— Madame OLIVIER, quand vous êtes sortie de l'agglomération, il me semble, vous étiez déjà inquiète ?

— Non, angoissée, j'étais pas bien…

— Ah ! « pas bien » !

Cela nous semble de plus en plus bizarre. Ce matin elle répondait, mais cet après-midi tout se déroule différemment, le serpent lui aurait-il injecté un poison, quelques gouttes de son venin ou est-ce un lavage de cerveau par télépathie ?

L'Avocat Général continue ses questions :

— Madame FOURNIRET, avez-vous jeté le corps dans un cours d'eau, si vous étiez aussi angoissée que vous le dites, pourquoi ne pas avoir pris la fuite ?

— Je n'ai pas pensé à fuir, j'étais enceinte de huit mois et ne pouvais pas courir.

— Bouée de sauvetage dégoulinante de sang, pour une claque de son cher époux, Madame se sauve, mais pour les meurtres de jeunes filles, Madame préfère rester ! Asseyez-vous, Monique OLIVIER !

Le commissaire de DINAN, en Belgique, vient à nouveau à la barre et nous parle durant plusieurs heures, des armes, de l'autopsie, de l'alcool dans le corps de la fillette, d'une seringue injectée dans le bras de notre petite martyre, des questions toujours sans réponses aux deux criminels, un langage de sourds et muets. À certains moments, FOURNIRET hoche la tête.

L'Avocat Général demande de nouveau à FOURNIRET de se lever.

— Monsieur FOURNIRET, c'est cet homme qui est près de vous qui vous a mis les menottes aux poignets. C'est lui qui vous a enfermé. Répondez ! Vous avez les parents des victimes en face de vous, ils veulent savoir ! Répondez !

Et la pieuvre répond :

— C'est un petit effort qui risque d'être grand, si je mets le doigt dans l'engrenage tout partira… le risque où est-il ?

— Alors autant vous prendre pour un monstre… n'en parlons plus ! Je n'ai pas demandé de vous asseoir, restez debout ! Nous allons parler de Farida, l'épouse de… votre ami, parrain de votre fils… Avez-vous, Monsieur FOURNIRET, menacé votre femme pour qu'elle vous aide à exterminer cette jeune personne dans des circonstances horribles ? Où est-elle en ce moment ? En quel lieu l'avez-vous engloutie ?

— Vous seriez déçu si je vous répondais : « ma femme » une pauvre paumée, une souris écervelée.

— Madame OLIVIER, levez-vous ! Qu'en pensez-vous ?

— Je ne sais pas si c'est bien ou mal.

— Comment ? Qu'est-ce que cela veut dire ?

Aucune réponse, Monique OLIVIER baisse très fort la tête et ose demander un verre d'eau à « Quinquin » qui, obligé, le lui apporte.

— Madame OLIVIER, avez-vous, avec votre époux, une relation de dominante ou de dominée ? Avez-vous eu, après tous ces meurtres, des relations sexuelles avec votre époux ?

— Je n'ai pas à répondre à cette question, je sais, c'est pas beau à dire, je pense… ce n'est pas pensable ce qui m'arrive, je ne me sens pas très bien…

— FOURNIRET, OLIVIER, asseyez-vous !

L'audience est terminée et reprendra jeudi 10 avril à neuf heures

Et de nouveau, les portes du navire se ferment. Une grande lassitude s'empare de chacun de nous, nous avons besoin d'un grand bol d'air, d'un vent fort, très fort, pour combattre ces effluves de malheur qui nous enserrent l'esprit, d'un grand sommeil réparateur pour essayer, ne serait-ce que pour quelques instants, d'oublier cette journée atroce.

Jeudi 10 avril (Jeanne marie DESRAMAULT)

— Mesdames et Messieurs… la Cour !

Troisième victime, Jeanne Marie DESRAMAULT, enlevée à la gare SNCF de CHARLEVILLE-MEZIERES, sa dépouille a été retrouvée lors des fouilles au « Château du Sauton », la profondeur du puits était d'un mètre cinquante.

— Monique OLIVIER, veuillez vous lever !

Le Président :
— Madame OLIVIER, si vos souvenirs sont intacts, si vos réponses pouvaient être franches, si la peur ne vous tenaille pas de nouveau, j'aimerais vous poser quelques questions. Et tout d'abord, où donc était Selim ?

Monique OLIVIER :
— Il n'était pas là, je ne sais plus, je pense l'avoir confié à une voisine, la veille.
— La veille… de quoi ?
— Je ne sais plus… oui, j'ai téléphoné une fois aux sœurs religieuses…
— Oui, Madame FOURNIRET, sur l'ordre de qui ?

Pas de réponse, tête baissée comme une pauvre petite victime !

— Vous ne voulez ou ne pouvez pas répondre ?

Aucune réponse.

— Restez debout, Madame OLIVIER, Monsieur FOURNIRET, levez-vous ! Qu'avez-vous à dire Monsieur FOURNIRET ?

Il se lève, baisse la tête, bras croisés, regard fixe. Le monstre est toujours égal à lui-même.

— Où était Selim à ce moment-là ?
— Je ne sais pas !

Monique OLIVIER coupe la parole au Président et d'une voix dure ajoute :
— Je ne veux pas dire qu'il ment, ce n'est pas possible que Selim ait assisté à cela !
— Monsieur FOURNIRET, avez-vous vous aussi eu peur ? Selim, le lendemain, était avec vous, oui ou non ?
— Je me souviens vaguement de la présence de Selim ce jour-là, il était, je crois, chez une voisine.
— Quelle voisine ?

Réponse incohérente…
— Quelle voisine, Monsieur FOURNIRET ?
— Je ne suis toujours pas prêt à répondre, il suffirait d'un mot pour me transformer en moulin à paroles…
— Quel mot, FOURNIRET ?

Pas de réponse mais sourire ironique.

Maître DELGENES, avocat de la défense de Monique OLIVIER, prend la parole :

— Madame OLIVER, essayez de vous souvenir ?

— Je la revois s'échapper de la chambre, c'est un acte de lâcheté je n'ai pas pu regarder.

— Alors pourquoi être restée ?

— Je ne sais plus, je ne réalisais pas…

L'Avocat Général, à son tour, lui pose des questions :

— Vous avez, Madame OLIVIER, certainement entendu le bris du carreau cassé. Vous avez aidé votre « héros » à la bâillonner. Oui ou non ?

Maître DELGENES répond lui-même à l'Avocat Général :

— OK ! Oui, le carreau, oui, a été cassé !

FOURNIRET toujours debout garde un mutisme complet.

Le Président lui parle de Marie Ascension, des jeunes filles au pair. Il ouvre un manuscrit et, page par page, le consulte… s'adresse à FOURNIRET avec une patience démesurée. Nous étions tous à l'écoute. D'une voie posée, il nous lit quelques lignes des lettres de FOURNIRET écrites pour la plupart en prison.

— Monsieur FOURNIRET, vous êtes un être intelligent ! Lisant ces quelques pages… je m'en rends compte… pourtant… hum ! C'est long ! à certains moments dénué de sens… hum ! Hum ! Il faut être quelqu'un de puissant pour y sonder ce qui se cache derrière ces lettres ! Pourtant, je les ai lues et relues mais… enfin… ce doit être votre conception de la vie… Ah ! Je vois enfin quelque chose d'intéressant, si j'arrive à vous déchiffrer, vous me ferez signe, j'espère, si je me trompe... Après l'accouchement, comme moyen, vous avez tous deux changé de tactique. La naissance de Selim vous procurait un autre moyen de chasse au gibier, un autre pouvoir : les baby-sitters ! Je me trompe FOURNIRET ?

Pas de réponse alors qu'il écoute presque avec insolence les propos du Président.

— Vous ne pouvez pas répondre, FOURNIRET, j'ai la tête remplie de vos lettres, je les ai lues, du début jusqu'à la fin !

Madame FOURNIRET, toujours debout, elle aussi :

— Avez-vous quelque chose à ajouter ? Serviez-vous, oui ou non, d'appât pour les mettre en confiance ?

— Je ne peux pas répondre à cette question, je ne suis pas dans sa tête. Après les faits, il me fait peur, il est encore sous l'énervement, une colère terrible. J'évite de le regarder, après il se calme, devient silencieux. Je n'ai plus le droit de lui demander quelque chose, plus rien à dire... J'aimerais, moi aussi, qu'il parle d'une voix plus forte qu'auparavant, d'ailleurs il raconte mieux que moi.

L'Avocat Général, excédé, d'une voix puissante déclare :

— Nous ne sommes pas, Monsieur et Madame FOURNIRET, dans un conte de fées ! Cessez vos invectives démesurées ! Vous êtes des lâches !

L'audience reprendra à quatorze heures.

Nous sortons ce jour-là vers un ciel limpide et clair, pas un nuage, le soleil brillait, une petite étincelle de joie nous parcourait. Nous étions presque certains que ces monstres allaient enfin parler, dire toute la vérité, implorer le pardon ! Était-ce une utopie ?

Quatorze heures le même jour…

Le Président :

— Monsieur FOURNIRET, levez-vous ! Avez-vous eu le temps de réfléchir durant ces quelques heures ? Allez-vous enfin répondre ?

— Monsieur le Président, si la position avait changé j'aurais des choses à dire à quelques détails près mais je maintiens ma position.

— Madame FOURNIRET, levez-vous, demande l'Avocat Général, « votre conjoint » vous aurait-il fait des menaces sur vos fils ?

— Lui, n'avait pas de nouvelles de ses enfants, à part un certain jour, je ne m'en souviens plus, une de ses filles jumelles l'avait appelé pour lui annoncer qu'il était grand-père, moi, les miens, non ! Aucune nouvelle, bien sûr, j'étais préoccupée parce qu'il me faisait penser à mes enfants.

— Avez-vous mis ou donné du sparadrap à votre mari le jour de la mort de Jeanne Marie DESRAMAULT ?

— Oui ! Je me suis dépêchée de donner le bâillon, très vite, lorsque je suis revenue près de mon mari, la victime bougeait encore, je me suis retournée. Tout ce que j'ai à dire c'est que je regrette, j'ai honte, je mérite d'être là où je suis. C'est impardonnable !

— Avez-vous posé des questions au sujet de l'emplacement du corps ?

— Je ne pose aucune question, chacun son affaire, un point c'est tout.

— Avez-vous touché au corps de Jeanne Marie ?

— Je n'ai pas touché au corps de Jeanne Marie !

— Pourquoi, Madame OLIVIER, êtes-vous restée à proximité ?

— Oui, c'est incroyable !

— Durant toutes ces années, vos enfants sont venus, les filles de votre époux aussi, en les voyant, en les recevant durant les vacances, avez-vous pensé aux victimes passées, Madame OLIVIER ? Non ! Cela n'est pas « incroyable », Jeanne Marie était-elle comme Fabienne LEROY, morte lorsqu'il l'a ensevelie ? Pourquoi deux bâillons plastifiés ? Bâillons de 230 millimètres, bouche, les nasales, les buccales, fémur droit fracturé ! Comment votre cher époux pouvait-il la tenir en même temps puisque l'ansaplat ou le bâillon comme vous l'appelez, Madame OLIVIER, doit être tenu à deux mains et j'oubliai une bande velpeau ! Dites-vous la vérité en disant que vous n'avez pas touché à ce petit corps ? Dites-vous la vérité, Madame FOURNIRET ? Vous avez vu les yeux de la petite, ils vous fixaient, vous implorant de l'aider, de retrouver la liberté et l'avenir auprès de ses proches, et vous n'avez rien fait ? Je ne peux y croire, Monique OLIVIER, vous avez aidé votre mari à lui donner la mort !

Maître SEBAN, avocat des familles, à son tour prend la parole :

— Monique OLIVIER, lui avez-vous donné des médicaments ? Des piqûres ou de l'alcool ?

— Elle a pris un café mais je n'ai pas mis de médicament.

— Alors, pourquoi avons-nous retrouvé les mêmes traces que sur Isabelle ? Est-ce FOURNIRET qui les a injectés ?

— Je ne sais pas !

Maître SEBAN demande à FOURNIRET :

— Et vous, Monsieur FOURNIRET, que lui avez-vous administré ? Le bâillon, c'est difficile à mettre d'une seule main ! Le médecin légiste nous l'a prouvé !

FOURNIRET, pour une fois, s'énerve :

— Elle est aussi coupable que moi, cette écervelée !

Maître SEBAN, d'une voix coupante, essaye de le pousser à bout :

— Vous avez tous deux des visages de monstres, tentacules répugnants et sanguinolents.

FOURNIRET l'interrompt et, pour une fois, s'adresse à son épouse :

— Dis-lui, toi, que je suis un menteur et ce sera bon !

Maître SEBAN ne désarçonne pas :

— Monsieur FOURNIRET, envoyez-vous du courrier à votre mentor ?

— S'il m'en envoyait, je ne l'accepterais pas !

— À votre avis, FOURNIRET, qu'est-ce que la brutalité ?

Pas de réponse.

— Et la virginité ? Et les relations sexuelles avec votre épouse ?

— Elle ne peut plus rien !

— Ah !

— J'ai déclaré que je n'étais pas… Il y a des chemins secondaires qui font partie de la vie, nous avons, pour la conclusion, été deux épaves qui se sont rencontrées et avons formé un radeau.

— Un radeau encombré de morts Monsieur FOURNIRET !

Pas de réponse.

— Vous n'êtes que des lâches !
— Je suis désolé de ne pas vous répondre…

FIN DE L'AUDIENCE,

L'AUDIENCE REPRENDRA CE LUNDI 14 AVRIL

Lundi 14 avril : réouverture du procès.

L'AUDIENCE EST OUVERTE…

Le Président prend la parole :
— Nous allons essayer, ce jour, de comprendre le meurtre d'Élisabeth BRICHET et surtout d'avoir des réponses correctes et complètes. Monsieur FOURNIRET, levez-vous !
Monsieur FOURNIRET, reconnaissez-vous la mort d'Élisabeth BRICHET ?
— Je reconnais la mort.
— La tentative de viol et le viol ?
— Je ne reconnais pas, ma position n'a pas varié, je demande le huis clos…
— Monique OLIVIER, levez-vous ! Que pouvez-vous dire de plus ? Complice ou pas Madame FOURNIRET ?
— Je ne reconnais ni la mort, ni le viol… Je reconnais les autres faits.
— Monsieur et Madame FOURNIRET, le corps d'Élisabeth sera retrouvé le 3 juillet 2004 dans votre domaine, le Château du Sautou.

Monsieur BRICHET, papa d'Élisabeth, fait un pas vers le Président : deux hommes qui se confrontent d'un simple regard et se comprennent, pas besoin de mots ils ne sont qu'illusion ! Le réconfort, où est-il dans ce décombre de néant.

— C'était une fille de lumière, je ne peux rien dire de plus, elle est… morte !

La maman d'Élisabeth vient à son tour près de son mari, ils se tiennent la main, deux naufragés éperdus de souffrance.

— Monsieur le Président, me permettez-vous de montrer ne serait-ce que deux photos à l'écran ?
— Oui, Madame, je le permets.

Les lumières fusèrent, un noir absolu nous submergea, Élisabeth apparut, telle une source de pureté, oui, une fée, les yeux remplis d'amour ne demandant qu'au monde d'en faire partie pour toujours !

Madame OLIVIER, à la demande du Président, se met debout à son tour, le couple, tous deux presque côte à côte se tiennent droits, ils osent fixer la maman, leurs yeux ne cillent pas : deux comédiens fixant l'écran.

Nous tous, attendions un élan de pardon, des larmes débordantes comme un océan sur le pupitre où ils étaient accoudés… Mais non, rien ! Rien !

Une petite voix se fait entendre, la maman d'Élisabeth, tremblante, déclare :
— On ne peut pas construire une société avec une multitude de victimes, il faut que la justice soit forte, pas faible, on ne veut pas la vengeance.

Le frère d'Élisabeth rejoint ses parents :

— Monsieur le Président, on attend que les assassins soient punis.

Vanessa rejoint, elle aussi, la famille. Ils se prennent tous la main comme des survivants du désespoir, d'une voix émue :

— Je suis l'amie d'Élisabeth, je le serai jusqu'à ma propre mort, nous étions ensemble le jour de son enlèvement. Oui, je suis rentrée chez moi… Pourquoi ? Si j'étais restée près d'elle, elle serait toujours à mes côtés, nous nous serions mariées chacune, aurions eu des enfants, Élisabeth aurait été la marraine de mon premier bébé, nous nous connaissions depuis la maternelle, ce jour-là nous avions passé un bon après-midi, nous avions rigolé comme deux adolescentes de douze ans, âge… merveilleux ! Nous sommes toutes deux allées chercher du pain, il faisait encore jour, mais la nuit n'allait pas tarder à tomber. Oui, en rentrant nous avons croisé un homme, on lui a même dit bonsoir, toutes deux nous nous sommes embrassées sur le pas de la porte, elle était joyeuse riait aux éclats : « à demain ». Et demain n'est jamais revenu, demain a disparu dans mon cœur, depuis ce jour j'ai peur du lendemain et protège mes enfants, les surveille constamment, c'en est presque une maladie. Mon entourage me le fait comprendre. C'est comme ça !

Les larmes débordant sur ses joues, elle conclut :

— Oui ! Que les assassins soient punis !

Alors tous quatre retournèrent, main dans la main, pour regagner leurs places. La grande lumière réapparut. Élisabeth disparut de l'écran à jamais.

Maître LOMBARD, avocat des familles, se lève, homme impressionnant à la chevelure blanche lui tombant jusqu'aux épaules. Il pose une simple question à FOURNIRET :

— Avez-vous un souvenir d'Élisabeth ?

— Maître, votre question me gêne, elle m'embarrasse, me prend de court, sans aucun problème je pourrai reconstituer le portrait d'Élisabeth !

— Quand je vous ai interrogé, Monsieur FOURNIRET, vous avez parlé d'elle comme une petite ballerine, la petite danseuse, alors je vous demande de prendre la parole !

— Si j'allais vers vous ce ne serait qu'à moitié... j'aimerais, oui, vous répondre mais sans public...

— Vous savez, Monsieur FOURNIRET, je suis assez âgé à présent pour me permettre de vous raconter une anecdote sur mon long parcours d'avocat... j'ai connu un homme, un seul, qui était exactement comme vous, il demandait le huis clos, mais il a compris, longtemps après, presque à la fin de son procès qu'il devait parler. Il a tout débité et savez-vous le meilleur ? Cet homme m'a remercié : un poids immense s'est extirpé de sa poitrine, son moral, même sa physionomie avait changé. Maintenant, il accepte sa peine et la reconnaît. Alors, qu'attendez-vous ?

FOURNIRET hoche la tête en disant :

— Non ! Votre raison, Maître, n'est pas la mienne !

— Merci de votre compréhension, Monsieur FOURNIRET !

Le président :

— Monsieur et Madame FOURNIRET, asseyez-vous ! Monsieur CARPENTIER, enquêteur, va prendre la parole et relatera les faits de son enquête.

AUDIENCE TERMINÉE

JEUDI 17 AVRIL

Victime: Natacha DAMAIS, 21 novembre 1990, retrouvée neuf mois après.

Même procédé que pour les autres victimes! Coups de couteau? Possible, mais sans aucune preuve faute de réponse de FOURNIRET de l'avoir gardée quelques jours.

Le Président:

— FOURNIRET, levez-vous! Monsieur FOURNIRET, répondez par oui ou non. Avez-vous, une nouvelle fois, violé Natacha alors qu'elle était déjà morte? L'avez-vous gardée plusieurs jours?

— Ma position, Monsieur le Président, n'a pas changé. Une émission de Jacques Pradel est passée à la télé… Projetez-la!

— Vous vous croyez au cinéma FOURNIRET! Cessez! L'avez-vous tuée une deuxième fois?

— Je ne réagirai pas.

— Vous êtes un monstre pédophile! Asseyez-vous! Monique OLIVIER, levez-vous! Avez-vous lavé le corps après le viol, Madame FOURNIRET?

— Lui! Avait lavé le corps, je ne sais pas si c'est pour enlever le sperme.

— N'était-ce pas le moment de dire stop? Y avait-il toujours le pacte entre vous?

— Il n'y avait pas de pacte entre nous.

— Je vous repose la question.

— J'avais peur de lui en tout, j'étais incapable de faire quoi que ce soit !

— Alors pourquoi ne pas l'avoir dénoncé ?

— Il avait déjà été en prison, était ressorti, je sais que j'aurai dû faire quelque chose, je l'ai déjà dénoncé, j'avais peur, que voulez-vous que je vous dise ? De plus, je vous ai déjà répondu !

— Mais vous avez répondu à quoi Monique OLIVIER ? Depuis le début du procès vous répondez par onomatopées, bafouillez des gargouillis de mots que personne ne comprend.

— Je n'ai plus rien à ajouter.

Maître DELGENES prend la parole :

— Madame OLIVIER, vous avez vous aussi écrit des lettres et fait des confidences, en disant à une voisine que vous aviez peur.

— Écrire des lettres ne m'empêche pas de vivre constamment avec la peur.

Le Président, d'une voix tonitruante, ferme l'audience.

— La suite, cet après-midi. Nous avons tous besoin de réflexion !

SUITE MÊME JOUR APRÈS MIDI 14 h 30

FOURNIRET et OLIVIER arrivent toujours encadrés de leurs matelots.

Nous sentions par cet après-midi orageux, que la tempête allait éclater, les flots incessants des journalistes entrant et sortant pour pouvoir communiquer à toute la France à l'écoute, la moindre parcelle de vérité ! Mais où était-elle cette vérité ?

Les magistrats arriveront-ils à faire crouler dans ses eaux tumultueuses remplies d'écume crasseuse ces sangsues avides d'impureté envers le monde qui, malgré tout, les entoure ! Qui sait ? Nous pouvons encore croire à une parcelle de croyance !

Dès son entrée, debout, FOURNIRET s'adresse tout bas à son avocat.

Le Président :
— Y a-t-il un problème ? Avez-vous, FOURNIRET, changé d'état d'esprit ?
— Non, Monsieur le Président, je suis auprès de mes avocats et leur demande quelques conseils.

Maître BLOCQUAUX, avocat de FOURNIRET, se lève et demande humblement à la cour d'avoir un entretien de cinq minutes, hors de la salle d'audience, avec FOURNIRET, « sans public », « sans jurés », « sans presse », « sans familles ».

Monsieur LATAPIE accepte.

Monique OLIVIER reste seule dans son box, un œil toujours fixé sur la pendule.

FOURNIRET sort avec « ses avocats ».

Médusés, nous regardons les familles des victimes qui se concertent à voix basse.
Que se passe-t-il ?

Que manigance ce « pauvre type? » Nous espérons enfin qu'il parle, le silence a pris fin et tout le monde parle en même temps, on se croirait sur le quai d'une gare.

Soudain, une porte s'ouvre, les avocats de FOURNIRET regagnent la salle d'audience accompagnés de FOURNIRET, celui-ci regagne son box, une certaine fierté dans le regard.

Le Président réclame le silence et demande à la famille de NATACHA de sortir.

Des milliers de questions nous viennent à l'esprit, FOURNIRET a-t-il réussi?

Maître BLOCQUAUX s'adresse à la cour:

— J'aimerais, Monsieur le Président, vous demander et redemander le huis clos et surtout aux familles d'accepter. FOURNIRET, à leur demande, parlera et dira tout… mais pas de public, pas de presse…

— Nous allons, Maître, nous concerter avec les familles.

REPRISE DE L'AUDIENCE DANS UN QUART D'HEURE

Et de nouveau tout le monde déboule vers la sortie, tous écœurés, ce n'est pas possible, les familles ne peuvent accepter l'ordre de cet être dépourvu d'humanité! Non! Pas ça!

Le monstre aurait-il gagné son pari, tous nous nous approchons de Gérald qui barre la porte.

Silence! Gardez tous votre calme! C'est la loi, nous ne pouvons rien y faire, il faut obéir vocifère-t-il!

Nous écoutons notre gardien de la paix, mais on voit bien que derrière son regard presque menaçant lui aussi n'approuve pas cette décision. Un murmure, les portes du paquebot s'ouvrent, c'est presque en courant que tous, nous nous asseyions et attendons.

Toutes les familles des victimes une par une, tête baissée regagnent leurs places respectives, le papa de Natacha en premier, nos survivants restent debout.

Les journalistes, le public, se lèvent pour leur faire comprendre par ce simple geste que nous sommes tous solidaires.

MESDAMES ET MESSIEURS L'AUDIENCE REPREND

Le Président :

— Monsieur FOURNIRET, Madame FOURNIRET, levez-vous !

Monsieur et Madame FOURNIRET, au nom des familles des victimes ici présentes, je tiens formellement à vous dire qu'elles ont refusé le huis clos. Avez-vous quelque chose à dire ?

— Ma position, dans ce cas, demeure inchangée !

— Une autre question alors, au sujet de Natacha, vous ne pouviez la libérer à cause de votre épouse ?

— Je ne veux pas répondre… Mais, cela aurait mis en jeu la vie de Monique, je refuse de perdre la face vis-à-vis d'elle, je ne voulais pas qu'elle devienne ma complice, je ne voulais pas être Jean Valjean auprès de Cosette.

— Plutôt, Monsieur FOURNIRET, la famille Ténardier !

Aucune réponse !

Le Président de la cour monologue pendant que FOURNIRET reste debout, visage impassible ! Essaye-t-il de nouveau de le pousser à bout ?

FOURNIRET, colère dans la voix, se retourne vers la greffière en disant qu'elle lui a donné des photocopies de ces précédents interrogatoires.

— Que se passe-t-il FOURNIRET ? On vous demande la vérité et tout ce que vous trouvez à dire c'est accuser un membre de notre cour ! Veuillez m'excuser, je vous croyais plus intelligent, enfin, passons… encore un autre trait de votre caractère…

Maître BLOCQUAUX prend alors la parole :
— Ne croyez pas, Monsieur le Président, que nous soyons insondables, mon client ne demande que deux heures de huis clos, on verra, au moins nous serons fixés.

L'avocat de la famille de Natacha prend la parole :
— C'est un choix, Monsieur le Président, pour les familles, il faut qu'il soit respecté ! La position des familles est extrêmement claire ! Pas de huis clos !

Nous avions une envie folle d'applaudir, mais pour le respect et l'affection des familles, nous sommes restés tous muets.

Un pion sur l'échiquier venait de combattre jusqu'à la fin le cavalier de la mort.

La sœur de Natacha monte à l'estrade, en même temps nous voyons projeter la reconstitution de l'enlèvement de Natacha au supermarché.

— Non, d'une voix précise s'exclame-t-elle, je ne suis pas d'accord, la personne qui a fait monter Natacha dans la camionnette était plus grande, plus forte que Monsieur FOURNIRET, j'en suis certaine, c'est elle, dirigeant son regard vers Monique OLIVIER, c'est-elle qui l'a fait monter, regardez, FOURNIRET est plus petit…

L'avocat général :

— Êtes-vous sûre de ne pas vous tromper, lors du premier interrogatoire vous étiez formelle, c'était FOURNIRET luimême, vous l'aviez dit…

— Veuillez m'excuser, mais cela est impossible, je l'ai vu de loin cela est certain, mais je ne changerai pas d'idée, la personne qui a enlevé ma sœur était plus corpulente ! Non je ne peux pas me tromper.

Le Président, après maintes explications, arrive à démontrer que ce serait bien Monique OLIVIER qui aurait fait monter la petite dans la camionnette…

UN QUART D'HEURE DE PAUSE, LA COUR SE RETIRE

UN QUART D'HEURE PLUS TARD, LA COUR REPREND SES FONCTIONS

Le Président :

— Nous avons cinq meurtres à analyser ! Monsieur FOURNIRET, levez-vous ! Monsieur FOURNIRET, une simple question à laquelle j'espère avoir une réponse correcte : pourquoi avez-vous amené, chaque fois, votre épouse ?

— Ma position ne change pas ! Dois-je me répéter, Monsieur le Président, ou avez-vous des problèmes de surdité ?

— Monsieur FOURNIRET… je vous prie… pensez-vous, au fond de vous-même, ou de votre âme, si elle existe, changer les rôles ? Non ! Je continuerai de vous posez des questions… les victimes… les avez-vous tuées de vos propres mains ? Oui ou non ?

— Huis clos ! Voyez cela avec les familles !

— Asseyez-vous FOURNIRET, vous en avez besoin. Monique OLIVIER, levez-vous !

L'Avocat Général, Monsieur NACHBAR, à son tour, pose les mêmes questions que le Président à Monique OLIVIER.

— Avez-vous aidé à tuer ces petites victimes ?

— Je m'en rends compte à présent, c'est horrible ! Non je ne l'ai pas fait, il était là, lui, je n'ai pas osé le faire, ça me déplaisait… Oui, je prends le volant et je roule. FOURNIRET était à l'arrière, avec la petite.

L'Avocat Général :

— Que s'est-il passé dans le véhicule, Madame OLIVIER ?

— Je n'ai rien vu, rien entendu, oui, il aurait pu… mais comprenez-moi, je conduisais !

— Vous n'avez pas entendu les cris, êtes-vous sourde en plus d'être muette ?

— Non… je n'ai rien vu, rien entendu, pas entendu non… j'ai arrêté le véhicule et me suis éloignée avec le chien, il me semble que le moteur tournait encore, je ne sais pas, ne sais plus.

Elle aime, dirait-on, et jouit de parler de choses superficielles, du mécanisme de la voiture, certainement pour endormir ! Pour qu'on la plaigne ! Ce ne fut pas le cas.

L'Avocat Général hurlant presque :

— A-t-elle crié ?

— J'ai pas entendu.

— A-t-elle crié, Madame OLIVIER, comment pouvez-vous nous faire croire que vous n'avez rien vu, rien entendu, si vous ne voulez pas répondre à cette question, je vais vous en poser une autre : qui a pris la direction vers la Vendée, la décision, qui ? Qui a consulté la carte ?

— Ce n'est pas moi, je ne peux pas conduire la nuit.

— Ah ! Vous ne pouvez conduire de nuit donc, récapitulons, sourde, muette et aveugle, vous vous moquez Madame OLIVIER, vous nous narguez !

— Non, c'est vrai, je ne vois pas bien la nuit.

— Mais pourtant, la nuit, vous avez aidé votre époux à transporter le corps.

— Non ! C'est lui qui l'a emmené, oui, c'est vrai, durant un court moment je suis restée seule avec le corps, j'attendais qu'il revienne, oui je me suis posée la question pourquoi tardait-il !

— Madame OLIVIER, le pauvre petit corps de Natacha bougeait-il ou pas ?

— Je ne m'en souviens plus !

— Vous ne vous souvenez plus, et les sacs de couchage, le duvet rouge qui étaient à l'intérieur, certainement tachés de sang, les avez-vous nettoyés à fond en rentrant chez vous, Madame OLIVIER, pour effacer toute trace ? Les avez-vous grattés, lavés, récurés, pour effacer toute pièce suspecte de votre crime abject ? L'avez-vous fait, Madame OLIVIER ?

— Oui, c'est vrai, il y avait du sang partout, je ne voulais pas le faire mais FOURNIRET l'a exigé, il voulait pourtant les garder intacts mais après, il a réfléchi, alors j'ai tout lavé au jet d'eau.

— Merci ! Asseyez-vous ! Levez-vous FOURNIRET. Juste une simple question : les jeunes filles que vous avez violées, tuées, pour vous, était-ce du gibier ?

FOURNIRET fixe de ses yeux immondes l'Avocat Général, telle une statue de sel déficiente, bras repliés sur lui-même, Monsieur NACHBAR continue de parler et essaye de le mettre à bout mais le Dieu de la mer, Poséidon, reste de marbre.

L'Avocat Général en le fixant à son tour d'une voix haineuse :

— Quelle lâcheté ! Quelle lâcheté FOURNIRET ! Asseyez-vous ! Pas vous, Madame OLIVIER ! Le chien était-il grand ou petit ?

— Non, c'est un grand chien.

— Natacha en a-t-elle eu peur ?

— Je pense qu'elle avait peur et a pleuré.

— Et Selim, puisqu'il ne vous accompagnait pas, avez-vous, à ce moment-là pensé à lui ?

— Non, c'était mieux qu'il ne soit pas avec nous.

— Donc, j'en conclus, Madame OLIVIER, Selim était au courant de beaucoup de choses

— J'ai dit et redit tout ce que je savais, il n'y a pas eu d'autres meurtres, je vous ai tout dit !

— Merci ! Oh oui, merci ! Asseyez-vous !

L'AUDIENCE REPRENDRA LUNDI 21 AVRIL À 13 heures

Comment peut-il exister des êtres dépourvus de cœur ? Que peut-on penser en lisant ces pages, chers lecteurs, lectrices, je l'ai vécu, entendu de mes propres oreilles, je sais, on ne peut y croire, mais pourtant c'est la réalité pure et simple !

Avons-nous le pouvoir, la détermination d'arrêter ce flux gluant d'horreur ? Avons-nous le droit d'exterminer ces immondices, ces limaces de notre planète ? Il le faut car, malheureusement, notre terre, chaque jour, donne naissance à ces impuretés !

COMBATTONS-LES AVANT QU'IL NE SOIT TROP TARD.

Lundi 21 avril séance de 13 heures
(Joëlle PARFONDRY, salon de toilettage pour animaux)

L'AUDIENCE REPREND

Le Président :

— FOURNIRET, levez-vous ! Reconnaissez-vous les faits en ce qui concerne Madame PARFONDRY Joëlle ?
— Oui, je reconnais intégralement, mais ne reconnais pas les autres… Je veux dire, je ne reconnais pas la tentative de viol.
— Madame PARFONDRY, veuillez, je vous prie, venir vers nous et nous raconter avec force détails, si vous le pouvez, ce qui s'est passé exactement ce jour où, malencontreusement, cet homme a fait irruption dans votre vie si tranquille…

Madame PARFONDRY se lève lentement, comme une marionnette à qui on aurait ôté bras et jambes, vers la cour. Le Président prend pitié de cette jeune femme si frêle à qui la vie a enlevé pour toujours sa jeunesse, sa vie de jeune épouse comblée… Depuis ce jour maudit Joëlle P est suivie par des médecins, la crainte lui tenaille le ventre, elle a peur de tout. Heureusement, son mari, sa famille, chaque jour, veillent sur elle.

Le Président :

— Prenez votre temps, Madame, je vous prie.

— À cause de cet homme, Monsieur le Président, j'ai été privée de tout, de mon travail que j'aimais tant, mon salon de toilettage n'existe plus, ma santé décline… après cette tentative de viol, je recevais des lettres de menaces. Oh ! C'est très difficile de revivre tout cela, même maintenant j'ai peur, c'est la peur, la menace, des cauchemars me réveillent la nuit, un coup de téléphone me fait trembler, quand j'ai vu cet individu à la télévision, je l'ai reconnu tout de suite… il me semble avoir hurlé, mon mari était présent… Je ne peux pas raconter… Je vis un enfer… Je ne serais plus jamais la même, les médicaments m'étouffent, je ne peux pas, non je ne peux oublier cet être abject, veuillez m'excuser, Monsieur le Président…

Joëlle P éclate en sanglots, son mari vient la chercher et tous deux quittent la salle.

Durant tout ce temps FOURNIRET, debout, écoute, il semble s'être endormi. Le Président le réveille en lui disant :

— FOURNIRET, vous n'avez rien à dire ?

Un sourire se dessine sur la bouche de ce vampire, il ne prend même pas la peine de répondre.

— Asseyez-vous, FOURNIRET, vous êtes un lâche ! Madame OLIVIER, levez-vous !

Madame OLIVIER, vos souvenirs, en ce jour, sont-ils intacts ? Dans quelles conditions votre mari vous a-t-il raconté les faits ?

— Il m'a dit qu'il avait essayé de violer une jeune femme dans un salon de toilettage, elle était enceinte, alors il ne l'a pas fait.

— Connaissiez-vous, Madame OLIVIER, cette jeune femme ?

— Non, je ne la connaissais pas !

— Vous mentez, Madame OLIVIER !

— Non, je ne la connaissais pas, elle bafouille, oui, c'est vrai, je connais le grand magasin mais pas le salon de toilettage.

— N'avez-vous jamais amené votre chien ?

— Peut-être une fois, je ne sais pas, je ne sais plus.

— Répondez, vous la connaissez, oui ou non ?

— Pardon… pardon !

— FOURNIRET, répondez ! Levez-vous !

— Comme d'habitude, sans public et huis clos…

— Monique OLIVIER cela vous excite-t-il ?

— Non, ça fait peur, je ne sais plus ce que je lui ai répondu ce jour-là, il me semble avoir quitté la pièce.

Une élève en train de réciter une leçon bien apprise, en oubliant les choses essentielles ou tout simplement en faisant semblant.

— Quitter la pièce ? Pourquoi ?

— Il est possible d'agresser une jeune femme et de lui laisser la vie sauve.

— Ce qui n'est pas arrivé aux autres victimes n'est-ce pas Madame FOURNIRET ?

— Je n'y ai pas pensé.

— Vous n'y avez pas pensé ! Pour qui Madame, prenez-vous la Cour ?

— Je ne voulais pas entendre parler de ce genre de choses.

— Oui, je vous comprends, vous aviez peur.

— Si j'avais autre chose à dire, je le dirai !

— Alors, changeons de sujet, aimez-vous les armes ?

— Non, je n'aime pas les armes.

— Là aussi, vous en aviez peur… Madame FOURNIRET, lisez-vous le journal ?

— J'ai déjà dit que nous n'achetions pas le journal.

— Et la télévision ?

— Je ne regarde pas ces émissions, mais il ne faut pas croire que cela me laisse indifférente.

— Ah ! Enfin une bonne chose, et Selim, regardait-il la télévision avec vous, Madame OLIVIER ?

— Je ne sais pas.

— Vous ne savez pas ?

— Je ne peux pas vous donner toutes les réponses à toutes les questions…

Maître DELGESNES, à ce moment, prend la parole et s'adresse à FOURNIRET :

— À votre avis ? Monsieur FOURNIRET, votre épouse vous défend ? Est-ce votre avis ?

Le monstre ne sort toujours pas de son mutisme et regarde Maître DELGENES avec un sourire ironique.

— C'est vrai, Monsieur FOURNIRET, vous avez laissé cette jeune femme en vie, en quelque sorte vous n'avez rien à vous reprocher !

Le Président :

— Oui, un peu comme un sacrifice, si elle avait été vierge vous l'auriez offerte sur l'autel de la mort.

— J'ai fait, Monsieur le Président, des déclarations aux enquêteurs, si on me les reposait, qui sait ? Elles seraient peut-être différentes !

— FOURNIRET vous me faites regretter d'avoir pris la parole quelques instants. Pour vous était-ce un viol ?

— Non, une tentative, ce n'est pas la même chose !

— J'en conviens, je n'ai pas terminé ! Aujourd'hui, j'ai l'impression que vous avez envie d'en dire plus peut-être ! Pendant que vous étiez détenu, un immeuble est vendu à Ville sur Lumes (Charleville-Mézières, Ardennes) appartenant à votre sœur décédée, où sont passés les fonds FOURNIRET ?

— Je n'ai pas à vous répondre.

— C'est tout ce que j'attendais de votre part FOURNIRET, mais les recherches continuent et ne sont pas loin d'être terminées… Asseyez-vous FOURNIRET et OLIVIER !

AUDIENCE TERMINÉE

Pendant trois jours consécutifs, les enquêteurs, psychologues, psychiatres, se sont succédé à la barre pour essayer de sonder les cerveaux de ces soi-disant êtres humains, ils ne leur ont trouvé aucune séquelle, pas de folie, aucune trace de déficience, aucune maladie nerveuse, la chasse aux vierges n'était qu'une facette en quelque sorte de créatures normales, comme tout le monde.

En conclusion, ces poussières de l'humanité ne finiront pas leurs jours en hôpital psychiatrique. Un bon point ! Nous verrons la suite…

JEUDI 25 AVRIL SÉANCE DE 13 heures
(DOSSIER Céline SAISON)

Un expert, à la demande du Capitaine et Commandant du « paquebot de l'enfer », prend le gouvernail et explique…

Les FOURNIRET restent assis et écoutent les explications du professeur.

— Nous avons, Monsieur le Président, retrouvé dans le corps de Céline SAISON des traces d'alcool, de drogue, la fourgonnette de FOURNIRET ressemblait à l'intérieur à un laboratoire, tout était prévu, jusqu'au moindre détail, nous pouvons l'appeler le laboratoire de recherches sur des spécimens encore vivants jusqu'à l'accomplissement de l'acte, c'est-à-dire la mort lente pour ces petites victimes.

Je me permettrai d'appeler ces actes un rituel, un vaudou sur des âmes innocentes et surtout pour nos assassins diaboliques, le plein pouvoir, la fascination de les voir s'effondrer remplies de craintes, de frayeur, jusqu'à ce que les yeux de ces petites martyres se ferment à jamais dans l'horreur.

Nous avons aussi retrouvé sur les lieux des sacs plastiques et des cordelettes.

Le Président :
— Madame OLIVIER, levez-vous ! Dois-je vous poser la question ?

Pour toute réponse Monique OLIVIER craque et éclate en sanglots, entre deux hoquets étouffés, elle arrive quand même à murmurer :

— Demandez-lui, je ne répondrai pas, posez-lui la question !

— Mais, Madame OLIVIER, la Cour et moi-même avons décidé de ne plus poser de question à FOURNIRET, nous lui renvoyons le même mépris, mais je vais quand même essayer… FOURNIRET, levez-vous ! Vous avez entendu ?

Mutisme…

— Oui, toujours aussi éloquent ! Déflorer une vierge, Monsieur FOURNIRET, sans contrainte, sans violence…

— À quoi cela servirait-il, Monsieur le Président, que ce soit ma sincérité ou le pire des mensonges, on me qualifierait de manipulateur !

— Alors, que pensez-vous du procès ?

— Au quotidien, j'ai réprimé une envie folle de dire la vérité, seulement la connaissance et ce que moi je sais ne sont pas en harmonie.

— Alors, comment faites-vous, FOURNIRET, vous pouvez rester comme ça, sans réagir ?

— Ce n'est pas à moi de répondre, l'orgueil où commence-t-il où en est la fin ? Je regrette pour vous répondre de ne pas participer…

— Pourquoi faites-vous cela ?

— Comment répondre ?

— Que fait votre épouse quand vous ramenez le sac et certainement quelques photos ?

— Aucune surprise pour elle…

— Après la bassesse… la hauteur !

— Je redemande le huis clos et m'expliquerai…

— Arrêtez cela FOURNIRET, le huis clos, une fois pour toutes, a été refusé !

— Oui, je ne suis pas sourd, mais mon opinion reste la même…

— FOURNIRET, dans vos actes, à quel moment avez-vous été précis ?

— J'arrive très mal à saisir votre question, retenez ce qui est le plus grave et n'en parlons plus !

— Que pourriez-vous dire aux familles, FOURNIRET ?

— Vous essayez, Monsieur le Président, de me pousser à bout, alors je vais leur dire, ce que tous vous attendez de moi, et en fixant de ses yeux immondes vitreux gluants de haine, d'une voix sans faiblesse, Poséidon déclare, en regardant les familles : considérez le pire et le pire, c'est ce que j'ai fait !

— Vous mentez FOURNIRET !

— Alors le plus simple c'est de ne jamais me croire !

— Vous manquez de respect à la Cour et à son assemblée, cela, je ne l'accepte pas !

— Vous voulez, que je reconnaisse cette inculpation, je crois de ne pas avoir assez de mémoire, et se retournant vers les familles, OUI, JE RECONNAIS !

Un brouhaha se fit entendre, tous, nous nous sommes levés, ce n'est pas croyable ! C'est impensable ! Mais il faut qu'il souffre, oui, nous avions envie de hurler pour une mort lente, pour le voir subir à son tour les souffrances endurées par ces petites filles, la haine nous envahit.

Le Président, d'un simple geste, nous demande de sortir trente minutes de pause.

Ces trente minutes nous firent l'effet d'une bombe à retardement, la colère féroce emplissait nos cœurs, des officiers de police nous encadraient de peur qu'un acte fou puisse être commis, la sortie sur le quai de la lumière limpide était fermée à double tour, même les journalistes tournaient en rond, nous étions les prisonniers de ce monstre, avions l'impression que ses griffes nous étouffaient, nous avions besoin d'un bol d'air pur.

Mais il fallait retourner dans ce gouffre sans fond, après tout, nous le devions à la justice, aux familles, c'est en silence, assis, que nous attendions tous à nouveau que les rideaux se lèvent une nouvelle fois.

Ils se levèrent ! Derrière notre Procureur Général qui prend la parole et demande à Monique OLIVIER de se lever :

— Avouez-vous Madame OLIVIER avoir brûlé les effets de Céline et Mananya, avoir donné de l'alcool et de la drogue à Céline ?

— Je ne sais pas, je ne me sentais pas prête à ce moment-là, après avoir bien réfléchi, il fallait que je lui parle, il me disait qu'il cherchait une cabane pour y séquestrer des jeunes filles, avec moi il savait qu'il n'y avait pas de problème, sans doute, j'avais peur d'être considérée comme une complice, je préférerais être morte, je ne peux en dire plus que ce que j'ai déjà répondu depuis le début du procès, je n'ai rien d'autre à dire.

— Madame OLIVIER, aimez-vous les fleurs ? En particulier les roses, combien de roses avez-vous déposées sur les cadavres de ces pauvres petites filles innocentes ? Combien Madame OLIVIER ? Combien ? Répondez !

— Non, je… je…

Maître SEBAN prend alors la parole :

— Madame OLIVIER, votre époux vous offrait pourtant des fleurs, des roses ?

— Oui, au début de notre mariage, mais après, non !

— Durant toutes ces années de couple, apparemment heureux, avez-vous souvenir que votre cher époux vous ait menti ?

— Non, je dis et redis que je vis une peur continuelle, je ne suis pas dans sa peau pour savoir ce que ses mains ont creusé…

— Asseyez-vous OLIVIER, vous êtes pitoyable !

AUDIENCE TERMINÉE

MARDI 29 AVRIL 2008
(Mananya, notre petite sedanaise, séance de l'après-midi)

Le 5 mai 2001 Mananya disparaît, son cadavre, ses ossements seront découverts le premier mars 2002.

Le père de Mananya monte d'un pas incertain sur l'estrade, d'une voix plus que puissante il déclare :

— Depuis le début du procès, je suis là chaque jour, Monsieur le Président, j'ai tellement envie d'insulter ce rapace, de l'écraser sous mon talon avec puissance, mais non je m'arrête sur le mot larme… mais je vais vous regarder en face, FOURNIRET, et vous dire simplement ceci : l'intelligence c'est comme les parachutes, quand on n'en a pas on s'écrase. Merci, Monsieur le Président de m'avoir écouté, et, d'un pas tranquille, il regagne sa place.

Le Président :

— Monsieur FOURNIRET, reconnaissez-vous les faits ?

— Je reconnais les faits.

— Et la préméditation, le viol et le meurtre ?

— Non je ne reconnais pas

La maman de Mananya, jeune femme très jolie, les yeux embués, mais avec une force tranquille, monte à son tour vers le Président et s'excuse d'avoir un français pas très correct :

— J'aimerais parler à Monique OLIVIER.

Le Président :

— Monique OLIVIER, levez-vous !

— Madame, si je peux vous appeler comme ça, ma petite fille voulait devenir hôtesse de l'air, elle était brillante en tout, tous les deux vous lui avez ôté la vie. Je suis une femme, je suis en face de vous, pour moi vous n'êtes rien du tout, vous ne ressentez rien du tout !

Chaque membre de la famille regarde les époux FOURNIRET dans les yeux, ils sont debout et fixent cette jeune maman sans regret, sans larmes, sans pardon, simplement comme d'habitude, les yeux retranchés.

La maman continue et les regarde, lève ses mains vers eux :

— Pendant longtemps nous avons rêvé de vengeance, aujourd'hui, de justice.

D'un pas digne, elle tourne le dos et cède la place au beau-père de Mananya, Monsieur Brice LONGHINI.

Monsieur LONGHINI fixe les FOURNIRET et leur demande de rester assis.

— C'est comme cela que vous êtes !

— Monsieur le Président, permettez-moi de relater la courte de vie de Mananya. Mananya est née en Thaïlande. Elle avait 13 ans quand elle a été enlevée à SEDAN violée, assassinée, par

FOURNIRET, je suis le compagnon de sa maman, nous nous sommes mariés, avons vécu des jours heureux, mais maintenant nous sommes divorcés, peut-être à cause d'eux ! L'horreur ! La déception, la vengeance nous ont engloutis à jamais. Eyes, notre petite Mananya, oui, on la surnommait comme cela, un surnom, en Thaïlande on se dépêche de donner un surnom aux enfants pour que les mauvais esprits ne connaissent pas leur vrai prénom. En gros pour qu'ils leur foutent la paix !

Nous sourions tous, mais pas très longtemps.

Brice LONGHINI continue :

— Le destin de notre Eyes était brisé, sa sœur, Pomelo, essaye de la faire revivre en contemplant à chaque instant le poster de 2,50 m sur 1,20 m, qui est toujours à la maison, mais notre petite n'y est plus ! Pourquoi a-t-il fallu que ce jour-là nous allions faire des courses comme toujours, Eyes voulait étudier, prendre des notes, nous nous sommes quittés sur le pas de la porte, nous ne l'avons jamais revue, à part… ces… ces… ossements ! Imaginez, Monsieur le Président, tant pis, je veux critiquer le malaise de la police, nous étions à ce moment-là le 8 mai 2001, le 6 mai, ce n'était pas apparemment une bonne journée pour le commissariat, le 7 non plus, c'est la veille du 8, et le 8 ce n'était pas une bonne journée, le 9 ils se sont enfin rendu compte qu'il se passait quelque chose d'anormal, chaque jour nous avons arpenté sans relâche le couloir du commissariat et enfin le 11 débarquait le S.R.P.J. Le premier mars 2002, les ossements de Eyes sont retrouvés dans un bois en Belgique, on nous a rendu le cercueil le 23 décembre, nous avons tous passé Noël avec ce petit corps, oserais-je dire ces ossements à la maison, on nous en a même remis d'autre, un carton contenant ses cheveux, ses dents et quelques affaires… Mananya… Eyes est repartie à présent dans son pays natal. Eyes, je reverrai chaque jour l'éclat de tes yeux ton sourire et ta beauté digne d'une princesse ! Repose en paix !

Les larmes, comme une tempête, nous inondent, le Président se lève :

— Monsieur LONGHINI longtemps, très longtemps, nous nous souviendrons de vous !

SUSPENSION D'AUDIENCE

Ce jour-là, à ce moment beaucoup de personnes sont restées abasourdies, les oreilles sifflant encore de la plaidoirie de monsieur Brice LONGHINI. Je pensais au néant ! Que veux dire ce mot ? Les ténèbres, le noir qui nous engloutit, notre âme vogue-t-elle vers la lumière, nous sommes poussière et deviendrons poussière, où es-tu Eyes ? Je contemplais la salle, les personnes assises à côté de moi, tu n'étais pas là !

J'aurais aimé que tu nous apparaisses comme une étoile filante, tout simplement pour nous dire que maintenant tu avais trouvé le repos éternel auprès des autres petites victimes, de ces enfants terrassés en pleine force de leur âge, à cause de deux serpents de mer, rampant encore auprès de vous toutes, essayant d'éviter grâce à leur venin tout guet-apens.

L'audience reprit et la sœur de Mananya prit la parole :
— Monsieur le Président, je n'ai qu'une seule chose à dire, pourquoi a-t-il fait ça ? Je veux juste comprendre !

Pomelo s'effondre et part rejoindre ses parents.

Le Président :

— Madame OLIVIER levez-vous ! Vous n'étiez pas avec votre époux ce jour-là, mais il est rentré ! Que faisiez-vous à ce moment ? Prépariez-vous un bon repas ? Et Selim où était-il ?

— Quand il a quitté la maison, il m'a regardée avec un sourire en me disant : « Je pars à la chasse ». Quand il est rentré, il avait l'air serein, il a simplement dit qu'il avait tenté de la pénétrer, n'y est pas arrivé... il l'avait retrouvée... c'était fini... il avait réussi...

— Qu'en avez-vous conclu, Madame FOURNIRET ? Vous avez continué à faire votre ménage ?

Pas de réponse.

— Nous allons, Monsieur et Madame FOURNIRET, vous montrer les photos de l'enlèvement à la médiathèque et après la découverte de ce qui restait de ce pauvre petit corps. Nous demandons aux personnes sensibles de quitter la pièce.

Personne ne bougea !

Nous découvrons, la nausée au bord des lèvres, les os éparpillés deci delà dans un bois : Eyes ! Ce qu'il en restait !

Le Président :

— FOURNIRET, ça vous évoque quoi, ce que vous admirez en ce moment même ?

FOURNIRET regarde le Président, ne baisse pas la tête et joue avec ses mains.

— On est dans des mondes différents qui ne peuvent pas se rencontrer... J'aimerais dire aux parents, que la séduction pour ces jeunes filles est un jeu, alors qu'ils fassent attention à leurs progénitures, si je voulais une fois encore, mes commentaires seraient éloquents… éloquents !

— Asseyez-vous, Monsieur et Madame FOURNIRET, Mesdames et Messieurs, ce fut une journée éprouvante pour nous tous, une nuit de sommeil pourra peut-être réparer ces monstruosités. L'audience reprendra demain mercredi 30 avril.

Neuf heures, ce matin-là, nous avions les yeux cernés tous, nuit sans sommeil ou presque.

L'AUDIENCE EST OUVERTE

Le président :

— Monique OLIVIER, levez-vous ! Vous êtes-vous bien reposée ? Avez-vous dormi comme un ange, la nuit porte conseil, alors, nous allons reparler de Mananya, essayez pour une fois de ne pas bafouiller

— Par quoi je commence ?

— À votre avis, le début la chasse, le départ, la rencontre…

— Il avait été à Sedan, il m'avait dit qu'il avait rencontré une jeune fille qui lui plaisait.

— Qu'en avez-vous pensé ?

— Étant donné tout ce qui s'était passé avant, j'ai eu peur, j'étais sous son emprise, ses réactions sont tellement imprévisibles je me doutais bien de ce qui allait arriver, je savais qu'il fallait en parler, je n'étais pas prête, en suite j'ai réfléchi, il fallait que cela cesse, c'est la raison pour laquelle je lui ai parlé, pourquoi lui ai-je demandé ? Il m'a répondu qu'elle l'intéressait, qu'il avait l'intention de la revoir, il m'a dit aussi qu'il l'avait déjà rencontrée et ramenée à son domicile.

— Madame FOURNIRET, vous a-t-il donné des détails physiques ?

— Oui, petite, menue et toute jeune - il espérait la virginité comme à chaque fois - il a dit que de toute façon il la reverrait, qu'elle l'intéressait.

— Madame FOURNIRET, avec votre époux, quelles sont vos relations ?

— Je pense avoir une relation normale, si vous voulez dire sexuellement épanouie.

— Épanouie vraiment…

— Tout cela Monsieur le Président, me rend malade, me tue, les interrogatoires m'angoissent, c'est toujours moi qui parle, lui, c'est un égoïste, une semaine de bonne humeur, l'autre semaine mitigée et ça recommence

— Quelle belle description que vous nous faites là ! C'est un peu entre vous comme un jeu de piste, essayez-vous de nous mettre sur la voie, Madame FOURNIRET ?

— Non, enfin, pour moi, il partait travailler, c'est vrai j'ai eu un moment d'hésitation, il faisait ce qu'il voulait, je n'avais pas le droit de dire quelque chose c'est horrible, c'est ma faute, j'aimerais tant empêcher les familles d'être en deuil, il est trop tard, je mérite d'être là où je suis, je ne pensais pas au début qu'il irait jusque-là, qu'il s'attaquerait aux jeunes filles, les ferait mourir, jamais une seule fois, un seul instant, je ne l'ai vu manifester du remords

— C'est pour cette raison, que vous l'avez dénoncé

— Oui, j'avais un gros problème, je ne pouvais plus le supporter, j'avais appris à me taire.

— Alors, durant toutes ces longues années, comment avez-vous pu survivre à cette situation ?

— On ne peut pas dire qu'avec lui, c'est une vie, c'est très lourd à porter, je sais, il est bien tard pour regretter.

— Avez-vous des remords, un secret ?

— J'ai des remords, je ne le montre pas, je ne sais pas ce que vous appelez un secret.

Pendant ce long interrogatoire, FOURNIRET, assis, les yeux complètement fermés semblait dormir, pas un tressautement, pas un muscle ne bougeait, le fauve aux aguets écoutait la moindre parole de sa tendre épouse… À quand la vengeance ?

L'AVOCAT GÉNÉRAL :

— Madame FOURNIRET, les jeunes filles au pair que vous aviez embauchées, que sont-elles devenues ? Nous n'avons plus jamais entendu parler d'elles où sont-elles ? Ont-elles été assassinées ? Qu'en avez-vous fait ? Léa ou peut-être Delphine…

— Elle n'a pas été assassinée !

— Bonne réponse, où est-elle ? Où sont-elles ?

— Je ne sais pas, nous les avons congédiées

Pendant que l 'Avocat la questionne, elle est très fine et a plutôt l'air de se marrer.

— Je repose ma question.

— Je ne sais pas !

— Vous ne savez pas le nom de la baby-sitter que vous avez engagée ?

— Je ne m'en souviens pas, c'est loin tout ça !

L'Avocat Général change de tactique et, brutalement, lui pose une question à laquelle notre SANGSUE ne s'attendait certes pas

— Madame OLIVIER avez-vous déjà été attachée lors de vos relations sexuelles avec votre époux ?

— Je ne répondrai pas à ça, dois-je vraiment répondre ?

— Votre époux vous demandait-il de le sucer ?

— Ça m'embête de parler de ça, cela fait partie de ma vie privée.

Bravo, Monsieur NAGHBAR ! Il arrive à la faire craquer.

— Je peux quand même répondre… Oui, il me demandait de jouer la scène du militaire, pour m'humilier, une fois c'est vrai il m'a demandé de faire le rôle d'une jeune fille.

— Vous étiez donc deux pour jouer !

— Pensez ce que vous voulez, oui il me l'a demandé de le faire chaque fois, le sucer aussi, mettez-vous à ma place, c'est très gênant de parler de çà et ensuite merci Monsieur…

— Je ne pense pas, Madame FOURNIRET, je veux la vérité, vous jouiez ensemble Madame, c'est la façon avec laquelle est morte Mananya et les autres… n'est-ce pas ? Éprouviez-vous de la jalousie ?

— Oui, j'ai été jalouse, je l'étais.

LE PRÉSIDENT :

— Nous allons procéder à de nouveaux interrogatoires Madame OLIVIER, nous le sentons, vous avez envie de parler… disons sur les sept meurtres présumés et celui de Farida le 11 décembre 1987, le meurtre d'Isabelle LAVILLE… À vous, Madame OLIVIER, répondez !

— Oui, je ne sais plus les prénoms, les dates non plus, je ne m'en souviens plus… Oui, à la naissance de Selim, j'ai pensé qu'il y aurait un espoir, qu'il y aurait un changement… Mais hélas…

— Que pensez-vous alors des autres meurtres ?

— Il est trop tard maintenant pour penser, je n'ai pas tout dit à Selim… je ne pouvais pas le prévenir de ce que j'allais faire, dénoncer son père, non, je ne le pouvais pas, en plus il avait 13 ans, l'âge de Mananya… Je regrette, j'aurais dû le dénoncer plus tôt, ce n'est pas facile à expliquer, Selim ne méritait pas les parents que nous sommes…

Jouait-elle à nous émouvoir ?

— Les jeunes filles au pair sont-elles vivantes ? Ou mortes ? Madame FOURNIRET ?

— Je ne sais pas, les deux autres, c'est autre chose, j'ai dit la vérité, pour les autres, je ne sais pas…

— De nouveau, la peur vous engloutit, vous ne répondez pas.

— Je ne sais pas, demandez-lui…

LE PRÉSIDENT :

— FOURNIRET, levez-vous !

— Que pouvez-vous ajouter aux propos de votre épouse ?

— Les sentiments sont sans valeur !

Monique OLIVIER s'énerve et hurle, c'est la première fois depuis le début du procès qu'elle ose injurier son « POSÉÏDON »

— J'en ai marre de parler pour lui, qu'il parle !

Maître SEBAN prend la parole :

— Madame OLIVIER, nous avons entendu pire depuis le début, alors une simple question, êtes-vous toujours mariée à cet individu ?

— Hélas, oui !

— D'accord, je ne crois pas que vous avez tout dit... Quel est le poids du secret quand FOURNIRET vous tient ?

— Aucun !

— Et le sac de Céline, où est-il ? Qu'en avez-vous fait ?

— Faut pas croire, Maître, que cela me laisse indifférente, je ne sais pas ce qui s'est passé pendant toutes ces années, je vivais toujours dans la crainte.

— Et le club des échangistes, vous ne vous souvenez pas non plus, pourtant il me semble...

— Non, répond Monique OLIVIER en lui coupant la parole, j'en avais entendu parler par les journaux...

— Par les journaux ? Pourtant, vous ne les lisez pas !

— Je ne pouvais pas faire autrement... que de lui céder pour tout... nous n'avons jamais fait d'échangisme...

— Qu'en pensez-vous, FOURNIRET ?

— Je ne vous connais pas assez pour vous répondre sur ce sujet, pensez ce que vous voulez, qu'une fillette puisse se soumettre à un homme de 40 ans et plus...

Monique OLIVIER, en fixant son époux, se retourne vers lui en criant

— NON ! NON !

D'un ton acerbe, FOURNIRET l'interrompt en disant :

— J'en ai gros sur la patate de ne pas pouvoir parler en entendant tout ce qui se passe sans répondre à toutes vos questions, il faudrait avoir la parole, mes connaissances en matière de droit sont pratiquement nulles, je reconnais avoir donné la mort, volontairement à Mananya, cela s'appelle meurtre ou assassinat... Que sais-je, je ne peux exclure la préméditation, vous me parlez d'un domaine qui n'est pas loin, je veux dire loin de mon esprit, nous n'avons pas les mêmes langages

— Ouf ! Vous parlez, merci !

— Merci de me le faire remarquer. La préméditation, Maître, ce qui est incontestable, c'est ma sincérité avec les personnes que je rencontre dans ma prison, nous ne parlons jamais de tout çà, les journaux, reporters ou autres… c'est zone interdite, je dispose du film en tête, précis, ce n'est pas possible d'en parler, j'en ai conscience et suis en pétard moi aussi…

— Vous ne le montrez pas !

— Je vais contourner la question, Monsieur le Commissaire de REIMS « hors de concert avec mes conseils »… J'espérai prendre la parole, ce matin, en public, il se trouve que les démarches se sont faites après mes suggestions… cela ne se fut pas.

Le commissaire voulait mettre un terme au sujet des photos passées devant ce tribunal, ce ne fut pas le cas, je le répète : nous n'avons pas les mêmes valeurs.

LE PRÉSIDENT :

— Dans ce cas, Monsieur FOURNIRET, je vais vous lire le procès-verbal, souvenez-vous, Monsieur FOURNIRET, lors de votre interrogatoire, durant un long moment, un très long moment, vous êtes resté debout à écouter, impassible, alors maintenant dites-moi : où est la vérité ?

— Qu'est-ce que je voulais dire ? J'ai un trou de mémoire en somme, par paroles incompréhensibles, (il répond oui à quelque chose près) j'ai le souvenir d'avoir laissé les vêtements dans une poubelle vide, verte, je ne sais plus…

— Et le viol, FOURNIRET ?

— Je le conteste !

— Alors, les vêtements de Mananya, pourquoi avez-vous fait ça ?

— Je suis certain d'une chose, si mes souvenirs sont bons, avoir gardé mon pantalon, oui, je l'ai déshabillée, lui ai enlevé ses chaussures, il me semble qu'elle criait « laissez-moi en vie ».

— Vous l'avez donc violée ?

— Non ! mon film est dans ma tête… oui, elle avait les mains liées… j'ai relaté, écouté les propos de Monique OLIVIER, son vocabulaire est dégoûtant et me donne envie de gerber, la sincérité ne suffit pas, le film peut avoir des ratés, je suis sincère aujourd'hui, libre à vous de méditer pour moi, elle fait et faisait un travail mental de révolte, je n'ai rien d'autre à préciser, il me semble, Monsieur le Président, que vous avez de bonnes oreilles, eh oui Mananya a gardé un silence absolu, cela a duré très longtemps !

Le couple est en train de se renvoyer la balle, le pacte n'est pas rompu, loin de là !

— Asseyez-vous, FOURNIRET !

APPEL AUX TÉMOINS :

— Monsieur MICHAUX André, Richard. Monsieur MICHAUX, veuillez, je vous prie, nous rejoindre.

— Volontiers, Monsieur le Président, je me nomme MICHAUX André, Richard, je suis né le 19 décembre 1935, je suis encore en pleine possession de mes moyens, de mon esprit, de mes facultés mentales, je jure, lève la main droite et dirai toute la vérité. Avant, une question, pourquoi la justice a mis si longtemps pour enfermer ces gens-là ?… Je ne comprends pas que Monique OLIVIER ait eu le courage, la bêtise de lui amener mes enfants… Comment aurais-je pu savoir ? C'est vrai, une fois à NANTES, NÎMES, trois tentatives d'assassinat à mon égard, ils n'ont pas réussi, ils ont aussi essayé des tentatives d'enlèvement sur mes enfants, se retournant vers son ex-femme « raté »! Je croyais devenir fou et suis même allé voir un psychiatre: « échec »!

— Monique OLIVIER, levez-vous, vous êtes en présence de votre ex-mari, qu'avez-vous à lui dire?

— Un menteur, il invente!

— C'est toi la menteuse, tu n'as jamais eu confiance en toi-même, tu es une fabulatrice

— Arrêtez-vous, je vous prie, Monsieur MICHAUX, interrompt le Président, laissez-la pour une fois s'expliquer…

— À votre aise, Monsieur le Président, je suis tout ouïe…

Monique OLIVIER prend la parole et ne se gêne absolument pas pour regarder son ex-mari dans les yeux…

— Mon parcours scolaire a été très court, école privée, secrétariat, j'ai travaillé comme gérante d'immeuble, j'habitais toujours chez mes parents, j'ai rencontré Richard, moniteur d'auto-école, la vie allait bien avec lui, à une certaine période, il s'est plaint du cœur, il a acheté un restaurant, ses loisirs sont la peinture, en 1980, naissance de William et Murphy un peu plus tard, d'un seul coup, tout s'est dégradé. Continuellement j'allais au poste de secours, il était jaloux, violent, il venait me rejoindre dans ma chambre, les enfants étaient couchés, menaces, coups, tirée par les cheveux, obligée de m'allonger dans la baignoire, il a même tenté de me noyer, je n'avais pas le droit de crier, il ne fallait pas réveiller les enfants, il me disait qu'en ALGÉRIE, c'était comme ça que les femmes arabes étaient assouvies par leurs conjoints, ce jour-là, j'ai vu la mort de près, je l'ai vue arriver à pas de géant, les enfants se sont réveillés, sous sa menace et devant les enfants, il m'a obligée à écrire que j'étais sous sa surveillance continuelle. Les voisins, alertés par mes cris, ont frappé à la porte, grâce à une voisine, je suis partie avec les enfants dans un foyer quelque temps, j'ai demandé à MICHAUX plus tard de nous recevoir avec les enfants, oui, le temps de prendre des dispositions, nous sommes partis jusqu'à NÎMES et là il a subi une opération cardiaque, j'ai trouvé un appartement à louer, il est revenu, s'y est installé, je croyais reprendre une vie normale, mais non, la surveillance constante a recommencé, il accompagnait les enfants partout, faisait halte dans une garderie, et là, dans la voiture, il me demandait de l'accompagner dans les vieux quartiers de NÎMES pour faire des fellations à certains Messieurs, je me suis exécutée, pour avoir la paix, les lendemains, même chose, j'en ai eu assez, alors j'ai refusé, il est entré dans une colère froide, voilà la raison pour laquelle j'ai quitté cet homme (en le regardant) et lui ai laissé la garde des enfants, j'ai vu un prêtre, je n'en pouvais plus, il m'a emmené dans un restaurant du cœur, j'ai épluché les annonces, me suis occupée des handicapés, finalement MICHAUX ne m'a jamais rendu les enfants, j'habitais toute seule, j'ai rencontré un autre homme sur un journal, *LE PÈLERIN*, annonce de FOURNIRET, j'ai répondu, c'est de cette façon que je l'ai rencontré, il s'est arrangé pour que je loge chez un autre détenu, enfin chez sa femme, elle a bien voulu me recevoir… Oui, j'ai eu ce que j'appelle un mariage éclair avec un américain !

Mais je suis allée attendre FOURNIRET à sa sortie de prison, je pensais, je suis sincère, avoir enfin une vie normale, plus question d'avoir mes fils avec moi, je suis une solitaire, ayant besoin d'amour, c'est ce que j'ai cherché toute ma vie, j'aurais tant aimé être entourée, avoir de l'amour, cela m'a été refusé

— Êtes-vous une femme soumise ?

— À l'heure actuelle, je ne suis plus capable de me révolter, chez moi, on ne parlait jamais de sexualité, j'ai perdu ma virginité avec un homme de passage, un militaire, il m'arrive de m'en vouloir, de me considérer comme une prostituée, heureusement je le sais et le ressens, mes enfants sont plus intelligents, plus instruits que moi, Murphy se sent rejeté et j'aimerais lui dire que c'est une idée qu'il se fait… je n'ai jamais osé le prendre dans mes bras, mes parents ne le faisaient pas, avec Selim, je n'ai pas été plus démonstrative que ça et puis Selim avait très peur de son père, mais pas de moi.

— Quand avez-vous revu vos fils, Madame FOURNIRET ?

— Murphy et William, sept ou huit ans après, puis après, quelques années plus tard, ils venaient de temps en temps en vacances, FOURNIRET n'aimait pas Murphy, il préférait William qui était plus calme, mais moi je me sentais rejetée par les filles de FOURNIRET, sa deuxième épouse aussi… Les hommes, je ne peux plus les supporter !

— Avez-vous, dans votre vie, vraiment aimé un homme ?

— Je ne peux pas dire ce qu'est l'amour, ma faiblesse est de ne pas savoir dire non, je suis incapable de me défendre.

LE PRÉSIDENT :

— Monsieur Michaux, merci d'avoir écouté ce long monologue depuis le début, nous allons quelques instants suspendre l'audience et aurons le plaisir de vous entendre à nouveau dans quelques instants.

— Monsieur MICHAUX… À votre service, Monsieur le Président, en faisant un salut militaire, il partit vers l'immensité du ciel limpide et clair, qui nous ouvrait en grand son haleine fraîche.

Oui, bonjour le ciel, le soleil, nous étions comme ces petits êtres morts pour rien pour la débauche, la médiocrité, la turpitude, nous n'étions rien et avions peur de ce que les jurés penseraient des paroles prononcées par Monique OLIVIER.

Mesdames et Messieurs les jurés, vous êtes enfermés dans un

silence plus que mortel, enchaînés à bord de ce paquebot, personne ne peut vous approcher, que pensez-vous ? Avez-vous une rage au fond du cœur ? Ou avez-vous pitié de cette femme soi-disant soumise, cette pauvre petite créature qui a osé naître dans un monde trop cruel pour elle ? Éprouvez de la pitié ? A-t-elle su faire fondre votre conscience ? Vous a-t-elle émus au point de ne vouloir que quelques années de solitude enfermée derrière les barreaux d'une cale comme un petit oiseau blessé, peur de retrouver la liberté… Que pouvons-nous penser, simples mortels de la plaidoirie de cette pauvre petite sangsue ?

Nous saurons attendre avec confiance votre jugement, vous seuls êtes les maîtres de ce paquebot de l'enfer… À vous de juger en votre âme et conscience et surtout avec sincérité.

L'audience reprend et Monique OLIVIER continue sa défense.

LE PRÉSIDENT :

— Madame OLIVIER, après quelques instants d'interruption, nous allons de nouveau vous écouter.

— Vous avez été hébergée chez une dame, épouse d'un détenu, compagnon de cellule de FOURNIRET.

— Oui, mais c'était une femme très maniaque, la vie quotidienne était monotone, il fallait cuisiner à l'ancienne, faire des plats ardennais, des crêpes chaque dimanche dans un four si ancien que rien n'y cuisait… (rires)

— Quels bénéfices en avez-vous tirés ? D'être, si je peux dire, une femme comme tout le monde ?

— Aucun, en plus nous n'avions pas beaucoup d'argent, FOURNIRET dépensait en disant « l'argent ne sert à rien, mais il faut bien vivre » !

— Votre vie sexuelle, à ce moment-là ?

— Normale.

— Étiez-vous au courant de ce que pourquoi il avait été condamné ?

— Oui, j'étais au courant de tout, il m'avait expliqué par courrier, je savais pourquoi il avait été condamné, il avait ajouté toujours par courrier qu'il m'expliquerait tout plus tard... à sa sortie de prison, oui avec le recul je servais peut-être d'appât, on est incapable de faire quoi que ce soit, la peur fait agir d'une façon presque anormale, on ne peut oublier, on aimerait que ce ne soit pas vrai, un cauchemar !

— Chez vos parents, étiez-vous heureuse, comblée ?

— Je n'étais pas la bienvenue chez mes frères, je n'avais qu'une seule amie femme, mes parents ne ressentaient rien pour moi, ma vie depuis ma naissance a été vide, par contre mes enfants pour moi, c'est très important, mais malheureusement le courrier est espacé, j'avais très peu de nouvelles, cela ne veut pas dire que je les oubliais, s'ils ne répondaient pas, je mets cela sur le fait d'être normale, qu'ils font eux-mêmes leur propre expérience.

— Pour vous, Madame FOURNIRET, quelle a été la période la plus difficile ?

— Avec FOURNIRET et tout ce qui s'est passé, ce n'est pas faute d'avoir rencontré un paranoïaque et un maniaque sexuel

— Vous parlait-il de ses envies de tuer ?

— Il n'a jamais été entre nous question de tuer

— Alors pourquoi, après l'assassinat d'Isabelle, vous êtes-vous mariés, et en plus attendant un enfant ? Pourquoi l'avoir épousé ?

— Je ne peux pas répondre à cela

— Pourquoi ne pas l'avoir dénoncé plus tôt ?

— Je me sentais sous son emprise, mais je ne me pose pas en victime, absolument pas.

— Vous ne pouvez dire aujourd'hui qu'il y avait menace de mort.

— Par écrit, oui, j'aurais pu, mais cela ne s'est pas fait.

— Asseyez-vous, Madame FOURNIRET, nous allons entendre Monsieur OLIVIER Michel, le frère de Madame OLIVIER Monique.

— Cher Maître, veuillez aller chercher le témoin, je vous prie.

Quinquin s'exécute et un homme assez corpulent, cheveux blancs, démarche incertaine, fit son apparition.

LE PRÉSIDENT :

— Vous êtes Monsieur OLIVIER Michel, le frère de Monique OLIVIER, jurez-vous de dire la vérité, toute la vérité ?

— Oui, je le jure, Monsieur le Président, c'est la grande tristesse dans notre famille, j'ai perdu mon épouse, quand elle a appris tout çà, la mort l'a emportée, mon frère, notre frère Monique (en dirigeant son regard vers elle) va mourir il est atteint d'un cancer, nous étions une famille normale, avons travaillé durement avec mon père et mon frère aussi, on ne se sentait pas trop mal…

LE PRÉSIDENT :

— Votre père faisait-il la différence entre vous ?

— Non, absolument pas, pourquoi l'aurait-il fait ? Nous étions des garçons, devions travailler c'est normal, entre frères et sœur, c'est vrai il nous arrivait de nous chamailler, nous avions des caractères différents.

(Monique OLIVIER ne quitte pas son frère des yeux)

— Avez-vous connu son premier mari ?

— J'ai le souvenir d'une personne normale, mais Monique était anxieuse, pourtant elle a du tempérament, ne se laissait pas faire, oui, elle obéissait aux parents, elle n'était pas malheureuse, non, certes pas, une jeunesse gâtée, après son mariage, on ne se fréquentait pas, on savait que son mariage ne marchait pas, nous ne les avons pas vus durant très longtemps, d'ailleurs mon père a fait les démarches, le nécessaire pour essayer de la retrouver, ma mère nous aimait beaucoup, mais elle était alcoolique, que voulez-vous que je dise de plus ? L'éducation sexuelle, chez nous, on n'en parlait pas c'était un sujet tabou.

— Et Selim l'avez-vous vu ?

— Une seule fois, oui, vu les circonstances actuelles, on aurait pu l'aider, mais avec la maladie, la mort de ma femme, le cancer de mon frère, non, nous n'avons rien fait, des reproches, elle peut m'en faire autant qu'elle veut, elle est têtue et capricieuse, qu'aurions-nous pu faire ?

Michel OLIVIER se tourne vers sa sœur, la contemple fixement et lui dit :

— Tu sais, Monique, quand j'ai appris ce que tu as fait, je suis tombé de haut, impensable, surtout pour toi, ma sœur.

— Monsieur le Président, permettez que je me retire, je n'en dirai pas plus, merci.

D'un pas chancelant, après l'accord du Président, Michel OLIVIER s'engouffre vers la porte pour toujours, Quinquin lui ouvre.

Adieu, Monsieur OLIVIER Michel, la souffrance, l'incompréhension vous tombent sur les épaules, est-ce pire que la mort qui rôde ?

Un homme bizarre (décidément la même famille !)

LE PRÉSIDENT :

— Monsieur MICHAUX, nous vous remercions de votre patience, aimeriez-vous ajouter quelque chose à ces propos ?

Monsieur MICHAUX (se levant)

— Volontiers, Monsieur le Président, il est de mon devoir de me défendre… Monitrice d'auto-école ? Et puis quoi encore ? Cette femme (en montrant Monique Olivier du doigt) n'a jamais voulu rien faire, même lui apprendre à nager, elle avait peur de se noyer, dès qu'elle mettait un orteil dans l'eau, je pense sincèrement, Monsieur le Président, qu'il lui manque une case… Jaloux ? Moi ?

Pendant ce temps Monique OLIVIER hoche sans arrêt la tête.

— J'ai fait des études, moi, contre-espionnage sur le racisme, l'Algérie… et beaucoup d'autres choses encore…

Nous avons tous pour une fois une folle envie de rire, c'est comique !

— Sur la base d'un accord, j'ai eu la garde des enfants par un expert, elle pouvait les voir quand elle le voulait à plusieurs reprises, je lui ai même envoyé du courrier, retour à l'envoyeur, dans l'atelier elle me servait de modèle, je la préférais nue, à poil quoi, une centaine d'œuvres mais ces deux-là (toujours les désignant du doigt) sont partis avec des valises, oui, ils ont tout saccagé, après ça ils ont colporté contre moi une tentative d'assassinat, en 1987 Monique OLIVIER est arrivée à la maison avec son mec, nous avons discuté tous les quatre, sommes allés faire des courses, ils ont même mangé avec nous, je ne l'ai pas senti à ce moment-là, mais je suis sûr que Michel FOURNIRET était prêt à me tirer dessus (regardant FOURNIRET en face). Souvenez-vous, FOURNIRET, de la deuxième tentative d'assassinat, espèce de lâche, traître, un chef de bande avec les romanichelles… quand le juge m'a donné la garde des enfants, j'ai été très fier, elle, je ne l'ai plus revue, lui, vraiment un drôle de bonhomme !

Soudain Monique OLIVIER se lève en disant :

— Je maintiens tout ce que j'ai dit, je me suis occupée de Selim.

— Et Murphy, c'est lui qui est allé chercher Selim pour l'enlever de tes entrailles de femme du démon, répond MICHAUX, regardez-la, Monsieur le Président, ce n'est pas une femme qui réagit, elle se laisse guider par cet assoiffé de sang, ce vampire, en plus elle ne prenait jamais soin de son corps.

— Monsieur le Président, je lui ai raconté la vie que j'avais avec FOURNIRET, même pour les truands, je lui ai même dit que s'il sortait il serait tué, mais à ce moment-là je n'ai pas osé lui dire que FOURNIRET essayait de le tuer

MICHAUX s'adresse à FOURNIRET et se met à le fixer comme un vautour

— Lâche ! Lâche !

Monique OLIVIER se rebiffe :

— Je n'ai rien à lui dire, pendant 16 ans, j'ai été embêtée.

MICHAUX ne répond pas à Monique OLIVIER et s'adresse à FOURNIRET :

— Si je le pouvais, je vous étranglerais de mes mains, j'ai un doute dans la mort de ma sœur, meurtre ou suicide, oui, Monsieur le Président, j'ai appris que FOURNIRET lui avait fait peur en la menaçant d'un couteau sous la gorge, il voulait certainement savoir où je me trouvais, bizarre de ne pas savoir comment ma sœur s'est suicidée, et la garde des enfants. Répondez ! Espèce de lâche !

FOURNIRET, d'une voix très calme, répond :

— Je n'ai absolument rien à vous dire et ne répondrai pas au sujet de la garde des enfants…

— Lâche !

LE PRÉSIDENT :

— Monsieur MICHAUX, comment se comportait Monique OLIVIER avec les enfants ?

— Aucun problème, mais il fallait être derrière elle à chaque instant.

— Votre vie commune, quelle image en gardez-vous ?

— Influençable, fragile, je l'ai déjà dit, c'est une manipulatrice, une menteuse ! Pouvez-vous, Monsieur le Président, croire un instant à ces histoires de fellation ? Vous, oui, vous-même, pourriez-vous emmener votre femme le soir en sortant du boulot et lui demander de procurer quelques menus plaisirs à vos confrères ou amis ?…

Avec un sourire, le Président répond :

— Je ne pense pas, cher Monsieur, que mon épouse serait d'accord ! (rire dans le public)

Mais MICHAUX sur sa lancée continue

— Monsieur le Président, avez-vous regardé ce colosse de femme par rapport à moi (en effet c'est un petit homme fluet même) pensez-vous sincèrement que j'aurais pu la noyer dans la baignoire, c'est moi qui me serais retrouvé en dessous !

— J'essaye de vous croire, Monsieur MICHAUX, merci de votre témoignage, nous allons suspendre cette audience quelques instants, allons prendre une collation, pour une fois, Monsieur MICHAUX, il y aura une petite étincelle de joie dans les yeux de chacun.

REPRISE DE L'AUDIENCE À 14 heures.

C'est vrai, pour une fois, depuis le début de ce procès, nous quittâmes le navire en riant, quel drôle de type ce petit bonhomme, sûr de lui, en quelque sorte un véritable artiste, avec plein d'amour à revendre, n'est-ce pas cet homme qui, à l'heure actuelle, a la garde des enfants et essaye de ne pas les faire sombrer dans le désespoir ?

Merci, Monsieur MICHAUX !

14 heures, l'audience reprend :

LE PRÉSIDENT :
— Nous allons recevoir le fils de Monique OLIVIER, Murphy. Bonjour Monsieur, veuillez, je vous prie, décliner votre identité.

Un jeune homme apparaît, apparemment très ému, habillé un peu n'importe comment, se demande certainement ce qu'il fait là, il regarde sa mère, les larmes aux yeux et arrive l'espace de quelques minutes à parler.

— Monsieur le Président, je suis actuellement en formation, j'aurais quelque chose à dire, après mûre réflexion, la naïveté de ma mère, pas de situation financière, pas de situation sociale, une seule personne comptait pour elle : FOURNIRET. Elle était sous sa domination, je le sentais, ayant été en vacances chez cette personne, je ne le nommerai pas, je n'ai aucun respect pour lui, chaque fois que j'allais en vacances, c'étaient des tensions, il ne voyait que par le travail, il faisait semblant de participer aux travaux, je lui tenais tête, il acceptait que je donne de l'aide à ma mère, je n'éprouvai à son égard que de la méfiance, si je refusais de faire quelque chose, il me privait de dessert, je retournais dans ma chambre, en quelque sorte il pensait que je l'espionnais, moi j'avais besoin d'affection maternelle, il me faisait ressentir à chaque instant que j'étais de trop, je n'ai jamais connu ma mère, je n'en ai jamais eu et ce n'est pas maintenant… Un jour, je me souviens, je voulais lui faire une surprise et suis arrivé sans prévenir, j'ai été très mal accueilli, je soupçonne cet individu de menacer ma mère, j'essayais de comprendre ce qui se passait, le jour J, quand j'ai su… eh bien, je pardonne à ma mère de ce qu'elle a subi, je n'ai jamais rencontré les filles de FOURNIRET (un mensonge de plus en ce qui concerne Monique OLIVIER), dès l'arrestation de ce monstre ma mère était soulagée, même Selim, je ne me suis jamais senti aussi bien que maintenant, à cause de lui elle était toujours en train de trembler, je lui ai dit de partir, de le quitter, elle était terrorisée, quand j'ai appris sur France Inter, je suis allé sans rien dire à personne chercher Selim, il a été hébergé chez mon père, nous sommes à présent quatre chez mon père.

LE PRÉSIDENT :

— Avez-vous essayé de comprendre ?

— Je ne m'en souviens pas, mon principal objectif était de revoir ma mère

— Et de la part de FOURNIRET, avez-vous été choqué ?

— En ce qui concerne le monstre, je n'ai pas été choqué.

— Et le château ?

— À l'époque, j'étais petit et ne pensais qu'à m'amuser.

— Êtes-vous choqué devant les parents des victimes ?

— Je suis vivant quand même et je vous parle, vous dis la vérité, toute la vérité, elle reste toujours ma mère

— Et votre père ?

— C'est un bon père, il nous a élevés correctement au niveau social et financier. Nous n'avons jamais eu à nous plaindre, la seule famille que j'ai, c'est mon père, William et Selim, il a accepté sans commentaire de prendre Selim, j'essaye, nous essayons, de vivre le moment présent, c'est lui notre père qui nous obligeait à écrire à Maman.

— Était-il violent ?

— Violent, non, absolument pas, il a consacré toute sa vie à nous, à la peinture, je lui tire mon chapeau, moi je sais que mon père est normal, ce que nous faisons actuellement avec Selim, la politique de tout effacer, de ne pas en parler, mais j'avoue, j'ai très peur que Selim essaye un jour d'en parler, que pourrai-je lui répondre ?

LE PRÉSIDENT :

— Nous vous remercions et pouvez quitter la salle.

Murphy, au lieu de sortir par la petite porte, se dirige vers les grilles où se trouve sa mère, emprisonnée, il met ses deux mains à plat à travers les carreaux et lui murmure

« je t'aime », lui tourne le dos et part vers sa destinée encore incertaine…

Merci Murphy d'avoir été si clair, il ne nous appartient pas de juger l'amour que tu ressens envers cette femme, ta mère, qui t'a mis au monde.

Monique OLIVIER est restée de marbre devant l'affection sincère de son fils, mais les murs du paquebot ont des oreilles, et nous avons appris que Monique OLIVIER a eu le droit de serrer avec force son fils dans ses bras, elle a sangloté et demandé pardon.

La mère et le fils pour la dernière fois, en quelques minutes, loin de tout, étaient seuls au monde.

LE PRÉSIDENT :
— Petite interruption de quinze minutes.

LE PRÉSIDENT :
— L'audience reprend, nous allons entendre Monsieur Marc S.........ON, deuxième époux de Monique Olivier.
— Monsieur Marc S... ON, veuillez, je vous prie, nous rejoindre.

Un homme dans la force de l'âge, assez imposant, grand, bel homme, rejoint la cour.

— Monsieur le Président, je n'ai pas grand-chose à dire, nous nous sommes rencontrés en février 1986, en 1987, Monique OLIVIER avait besoin d'une vie stable, donc disons nous nous sommes mariés, un mariage blanc...
— Avez-vous continué à avoir des relations ?
— Non, pas du tout, un an après je suis reparti en Amérique.
— Comment, à cette époque, la considérez-vous ?
— Une femme pas sûre d'elle à certains moments, il y avait un visiteur dans la maison, certains jours, j'étais étonné, elle me disait qu'elle avait besoin de conseils.
— Avez-vous eu des relations sexuelles avec elle ?

— Non, je n'ai jamais eu de relations sexuelles avec elle.

LE PRÉSIDENT :

— Madame OLIVIER, qu'en pensez-vous ?

— Il ment ! Nous avons eu des relations sexuelles ensemble, c'est vrai, ce fut un mariage éclair !

Marc S… ON, la regarde intensément sans dire un mot.

Nous avons l'impression que cette femme le dégoûte, et surtout qu'il a peur d'elle.

— Merci, Monsieur Marc S… ON, asseyez-vous Monique OLIVIER.

LE PRÉSIDENT :

— Nous allons entendre Monsieur André FOURNIRET, le frère de Monsieur FOURNIRET Michel.

André FOURNIRET, 78 ans monte à la barre, cadre supérieur à la retraite, homme plus brillant que son frère, FOURNIRET lève les yeux vers lui, vers ce frère qui connaît presque tout de son enfance, soi-disant brisée…

— Monsieur le Président, j'ai changé de nom, je ne suis pas venu ici pour défendre un assassin d'enfants, il est toujours mon frère et je n'y peux rien, je ne vais pas m'adresser à lui, mais aux familles des victimes, moi ce que j'ai connu, enduré en apprenant ces monstruosités, ce n'est rien par rapport à vous, l'affection, le respect que je vous porte à vous tous sont plus forts que mon lien familial, j'ai souffert, souffre encore avec vous chaque jour, puisqu'il ne veut pas parler, du fond de mon âme je tiens à vous dire pardon, quant à mon frère, je dois encore l'appeler comme ça, j'ai connu deux Michel, le premier sympathique, un peu bourru, travailleur, le second l'assassin que le grand-père que je suis ne peut que réprouver, son intelligence est surfaite, il a une bonne mémoire, c'est un pseudo intellectuel, mégalomane, excellent manuel mais sans compétence administrative ou commerciale, quant au sujet de l'inceste c'est faux, horrifiant, mes parents étaient équilibrés, il y a deux individus en lui, le bon, le mauvais, quand le bon se réveillera, ce sera l'éclair, la foudre, il se suicidera…

Marie-Noëlle BOUZET, la mère d'Élisabeth BRICHET, intervient et lui pose une simple question

— Croyez-vous que s'il avait obtenu le huis clos, il aurait parlé ?

— Il aurait parlé, mais il n'aurait rien dit !

Maître CHEMLA interroge à son tour Monsieur André FOURNIRET :

— À quel moment intervient cette faille qui change FOURNIRET Michel ?

— Ça m'ennuie de le dire, mais c'est la rencontre avec Monique OLIVIER, il n'a plus eu de complexes, oui il disait toujours qu'il était de petite taille, il lui fallait une complice, un alibi, une assistance matérielle, et étant d'une nature passive, avec elle il se sentait tout puissant comme un Dieu que l'on pouvait vénérer.

LE PRÉSIDENT :

— Nous vous remercions, Monsieur FOURNIRET André, pour votre sollicitude envers les familles des victimes, votre récit était clair, limpide. Merci !

Le frère de FOURNIRET tourne le dos aux magistrats, aux avocats, sans un regard pour son frère, d'un simple geste de la main, il adresse aux familles des victimes un pardon et surtout la paix au fond de leurs cœurs meurtris à jamais.

— Merci Monsieur Fourniret André…

LE PRÉSIDENT :
— Après ces explications simples du frère de FOURNIRET Michel, nous allons entendre Madame CATOIRE Dominique, la fille de feu Georges CATOIRE, patron adulé de Michel FOURNIRET.
— Cher Maître, veuillez, je vous prie, faire entrer le témoin.

Quinquin s'exécute et une femme aux cheveux courts, assez corpulente fait son entrée.

Tous, nous la regardons, pour la première fois nous sentons en elle une femme déterminée, voulant à tout prix comprendre le pourquoi, le comment ?

— Monsieur le Président, c'est à FOURNIRET, à lui seul que j'aimerais poser des questions.

LE PRÉSIDENT :
— Comme il vous plaira Madame. FOURNIRET, levez-vous !

Dominique se met face à lui et sans l'ombre d'un doute l'interpelle avant qu'il ne dise quelque chose.

— Michel, je voudrais vraiment que tu dises la vérité, mon père t'a appris l'amour de ton prochain, le respect d'autrui, à savoir reconnaître ses erreurs, qu'as-tu fait ? Parle s'il te plaît, fais-le, parle, il faut que tu le fasses !

FOURNIRET, pour la première fois, en larmes, répond :

— Je souhaiterais pouvoir m'exprimer sans réserves, je ne le peux pas, j'ai pris une position.

Dominique ne plie pas et insiste

— Tu n'es pas un monstre froid, tu viens de le prouver quand j'ai parlé de Papa, à l'heure actuelle tu me fais honte, aujourd'hui je t'en conjure, parle, fais un effort, le démon qui te consume s'évaporera, fais-le pour Papa, si ce n'est pas pour moi !

FOURNIRET, en sanglotant :

— Ce que j'ai fait est connu, il n'y a pas d'acte que je n'ai fait et qui ne soit pas connu.

Maître Didier SEBAN (partie civile) intervient :

— Il avait juré sur sa petite fille Léa qu'il n'avait rien à voir avec le meurtre de Céline SAISON !

FOURNIRET ignore l'avocat et répond à son amie :

— Je n'ai de cesse de lui dire que je ne suis pour rien dans les disparitions MOUZIN, DOMECE, PARRISH et peut-être d'autres…

Francis NACHBAR, l'Avocat Général s'étonne :

— Comment fonctionnez-vous Michel FOURNIRET, pourquoi vous enfermer dans cette espèce de psychorigité ? Est-ce un masque d'inhumanité ? Je vous ai vu pleurer trois ou quatre fois pendant l'instruction, était-ce sincère ? Dites-nous comment vous fonctionnez ? Je veux l'entendre de vous, pas des experts…

FOURNIRET se renferme, ne plie pas, muré dans son silence.

— Merci Madame CATOIRE, asseyez-vous, FOURNIRET Michel.

FERMETURE DE L'AUDIENCE

L'Audience reprendra mercredi 7 mai à 9 heures.

Madame CATOIRE Dominique a su, pour quelques instants seulement, faire sombrer FOURNIRET Michel, mais l'orgueil a remplacé le désespoir.

Merci Madame CATOIRE Dominique de votre courage, de votre force et de votre détermination.

MERCREDI 17 MAI, L'AUDIENCE EST OUVERTE :

LE PRÉSIDENT :
— Nous allons entendre Madame DUCHATEL, Directeur de Police à VERSAILLES.

LE PRÉSIDENT :
— Madame, vous menez une enquête sur la disparition d'Estelle MOUGINS qui est, si je ne me trompe, toujours en cours.
— Oui, Monsieur le Président, c'est exact, mais pour l'instant nous n'avons rien, pour l'exclure ou pour l'inclure.

Le PRÉSIDENT :
— Monsieur FOURNIRET, levez-vous, que pouvez-vous nous dire au sujet d'Estelle MOUZINS ?

— Madame ici présente (en dirigeant son regard vers le directeur de police) est libre de donner son opinion, je vous confirme ce que je vous ai dit, je n'ai rien à voir, ni de près, ni de loin.

— Nous allons vous montrer la photo d'Estelle.

Elle apparaît à l'écran, une petite biche aux yeux apeurés, où es-tu ? Qu'es-tu devenue ? Nulle trace de ton corps.

FOURNIRET répond d'une voix profonde :

— Celle-là, ce n'est pas moi, mais cela aurait pu lui plaire, je ne ferai pas de commentaires, je garde mes sentiments pour moi, tout cela, ces questions me gênent depuis la semaine dernière ; demandez à Monique, elle parle et je vois un aspect de Monique qui m'est inconnu, j'en ai par-dessus la tête et ai envie de lui dire : « lève-toi, respire un bon coup, dégage tes toxines ! » Qu'elle se lève et réponde aux questions !

Le PRÉSIDENT :

— Nous avons Madame et la Cour ici présente du mal à croire que durant dix ans vous êtes resté sans rien faire, peut-on y croire ? Il est temps à présent de vider votre tête, votre cœur FOURNIRET, il est grand temps de faire le point, quant au reste…

— Je serais d'accord pour discuter de certaines affaires, mais restons-en là, on verra le moment venu, si le moment vient… Le courroux, quand il se réveillera, mais pas pour le moment, le courroux est là, c'est tout…

LE PRÉSIDENT :

— Merci, Madame DUCHATEL, vous pouvez vous asseoir.

LE PRÉSIDENT :

À sa demande, Monsieur FOURNIRET Michel, et en ayant le droit, a fait appel à ses propres témoins.

La première : une jeune femme blanche, qui débite comme une leçon bien apprise.

— Monsieur le Président, je l'ai rencontré en 1966 à la gare de REIMS, nous avons pris un café, plus tard, il est réapparu dans le village où j'habitais, ce n'était qu'une relation amicale, je le trouvais un peu triste, durant deux ans, nous nous sommes rencontrés toujours amicalement, après nous avons correspondu.

— Mademoiselle, avez-vous eu des rapports avec cet homme ?

— Non, je vous l'ai dit, amical simplement

— Merci, Mademoiselle... Faites entrer le second témoin, Maître.

Une jeune femme, assez jolie, entre et ne se gêne absolument pas pour contempler FOURNIRET, celui-ci se lève et sourire aux lèvres déclare :

— Bonjour, ma Thérèse, comment vas-tu ?

Le PRÉSIDENT :

— FOURNIRET, asseyez-vous !

— Qu'avez-vous à nous dire, Mademoiselle ?

— Il y a assez longtemps que nous nous sommes vus, il m'a écrit pour me demander de témoigner, sur le moment j'ai cru à un homonyme, c'est seulement en le reconnaissant à la télé (elle le regarde et lui fait un sourire charmant), je suis ici tout simplement en me disant que je l'ai échappé belle

— Ce n'est pas la peine de vous demander si vous avez eu des relations sexuelles…

— Flirt sans conséquence, c'est tout ce que j'ai à dire.

— Merci, Mademoiselle, regagnez votre place s'il vous plaît. Maître, faites entrer le troisième témoin, je vous prie.

Le dernier témoin de FOURNIRET fait son apparition :

Une jeune noire, née en 1985.

— Nous vous écoutons, Mademoiselle.

— Je faisais des études à ROCHEFORT, j'attendais un bus, il est passé par là et m'a déposé près de chez moi et puis je l'avais complètement oublié, quand il est de nouveau apparu devant moi à GIVET (ARDENNES), très gentiment il m'a demandé son chemin, je n'ai pas hésité et suis montée à côté de lui dans la voiture, il avait l'air si gentil, la voiture s'est arrêtée brusquement à l'orée d'un bois, il a commencé à me toucher et continuait… il m'a finalement déposée à GIVET, tout de suite je suis allée voir mon éducateur, lui ai tout raconté, mais malheureusement, le numéro de la plaque d'immatriculation, je l'avais mal écrit, j'étais sous le choc, je pense que c'est normal, nous n'avons jamais rien retrouvé… quelque temps plus tard, j'ai été convoquée par la police de DINANT (BELGIQUE) je l'ai reconnu grâce à une photo, il aurait fallu que je sois amnésique pour ne pas le reconnaître, maintenant je sais que j'ai eu de la chance et pour venir aujourd'hui, j'ai fait de l'auto-stop…

— Merci, Mademoiselle vous pouvez repartir…

L'AUDIENCE REPRENDRA DANS TRENTE MINUTES.

Bien joué, Monsieur FOURNIRET Michel, avez-vous essayé de nous attendrir ?

LOUPÉ ! ÉCHEC !

L'AUDIENCE REPREND.

Le PRÉSIDENT :

— Nous allons entendre les deux épouses de Michel FOURNIRET, Annette et Nicole.

Maître, veuillez faire entrer la première épouse…

Les deux femmes, aux antipodes de Monique OLIVIER, toutes deux femmes de caractère, pudiques, qui ont épousé ce monstre sanguinaire, toutes deux ont été éblouies par le beau parleur, l'illustre travailleur, toutes deux ne se connaissant ni l'une ni l'autre vivent depuis la révélation des crimes un enfer, leurs vies ont été gâchées, comment peut-on survivre à ces horreurs ? Sachant qu'elles ont été toutes deux MAMANS… MAMANS D'AMOUR…

Le premier fils de FOURNIRET, Christophe, n'est plus que l'ombre de lui-même,

la seconde épouse a perdu deux de ses enfants et actuellement ne vit que pour sa dernière fille et ses petits-enfants, victimes toutes deux de la main de ce parjure de l'humanité, cette limace qui regarde intensément sa première épouse se diriger lentement vers le Président…

Une très jolie femme, séduisante, élégante, d'une voix tremblante, elle commence à évoquer les jours heureux de sa rencontre avec « l'être maudit ».

— Je n'ai vécu que quatre ans avec FOURNIRET, il n'y avait pas de problème majeur, sauf quand j'ai été confrontée à la première affaire : il avait violenté la fille de mon employé dans sa 2 CV, je tombais des nues, j'étais abasourdie, j'ai rompu tout de suite, les beaux jours se sont évanouis, je ne me suis jamais remariée et ai consacré, encore aujourd'hui, le reste de ma vie à entourer mon fils. Cet homme a deux personnalités en lui, l'une attachante et puis… Je te demande humblement de rompre le silence, pour les familles, pour ton fils !

FOURNIRET la regarde méchamment, avec dédain, et hausse les épaules.

— Le PRÉSIDENT :
— Merci, Madame !

Sans un regard pour son ex-époux, la première épouse quitte la salle.

La seconde épouse, Nicole CLERGE avance à son tour :

Le PRÉSIDENT :
— Bonjour, Madame, nous vous écoutons…
— Monsieur le Président, je vais commencer par le début de notre rencontre, c'était dans un train, puis ensuite aux abords, notre relation dura un an avant le mariage, quelques années assez heureuses, naissance de Nicolas et des jumelles jusqu'au jour où un énorme nuage noir tombe sur notre petite famille, j'apprends par mégarde les abus de mon cher époux, je décide de divorcer et essaye de reprendre une vie tout à fait normale, heureusement aidée par des amis et la famille.

Le PRÉSIDENT :

— Comment se comportait-il avec les enfants ?

— Très distant, certains jours des menaces, petites violences, au fil du temps, j'ai pu sonder son caractère, orgueilleux, manipulateur, mais je n'ai pas eu tout de suite l'impression d'être manipulée, avec les gens de l'extérieur, il essayait de les humilier pour des choses anodines, il lui arrivait, c'est vrai, de punir les enfants pour un vol de bonbons et les attachait à la laisse du chien…

Pendant que la deuxième épouse raconte la vie avec FOURNIRET, FOURNIRET écoute, visage toujours impassible, ne versant aucune larme, il regarde Nicole CLERGE avec une passion presque animale

— Voulait-il les dominer ?

— Oui, surtout son fils, je pense qu'il en était peut-être jaloux. Nicolas voulait faire du droit, la demande n'a pas abouti, son père le harcelait pour qu'il ait les mains sales, des mains d'ouvrier en quelque sorte… alors… (avec un sanglot Nicole CLERGE continue) il est devenu exploitant forestier, un travail de forçat, l'accident est survenu, il n'a pas survécu à ses blessures, j'ai prévenu son père, c'est Monique OLIVIER qui a décroché, il est venu tout de suite et a dormi sur le palier avec le chien devant la chambre de son fils… Après, j'ai appris les années de prison, il m'a écrit et a demandé la permission, à sa sortie de prison, de venir chercher quelques affaires oubliées. Il est arrivé, accompagné de Monique OLIVIER (déjà le courrier de la prison avait commencé) Avec un homme comme lui, il faut savoir se défendre, cela ne me surprend pas, il se retrouve seul, a déniché une nouvelle épouse soumise toute à ses dévotions, mais cependant le connaissant, cela l'exaspère tout dominateur qu'il est en somme, il aime que les personnes lui résistent, désir de domination, provocation, il aime choquer et humilier, même un expert ne pourra prouver ce qu'il est réellement, moi, à présent, je le sais, est-ce la souffrance d'avoir perdu mon deuxième enfant? Ma fille qui m'a éclaboussée de lumière, de vérité, elle s'est suicidée, n'a pas supporté l'horreur d'être montrée du doigt par son entourage, ma deuxième fille a changé d'identité, oh, elle n'est plus la même et au fond de moi je ressens que si elle reste sur cette terre, c'est pour ses enfants et pour moi, son sourire si charmeur quand elle était petite a disparu, je pense avoir été une mauvaise victime et ne suis pas la seule, quand je vais sortir d'ici, je vais être libérée, oublier certaines choses, les mettre de côté, essayer de continuer à vivre le mieux possible auprès de ma fille et mes petits-enfants.

Nicole CLERGE, après ce long discours, est exténuée. Notre Quinquin, le bienfaiteur, lui avance un verre d'eau, en le gratifiant d'un sourire, Nicole lui dit merci et continue, rien ne peut l'arrêter…

— La sœur de FOURNIRET était un peu comme lui. Quand quelque chose la dérangeait, elle partait dans une colère sourde sans aucune retenue… beaucoup pensaient qu'il aurait violé sa sœur…

Maître BLOCQUAUX (avocat de la défense) prend la parole :

— Votre histoire est un château de cartes, pour en finir il n'y reste que vols, viols et crimes…

— Maître, répond Nicole CLERGE, les choses sont trop graves, pour qu'il n'en connaisse pas leur existence.

Nicole CLERGE se tourne vers FOURNIRET :

— Est-ce une échappatoire ? Michel… réponds !

FOURNIRET se lève et la fixe dans les yeux, avant d'expliquer il faudrait d'abord avoir confiance en lui.

— Confiance ! Et puis quoi encore ?… Pourquoi fais-tu souffrir ? Est-ce une jouissance ?

— Peut-être, mais je ne parlerai pas en public, le problème est que je ne suis pas sûr qu'il soit partagé par mes enfants, ce qui n'est pas clair, c'est la question que l'audience soit publique, la vérité ne nuit à personne c'est le mensonge, après, si je le fais, m'exhiber, mes propos, devant ce public… regarde-les ! Qu'est-ce que qui constitue la France d'aujourd'hui ? Des tenanciers de bar, bistrots, et que sais-je encore !

— Ce n'est pas ce que je t'ai demandé, ta fille, tes autres enfants, ceux qui ne sont plus là aujourd'hui te demandent de parler. Après moi, nous avons deux personnes à entendre, ton fils, ta fille, ils te demanderont de parler, de parler, le feras-tu ?

— J'enregistre ! (et lui fait un grand sourire)

Les larmes jaillissent. Quand sa deuxième épouse a relaté l'accident de la mort de son fils Nicolas, FOURNIRET s'est pris la tête entre les mains et a pleuré !

Le PRÉSIDENT :

— Nous vous remercions, Madame. Suspension d'audience, nous reprendrons dans 30 minutes. Merci, Madame Nicole CLERGE de votre force, vous l'avez puisée sans doute grâce à ces deux autres victimes de l'au-delà, ils étaient près de vous et vous soutenaient… VOS ENFANTS !

FERMETURE DE L'AUDIENCE

L'AUDIENCE REPRENDRA MERCREDI 14 MAI.

LE PRÉSIDENT :
— Mesdames et messieurs, la Cour !

Nous nous levons tous d'un commun accord.

Les accusés arrivent dans leurs cages, jetant un regard vers le public, Monique OLIVIER, les yeux toujours fixés vers la pendule.

LE PRÉSIDENT :
— Avant d'entendre Monsieur HELLEGOUARCH Jean-Pierre, nous allons entendre les paroles des survivantes.

Sandrine SENAILLAC est la première arrivée, accompagnée de Quinquin.

LE PRÉSIDENT :
— Nous vous écoutons, Madame…

— Oui, Monsieur le Président, avant tout, je tiens à crier haut et fort que je ne suis pas venue de gaieté de cœur, me retrouver face à face avec cet individu vingt-cinq ans après, cela me révulse, j'avais quinze ans à l'époque, j'avais plus peur d'être défigurée que de mourir, il m'a prise en stop sur le chemin du lycée, je n'oublierai jamais les menaces avec une prétendue fiole de vitriol, d'arme et de cordes, non je n'ai pas porté plainte, je suis mère de famille à présent, je n'oublie pas ce regard vicieux, perçant, je suis venue aujourd'hui de Suisse pour cet individu, heureusement il ne m'a pas touchée, mais comment peut-on oublier ? De quel droit m'a-t-on fait venir ici ? Est-ce lui ou Monique OLIVIER ? Je ne comprends pas ! Dans quel but ?

Maître Gérard CHEMLA prend la parole, ironise et éclaire le témoin :

— Je pense, Madame, que votre déposition doit lui être bénéfique.

— Je suis dégoutée ! Comment une mère de famille peut se laisser aller à de telles manigances ?

FOURNIRET demande l'autorisation de lui parler :

— M'autorisez-vous, chère Madame, à vous interroger sur les moments partagés ?

Sandrine, pas dupe de la manœuvre, lui coupe la parole d'un ton sec et lui lance :

— Je ne suis pas témoin de votre moralité !

— FOURNIRET, réponds ! Je souhaitais simplement de l'objectivité.

— Vous allez l'air de prendre un certain plaisir, cher Monsieur, moi non ! (En le fixant dans les yeux). J'étais une enfant terrorisée !

FOURNIRET revient à la charge, Sandrine lui coupe une nouvelle fois la parole :

— Non, je ne vous laisserai pas parler, restez où vous êtes !

FOURNIRET avec un grand sourire aux lèvres n'insiste pas et se replie comme toujours dans ses pensées moroses.

Sandrine quitte la salle, sous l'œil bienveillant de tout le monde.

Nous avons envie d'applaudir, mais la joie n'est pas de mise, sept jeunes filles, dont Florence PARSY, ont été des victimes de

FOURNIRET, toutes ne sont pas déplacées, mais le second témoin Dahina LE GUENNAN vient à la barre et échange avec FOURNIRET un dialogue peu banal, FOURNIRET lui parle d'une certaine cassette de la chanteuse Mélina…

FOURNIRET :
— Je lui ai envoyé cette cassette pour me faire pardonner de l'avoir violée, un texte sur la paix…

Dahina, d'une voix coupante lui rétorque :
— C'est parti à la poubelle…
— Merci, répond FOURNIRET.
— Monsieur le PRÉSIDENT, vous ne pensez tout de même pas qu'il y avait un lien affectif entre nous ?

LE PRÉSIDENT :
— Nous vous remercions et sommes très heureux, après toutes ces épreuves, que vous vous soyez reconstruite pour une vie normale.

Dahina LE GUENNAN quitte la salle, le regard courroucé.

L'AUDIENCE REPRENDRA À 14 heures

— Mesdames et Messieurs, la Cour ! Cher Maître, faites entrer le témoin.

Jean-Pierre HELLEGOUARCH fait son entrée, encadré de deux matelots, en quelque sorte, gardes du corps ou simples policiers… C'est un homme corpulent, chauve la mine sombre…

LE PRÉSIDENT :
— Monsieur HELLEGOUARCH, nous allons vous entendre ce jour comme témoin, jurez-vous de dire la vérité, toute la vérité ?

Jean-Pierre HELLEGOUARCH :
— Je le jure, Monsieur le Président.

LE PRÉSIDENT :
— L'accusé, ici présent, qui est-il pour vous ?
— Quelqu'un qui a trahi ma confiance et a tué ma femme et je n'oublie pas les quatre-vingts kilos d'or, c'est un scélérat sans foi ni loi, il ne mérite même pas de respirer le même air que moi, quant à elle (désignant du doigt Monique OLIVIER) elle a tout fait pour me duper, pour m'enfumer, je suis actuellement en prison, oui (regardant le public) pour trafic de stupéfiants, mais j'ai aidé de toute ma force la police, leur ai donné des indications pour retrouver le corps de ma femme, la méthode recherche, il faut s'y préparer, nous avons sillonné la région, il aurait fallu un hélicoptère pour pouvoir retrouver le corps, à cause des routes glissantes, des talus, du mauvais temps, la police ne pouvait rien voir…

LE PRÉSIDENT :
— FOURNIRET, levez-vous ! Qu'en pensez-vous ?
— Je suis prêt à recommencer les recherches…
— FOURNIRET, vous êtes de nouveau en train de vous moquer de la justice, c'est un fait, nous allons avoir le temps de vous balader et sillonner toute la FRANCE, un long parcours, des vacances en quelque sorte…

FOURNIRET se met à rire.

Jean-Pierre HELLEGOUARCH s'exprime :
— Pourquoi la tuer, il suffisait de la voler, c'est tout !

LE PRÉSIDENT :
— Monsieur HELLEGOUARCH, nous allons reprendre depuis le début, quand avez-vous rencontré FOURNIRET ?,
— En 1984, FLEURY-NERVAIS, on m'a désigné une cellule, il y avait deux personnes dont FOURNIRET, dans son coin, relation classique, je n'ai posé aucune question étant, on pourrait dire, un vétéran des prisons, j'ai cru qu'il s'agissait d'un délit mineur, dans la cour nous nous sommes approchés, il était serviable et bavardions de choses et d'autres… J'ai été transféré au bout de quinze jours et ai reçu une lettre, FOURNIRET avait été libéré, après cela j'ai reçu une visite, FOURNIRET et Monique OLIVIER elle-même, où aurais-je pu voir le danger ? À plusieurs reprises, ils sont venus me voir, Farida aussi, toujours accompagnée de Monique OLIVIER… Puis soudain plus rien, plus personne, Farida avait disparu, où était-elle ? Les jours se suivent avec un délire croissant, j'ai pris contact avec la famille de Farida, sa sœur est venue et m'a dit ne pas pouvoir la joindre, je pense qu'elle ne voulait pas m'inquiéter, vous savez, Monsieur le Président, l'argent, à ce moment-là, était loin de ma pensée, mais je me posais des questions, Farida serait-elle partie à l'étranger avec le fric ? Non, impossible ! J'avais une confiance absolue. Non ! Pas elle ! Puis un jour la sonnette des prisons retentit, visite pour moi, j'étais fou, c'est en courant que j'ai dévalé les escaliers, les couloirs, je ne sais plus, les gardes devant ou derrière je ne sais plus, je suis arrivé à bout de souffle dans la pièce où les visiteurs arrivent : personne ! J'attends, le cœur en alerte, j'attends, personne, c'est un cauchemar, pas çà ! Le gardien me raccompagne dans ma cellule, anéanti, je m'effondre… Non (en faisant signe) Monsieur le Président, je

n'ai pas terminé, le lendemain même scénario, vous savez dans les prisons, on vous annonce deux visites à intervalles réguliers, ma stupeur quand j'ai vu arriver Monique OLIVIER, sereine, fringuée, sourire aux lèvres, elle m'a regardé, serré les mains en me disant : « Farida a disparu et nous essayons Michel et moi et sa famille de la retrouver, nous partons demain pour la Belgique, ne t'en fais pas nous allons la retrouver », et elle part. Je reste dans un gouffre sans fond, plus de nouvelles, je suis abasourdi, moi l'imbécile, le gangster, le goujat, le con, et puis de temps en temps FOURNIRET et OLIVIER venaient me voir, ils étaient même là à ma sortie de prison… UNE AMITIÉ SINCÈRE… Veuillez m'excuser, Monsieur le Président, il a fallu une année, une année, c'est long, je suis sorti et suis rentré un peu plus tard, vous savez pourquoi, Monsieur le Président, j'ai fait des recherches, le mafioso que je suis n'a peur de rien, j'ai voulu le tuer cet enfoiré et même là j'ai raté mon coup, j'ai eu confiance en cette femme, Monique OLIVIER, qui a eu l'audace de me nommer parrain de son fils, j'étais même pas au courant, ce sont des monstres, ils ont tué ma femme, Monsieur le Président, je suis vieux, las, dans quelques mois je vais sortir, que vais-je faire ?… M'enterrer vivant ? Monsieur le Président, tout malfrat que je suis, je veux connaître la vérité et avant de mourir, je veux savoir où et pourquoi ma femme Farida a sombré pour toujours entre les mains de ces deux-là… Il les fixe et, d'une voix calme, posée…

— Pour moi le meurtre de Farida, ma femme, ne devait pas avoir lieu, si FOURNIRET ne dit pas l'endroit où il a caché son corps, je pense que c'est volontaire, il a peur que l'on découvre certaines autres choses… N'est-ce pas FOURNIRET ? Réponds !

Nous étions abasourdis, d'accord Jean-Pierre HELLEGOUARCH est un gangster, un trafiquant, mais toutes ces paroles débitées d'un ton calme nous laissent pantois, médusés, j'ai pu le voir de près cet homme et suis sûre d'une chose : Farida, sa femme, comptait beaucoup pour lui, l'appât du gain était abstrait, il s'en fichait et voulait simplement savoir la raison pour laquelle il s'était fait berner, dilapider, vider de ses entrailles par ces deux serpents de mer venimeux.

LE PRÉSIDENT :

— FOURNIRET, levez-vous, avez-vous quelque chose à dire ?

— Je vais commencer par le commencement (il regarde fixement Jean-Pierre HELLEGOUARCH). Tout s'est passé dans une carrière de la région (en regardant le Président) je pourrai vous y conduire, la région de Rambouillet, oui j'avais dans les mains un lacet, j'ai entouré le cou de FARIDA… Oh, elle s'est débattue, j'ai été obligé de la lâcher, mais je l'ai maîtrisée, une seconde fois j'ai tenté de l'étrangler. FOURNIRET fixe Jean-Pierre HELLEGOUARCH dans les yeux et lui dit d'un ton ferme imitant la voix de Farida :

— Michel, ne me tue pas comme ça, après tout est confus dans ma mémoire, j'avais dans ma camionnette un outil fabriqué par mon beau-père, une ancienne baïonnette, Monique qui s'était éloignée à ce moment-là est allée la chercher, c'est elle qui a dû l'achever avec cette arme, demandez-lui…

LE PRÉSIDENT :

— Madame OLIVIER, levez-vous, je vous le demande !

Monique OLIVIER :

— C'est faux, ce n'est pas vrai !

LE PRÉSIDENT :

— Vous avez quand même aidé votre mari à transporter le corps dans la voiture, vivait-elle encore ? Agonisait-elle ? Madame FOURNIRET, l'avez-vous achevée à coups de baïonnette ? Répondez !

— (en hurlant) C'est faux !

FOURNIRET rugit à l'intention de sa femme :

— Mais arrête de dire des conneries… Qu'est-ce qu'elle est chiante cette bonne femme !

L'Avocat Général interrompt ce dialogue :

— Comment, je vous le demande à tous deux, peut-on tuer de sang-froid une victime pour laquelle on dit avoir de l'affection ?

FOURNIRET répond :

— Quant à commettre cet acte innommable sur quelqu'un que l'on estime, je l'assume, je le reconnais…

Et FOURNIRET s'assied mettant fin à tout commentaire.

Jean-Pierre HELLEGOUARCH regarde fixement les deux assassins :

— Sachez FOURNIRET, OLIVIER, que jamais je ne laisserai tomber, la famille de Farida non plus, du fond obscur de mon désespoir, je chercherai à ma sortie de prison, je ne serai plus un homme, mais un furet, un chien de chasse, j'irai au bout du tunnel Merci Monsieur le Président !

LE PRÉSIDENT :

— Merci Monsieur HELLEGOUARCH !

HELLEGOUARCH sort, accompagné de ses deux matelots, le dos voûté, y a-t-il des larmes dans ses yeux ? Avant de quitter la salle, il nous regarde tous, en hochant la tête et nous quitte…

SUSPENSION D'AUDIENCE…

Et à nouveau, l'air pur du paquebot, sur le pont un vent doux nous secoue, annonciateur de pluie, d'orage, non, même si le ciel est menaçant, nous respirons… Un nuage noir nous envahit, peut-être est-ce l'âme de Farida qui nous crie sa colère, son indignation ? A-t-elle aussi rejoint les âmes vagabondes ? A-t-elle retrouvé la lumière des esprits ? Nous l'espérons !

ADIEU FARIDA, REPOSE EN PAIX OÙ QUE TU SOIS !

L'AUDIENCE REPREND…

LE PRÉSIDENT :

— FOURNIRET, levez-vous, avant de recevoir la sœur de FARIDA, quelques questions s'imposent… Pourquoi Sydney CISSOU a-t-il failli mourir sur une aire d'autoroute ? Pourquoi, un soir de janvier 1988 ? Nous allons l'entendre…

Maître, veuillez, je vous prie, faire entrer le témoin…

Monsieur ASSOU Sydney entre et, tout de suite, prend la parole :

— Je voulais, Monsieur le Président, me porter partie civile, la prescription ne l'a pas permis, alors je me dis, je ne suis pas une victime, il a tenté de m'assassiner, je venais de fermer ma voiture pour aller aux toilettes, un homme, celui-là, (en regardant FOURNIRET) est apparu en me demandant ma carte bancaire, ma carte d'identité et les clefs de ma voiture, il a sorti un fusil de son imperméable et m'a braqué, il jouissait, j'ai vu ma dernière heure arriver, je lui ai jeté ma veste au visage, j'ai entendu le coup partir et me suis écroulé... Après trois semaines d'hospitalisation, et plusieurs mois de rééducation, je sais que c'est grâce aux aveux de Monique OLIVIER que je suis ici aujourd'hui...

LE PRÉSIDENT :
— Merci Monsieur. FOURNIRET, levez-vous !

LE PRÉSIDENT :
— Cette arme avec laquelle vous étiez persuadé avoir tué ce Monsieur, arme à canon scié, vous l'avez utilisée sept mois plus tard pour abattre de sang-froid Fabienne LEROY... Qu'avez-vous à dire ? Était-ce à cette période une action courante ?

FOURNIRET :
— C'est une agression de pure crapulerie.

LE PRÉSIDENT :
— Merci, Monsieur FOURNIRET, pour votre franchise... On ne peut mieux... Asseyez-vous. Monsieur CISSOU, vous pouvez regagner la sortie ou rester selon votre désir.
— Je sors, Monsieur le Président !

Et Monsieur CISSOU quitte la salle.

LE PRÉSIDENT :
— Nous allons entendre Monsieur FAGNART Jacques, Commissaire Belge.

LE PRÉSIDENT :

— Monsieur le Commissaire, c'est à vous que FOURNIRET et OLIVIER ont fait des aveux presque complets.

LE COMMISSAIRE :
— Oui, Monsieur le Président, en effet, j'ai été chargé d'une enquête sur le décès de deux personnes âgées, retrouvées mortes à HONNAY, c'est plus tard que nous avons fait le rapprochement, Monique OLIVIER était la garde-malade de ces patients… Simple déduction…

LE PRÉSIDENT :
— Oui, le premier jour du procès, j'ai reçu une longue lettre de Monsieur FOURNIRET Michel, je l'ai ici, sous les yeux, en voici quelques extraits :

FOURNIRET y expliquait qu'il exploitait sans vergogne des personnes isolées ou souffrantes, il se décrit comme un sale type tapi dans l'ombre de l'anonymat qui n'avait jamais eu d'autre but que l'asservissement de vieillards ou de personnes hospitalisées…

— FOURNIRET, levez-vous !

LE PRÉSIDENT :
— Est-ce bien les termes de votre lettre ?

FOURNIRET :
— J'en conviens, Monsieur le Président.

LE PRÉSIDENT :
— Asseyez-vous ! Mesdames et Messieurs, l'audience reprendra demain, jeudi 15 mai.

LE PRÉSIDENT :

— Mesdames et Messieurs, la Cour ! Nous allons recevoir Madame HAMICHE Haila, veuillez, je vous prie, cher Maître, aller chercher le témoin.

La sœur de Farida entre dans l'antre du paquebot, ce jour-là un certain malaise régnait, sentant tous l'accomplissement de ce procès, nous étions muets, mais l'esprit envahi de sombres pensées, que sera le verdict ? Il fallait avoir de la patience et attendre l'aboutissement…

LE PRÉSIDENT :

— Bonjour Madame, la Cour et moi-même vous écoutons…

— Monsieur le Président, je vais vous dire ce jour tout ce que je ressens, les deux monstres ici présents sont venus chez mes parents, nous les avons reçus sincèrement, en toute amitié, ils nous ont dit à tous que Jean-Pierre HELLEGOUARCH s'inquiétait de l'absence prolongée de Farida, nous étions tous submergés par l'angoisse, c'est vrai, Farida on la voyait chaque semaine ou un simple coup de fil, elle était très « famille », nous donnait de ses nouvelles, ce n'était pas dans ses habitudes de partir comme ça, sans rien dire, nous sommes tous partis dans son appartement, des aliments défectueux, des tasses de café traînaient… Non, pas Farida, comment à ce moment-là, aurais-je pu comprendre ? Je suis allée voir les voisins, ai alerté la police, certains voisins m'ont dit qu'il l'avait vue partir en voiture avec une combinaison jaune, j'ai cherché cette combinaison, pas de trace, la police a fait des recherches, rien, les jours passaient, les nuits sans sommeil, la famille et moi-même ne quittions plus le téléphone, je suis allée voir mon beau-frère en prison, lui non plus ne savait rien et tournait comme un lion en cage, nous étions tous exténués et une petite idée germa dans mon esprit, un médium, pourquoi pas ? Voilà la raison pour laquelle ma petite sœur et moi sommes parties avec ces monstres, destination la Belgique, ce jour-là, à cet instant, je le crie haut et fort, j'ai eu un pressentiment, mais n'ai pu le définir, leur façon à tous deux de se contempler… Oh ! Les paroles, chez ces deux-là, étaient absentes, ils se comprenaient rien qu'en se regardant, qui sait peut-être voulaient-ils nous exterminer ma sœur et moi ? Et puis (avec un sanglot) j'ai appris par courrier que ma sœur avait été assassinée par ces tentacules de malheur, c'était le 30 juin 2004, cette comédie qu'ils nous avaient jouée, non encore aujourd'hui je ne peux y croire, ma famille et moi-même n'éprouvons que de la haine.

Qu'ils croupissent, finissent leurs vies en prison, ce sera notre délivrance, Monsieur le Président, c'est tout ce que j'ai à dire.

LE PRÉSIDENT :

— Merci, Madame, vous pouvez quitter la salle ou rester

— Je reste, Monsieur le Président, et veux entendre de leurs propres bouches ce qu'il est advenu de ma sœur.

Quinquin vient lui apporter un verre d'eau et, d'une voix très faible, nous entendons un vague merci…

LE PRÉSIDENT :

— Monique OLIVIER, levez-vous, qu'avez-vous à nous dire ?

Monique OLIVIER :

— Oui, je suis allée voir Jean-Pierre en prison comme FOURNIRET me l'avait demandé.

LE PRÉSIDENT :

H. Dupuis
Th. Moser
P. Lombard
JP. Delgenes
F. Nachbar
I. de Moffarts
D. Seban
A. Behr
G. Chemla

— Et le cimetière, y êtes-vous allée ?

— Oui, j'étais avec lui pour enterrer le fameux coffre, lors de ce voyage, j'étais embêtée de cette comédie

— Embêtée ?... Que ça ?

Michel FOURNIRET se lève d'un bond et parle :

— De tous ces propos, je n'ai rien entendu et vais parler librement, je préfère oublier les personnes qui sont dans la salle et ne veux garder à l'esprit que Jean-Pierre HELLEGOUARCH et voila.

LE PRÉSIDENT :

— Asseyez-vous FOURNIRET, vous avez envie de parler aujourd'hui, attendez votre tour.

FOURNIRET, regard menaçant, s'assied se prenant la tête entre les mains.

LE PRÉSIDENT :

— Monique OLIVIER, êtes-vous allée dans une auberge en compagnie de Farida ?

— Oui, la veille, je suis allée voir Jean-Pierre HELLEGOUARCH en prison, en quelque sorte une mission, il voulait qu'on la retrouve, je suis sortie avec la veste de Farida.

— Nous ne comprenons pas, Farida était-elle en vie ?

— Oui, nous logions à ce moment-là dans l'Yonne et sommes allés voir Farida dans son appartement à Roissy, entente cordiale...

— C'est tout ce que vous avez à dire, rien à ajouter ?

— Oui, Farida avait un service à nous demander de la part de son mari, dissimuler un chargement, nous avons accepté, puis après plus de nouvelles, quelque temps après, plus tard, je ne sais plus, nous repartons dans l'Yonne et retournons à l'appartement de Farida, il faisait nuit quand nous sommes arrivés à ROISSY… Dans un petit cimetière, nous nous sommes garés à 2 ou 3 km et avons dissimulé le chargement, FOURNIRET parlait pour ne rien dire… du sac à dos… du chargement… Après, nous avons déposé Farida chez elle, je me souviens que FOURNIRET l'a embrassée en lui disant : « Nous allons bientôt revenir, ne t'inquiète pas, je t'apporterai 30 000 francs. » Nous sommes revenus quelque temps après, je me souviens, en arrivant chez Farida à Vitry, elle nous a ouvert la porte avec un grand sourire, sans aucune méfiance, elle était en train de nettoyer des pièces Napoléon et de suite a accepté de nous piloter dans la région de Rambouillet.

LE PRÉSIDENT :
— Et après, Madame OLIVIER, avez-vous achevé lâchement Farida ?
— Non ! Ce n'est pas moi !

FOURNIRET d'un bond se lève et réplique :
— Connasse, j'en ai marre à la fin !

LE PRÉSIDENT :
— Nous savons, FOURNIRET ! Asseyez-vous !

LE PRÉSIDENT :
— Madame OLIVIER, FOURNIRET a-t-il abusé de Farida ?
— Je ne sais plus, j'étais loin.
— Loin… où ça ?
— Près du véhicule, je guettais.
— Vous guettiez qui ?
— Je guettais…

— Vous avez entendu les gémissements de Farida, oui ou non ?

— Non ! puis Monique OLIVIER s'enferme dans un mutisme complet.

— Vos explications ne servent à rien, Monique OLIVIER, vous devez souffrir d'une grave perte de mémoire ou est-ce un simulacre ?

— C'est toujours moi qui parle, faites-le parler lui !

FOURNIRET :

— Connasse !

Monique OLIVIER baisse la tête

J'ai eu, à ce moment-là, la « chance » de croiser le regard de ces deux reptiles, ils me fixaient, j'avoue avoir éprouvé une nausée presque insupportable, j'ai surmonté ma férocité, c'est eux qui ont détourné les yeux…

LE PRÉSIDENT :

— L'Audience reprendra demain vendredi 16 mai.

Et, à nouveau, chacun regagne son foyer en attendant le lendemain, de loin j'aperçois une silhouette, la sœur de Farida, elle pleure, quelqu'un lui entoure les épaules, c'est un journaliste pris de pitié pour cette créature isolée qui ne saura jamais ce qu'il est advenu de sa sœur. Les sanglots, les larmes, ne servent à rien, pourquoi des humains hideux, repoussants comme ces deux monstres, existent-ils ? Après le verdict, allons-nous éprouver un réconfort ? En se disant plus jamais… plus jamais ces horreurs !

Que justice soit rendue !

VENDREDI 16 MAI

L'Audience reprend :
— Mesdames et Messieurs, la Cour !

Alors que les experts, psychologues, psychiatres se relaient ce jour-là au gouvernail, Michel FOURNIRET a cessé de parler, la Cour s'est fait berner avec ces histoires a estimé Philippe HERBELOT expert psychologue, pourtant, souvenez-vous après une remarque de l'Avocat Général qui n'acceptait pas de Michel FOURNIRET une remarque sur Maître SEBAN, de l'avoir qualifié d'« avocat de merde », ne vous méprenez pas, Mesdames et Messieurs les jurés, FOURNIRET prend un malin plaisir à raconter ses crimes, n'oubliez pas, toujours avec précision, il sait décrire les derniers instants de ses victimes, si vous, Mesdames et Messieurs les jurés, avez retenu le récit, les lettres que FOURNIRET nous a livrées, les charges valant à Monique OLIVIER d'être poursuivie en tant que la meurtrière s'effondreraient, oui, selon lui, son épouse n'a pas participé à certains meurtres, elle était toujours présente à l'arrière indique-t-il, parlons de Jeanne-Marie DESRAMAULT, selon lui, elle n'a pas étouffé la victime à l'aide d'un élastoplast comme le lui reproche l'accusation, Jeanne-Marie est morte par étranglement de ses mains.

— Point du tout, a insisté Michel FOURNIRET.

C'est vrai, depuis une semaine il n'épargne pas sa comparse, son déballage révèle une Monique OLIVIER bien plus impliquée qu'elle ne l'avoue elle-même, Michel FOURNIRET dévoile une femme qui ne restait pas muette, mais apeurée. À l'entendre elle choisissait les victimes avec plaisir « c'est facile à embarquer se serait-elle réjouie » Après que Jeanne-Marie DESRAMAULT ait accepté de monter dans leur véhicule. À l'occasion, elle délivrait des conseils à son mari : « tu ne devrais pas leur parler » lui aurait-elle recommandé tandis qu'il déplorait que la personne vue de loin devenait un être humain, dès qu'elle était séquestrée, donc côtoyée de près. Monique OLIVIER et Michel FOURNIRET renvoient l'image d'un couple qui se déchire, pourtant, à mon avis, ils ont fonctionné dans une sorte d'harmonie criminelle quasi parfaite pendant seize ans. Michel FOURNIRET entretenait une relation sadique avec Monique OLIVIER, mon avis c'est lui qui est dupe dans ces affaires criminelles, il croit exercer sur elle un contrôle alors qu'elle-même a pris conscience de sa puissance. Voilà mes convictions, Monsieur le Président, Mesdames et Messieurs les jurés, à vous de conclure.

LE PRÉSIDENT :

— Merci Monsieur HERBELOT

— Oui, Mesdames et Messieurs les jurés, à vous de conclure, Monique Olivier est-elle le Professeur et lui, le pauvre élève qui, subjugué par son mentor, sa maîtresse, sa déesse, aurait succombé à ses bas instincts ? Aurait-elle le pouvoir de le soumettre à ces crimes abjects ? Pourquoi pas ! Les deux époux, depuis le début du procès, jouent un match et se renvoient le ballon, qui va gagner ? Qui gagnera ? Le ballon est dans quel camp ?

La justice ou les familles des victimes qui ont perdu jusqu'à leurs propres noms, leur liberté de vie, on les regarde, on les observe pour essayer de déceler un acte irréversible, le public est à l'écoute de leurs moindres mouvements, ne serait-ce qu'un sanglot, mais non les familles restent dignes de leur chagrin… Mesdames et Messieurs les jurés, à vous de déceler la vérité pure et simple !

À plusieurs reprises, FOURNIRET, malmené par Maître SEBAN Didier qui le questionnait sans cesse sur la mort de Jeanne-Marie DESRAMAULT, a d'abord menacé de rentrer dans sa « coquille », refusant de se laisser impressionner par un « petit avocat de merde »… Moins d'une heure après le début de l'audience, Michel FOURNIRET, comme d'habitude, a décidé de se taire, puis soudain une voix profonde retentit…

C'est celle de FOURNIRET :
— J'ai voulu essayer de reprendre la parole, j'ai toutes les raisons de le regretter, je ne prendrai plus la parole… Terminé !

Même les avocats de FOURNIRET n'ont pu le faire changer d'avis, ni les parties civiles…

LE PRÉSIDENT :
— FOURNIRET, nous n'allons pas jouer comme cela pendant des semaines, allons, FOURNIRET, changez de position, répondez au moins aux attentes légitimes des familles, nous avons aménagé deux matinées supplémentaires afin de vous exprimer, vous un être intelligent… allez-vous vous arrêter au milieu du gué ?

FOURNIRET :
— Oui, Monsieur le Président, je vais m'arrêter au milieu du gué.

LE PRÉSIDENT :
— Cela, FOURNIRET, est extrêmement dommage, surtout pour les membres des familles… Cinq crimes et peut-être beaucoup d'autres doivent être examinés : Jeanne-Marie DESRAMAULT, Élisabeth BRICHET, Natacha DAMAIS,

Céline SAISON Mananya THUMPONG… Souhaitez-vous ajouter quelque chose pour la mère de cette dernière ?

FOURNIRET :
— Non je ne souhaite pas lui parler.

La Maman de Mananya se lève :
— MERCI ! MERCI !

FOURNIRET :
— Avez-vous envie de perdre une troisième fille ? dit-il en regardant les familles fixement.

Un vautour… un rapace !

LE PRÉSIDENT :
— Asseyez-vous, FOURNIRET !

AUDIENCE SUSPENDUE

Avant que le Président clôture, un brouhaha se fit entendre, toutes les familles des victimes, une par une, quittent le navire.

FOURNIRET et OLIVIER, dans leurs cages, les observant, ai-je vu, bien vu, l'ombre d'un sourire de ces deux complices ? Toujours est-il qu'une nouvelle fois, je me suis retrouvée seule, les larmes contenues depuis si longtemps débordèrent, non c'est un cauchemar, à travers mes pleurs, j'ai observé ces débauchés de notre monde quitter leur cage, oui j'avais envie de la peine de mort, de les faire souffrir, j'entendais au loin le public hurler : « À mort ! À mort ! » Avait-il raison ? Oui, il criait sa haine, sa vengeance, sa solidarité, sa compassion pour ces familles, nous avions tous envie qu'elles reprennent leurs places respectives, nous allons combattre, les soutenir, nous sommes ensemble tous avec vous ! Revenez ! Ne quittez pas le paquebot, revenez vers un monde de paix, de justice…

J'ai prié pour toutes ces âmes éperdues, perdues dans les ténèbres

Faites revenir vos parents, ils ne peuvent baisser les bras !

Je suis sortie, tous étaient sur le quai, personne ne parlait, ne bougeait.

Tous, attendions notre Gérald, qui, peut-être, allait ouvrir les portes sur la vérité !

OUVERTURE D'AUDIENCE

LUNDI 19 MAI

Nous sommes à dix jours du verdict, lors de l'audience du vendredi 16 mai, le psychologue, Monsieur HERBELOT Philippe, avait esquissé un portait inédit de Monique OLIVIER, en ce jour nous allons approfondir ce portait.

L'Audience est ouverte.

Nous laissons la parole aux experts, entre autres, Monsieur HERBELOT Philippe et Monsieur Jean-Luc PLOYE.

— Nous allons commencer par le début, pour Monique OLIVIER. Parents peu présents, aime l'école, scolarité interrompue peut-être à cause d'une santé un peu déficiente, rhumatisme articulaire, arrêt de l'école, ne passe pas le certificat, vis-à-vis de ses copines, son entourage, passe pour une personne sans sentiment, sans cœur, arrive même à sourire lorsqu'elle raconte son premier meurtre, absence de moralité, perverse, un besoin éperdu d'amour, l'enfant perdu quand elle ne sait plus quoi dire, peu à l'aise dans la sexualité, un désir de vivre avec un dégoût de soi-même, au point de vue intelligence, moyenne, très observatrice, bonne mémoire, aime se sentir persécutée, pour elle les victimes, c'est le seul moyen de maîtriser l'autre, un peu comme un chat qui ramènerait un oiseau mort à son maître, une incapacité totale de s'émouvoir. Monique OLIVIER se prendrait pour une actrice jouant son rôle à la perfection. Quand elle accomplit ces atrocités, pour nous, experts, elle n'a pas de jouissance et n'est absolument pas le sac à main que l'on dépose, une vengeance peut-être, parce qu'elle-même n'était plus vierge, voit en ces victimes, dans sa tête, le jour où elle a perdu sa virginité, rencontre de passage avec un militaire, elle s'est fait piéger, une spectatrice soumise, j'en doute, il faut dire que sans Monique OLIVIER jamais nous n'aurions retrouvé FOURNIRET. C'est un bon point pour elle ! Absence de sentiment maternel… L'un et l'autre sont repliés dans un délire commun, deux fantasmes… Elle essaye souvent de se replier sur elle-même : provocation, tout simplement.

— Ils essayaient de jouer ensemble, c'est bien ce que nous avons vu au début du procès, le pacte, un lien soudé entre eux, quoi qu'il advienne… À partir du moment où elle a dénoncé FOURNIRET, ce dernier s'est senti trahi et en a perdu toute sa puissance…

J'observe FOURNIRET : il semble écouter, les yeux fermés, les mains à plat sur le pupitre.

LE PRÉSIDENT :
— FOURNIRET, avez-vous quelque chose à ajouter ?

Mutisme complet, d'un simple signe de tête : « Non »

LE PRÉSIDENT :
— Et vous Monique OLIVIER ?

Monique OLIVIER :
— Les experts n'ont pas vécu avec moi, ils ne savent pas la vérité, ils n'y connaissent rien, moi j'avais peur…

L'EXPERT :
— Puis-je continuer, Monsieur le Président ?

LE PRÉSIDENT :
— Je vous en prie, nous vous écoutons.

— Le plus insupportable, chez FOURNIRET, c'est le défi, c'est peut-être la raison pour laquelle il ne parle pas, son attitude à l'égard des experts, très bien, beaucoup d'échanges en discussion littéraire, une mémorisation parfaite, réponse du tac au tac, à d'autres moments, dans le vague, aucune demi-mesure, maître esclave, souvent remplacé par la force, refuse la position de celui qui ne dirige pas, veut être le maître, il se prend peut-être pour Dieu, homme courtois ou simulacre ? En lui, nous avons décelé rage, obsession de la virginité, fantasme de la pureté, manipulateur, la culpabilité ? Non ! Il rentre dans un jeu pour savoir qui va jouer avec qui, transformation du faible et de la force, il fige l'autre et réduit tout en dimension, oui toujours avoir les cartes en main, il est sidérant quand on le rencontre pour la première fois, autodidacte, vocabulaire riche se donne le temps de réflexion pour éluder les réponses, très haute estime de lui-même, orgueil incommensurable, souillure, pureté, « si je me regarde de l'intérieur je suis le plus beau, le plus intelligent » ses crimes pour lui sont normaux, étant toujours allé à la recherche de la pureté « je suis un technicien du bureau des méthodes ».

Il parle de la Vierge, de la pureté, la quête du mystère de la virginité et une jouissance parfaite de la ritualisation, c'est-à-dire qu'il a le pouvoir de la vie et de la mort, ce n'est même pas pour Dieu qu'il se prend, je dirai plutôt pour Lucifer, je punis les gens que je vois dans les rues qui ne sont pas ce que je veux qu'ils soient. Lucifer !

Défenses perverses, incontrôlable, jouissance, indifférence complète à ce que l'autre ressent.

Le tueur en série ne jouit pas au moment où il tue sa victime mais de ce qu'il a accompli, la jouissance, à ce moment-là, est parfaite

Je termine au nom de tous les experts :

— non-folie, perversité, fantasme

— Première catégorie : FOU

— Deuxième catégorie : PERVERSITÉ LA PLUS EXTRÊME

LE PRÉSIDENT :

— Merci, nous allons entendre le Docteur ZAGURY Daniel.

— Monsieur le Président, je vais d'abord revenir sur la personnalité du tueur en série. FOURNIRET est parfaitement capable d'une précision chirurgicale lorsqu'il décrit la mise à mort d'une victime, avez-vous, Monsieur le Président, lu ses lettres ? Vaste culture… non ? Quand on gratte un peu, il prend vite la tangente, on se rend compte qu'il ne cherche à épater que lui-même. Oui, pour FOURNIRET, il y a les dominants et les dominés, c'est la matrice de toute relation humaine, en effet il veut tout maîtriser, ce qui lui échappe, il feint de l'avoir organisé. Quand il tue, c'est un rituel, il ne laisse aucune chance aux victimes, s'il pénètre une jeune vierge, elle devient à ses yeux une souillure, il faut alors s'en débarrasser et si elle n'est pas vierge, elle devient une putain et une tare, donc il faut l'abattre.

LE PRÉSIDENT :
— Docteur, FOURNIRET aurait-il arrêté s'il avait eu la certitude d'avoir accédé à cette pureté obsédante ?
— Impossible, affirme l'Expert, quand une victime est convoquée pour entrer dans son fantasme, elle n'a plus d'autres existences que d'en être l'objet, elle sort du monde des vivants dès la mise en scène et son résultat est décevant. Dans sa perversité, FOURNIRET jouit plutôt de sa propre indifférence à sa victime quand il la tient à sa merci, pour conclure, je dirai, Monsieur le Président, que FOURNIRET n'a jamais éprouvé le moindre sentiment de honte à l'égard de ses actes.

LE PRÉSIDENT :
— Nous vous remercions Docteur.

AUDIENCE TERMINÉE.

L'audience reprendra mercredi 21 mai 2008.

AUDIENCE OUVERTE.

— Mesdames et Messieurs, la Cour !

LE PRÉSIDENT :
— Nous allons, ce jour, assister aux plaidoiries des avocats.

Maître LOMBARD prend la parole :
— Michel FOURNIRET, l'humanité se glace à votre contact.

Monique OLIVIER, en procédant à la toilette intime d'Élisabeth BRICHET, vous avez nettoyé le sang de la vie pour laisser la place au sang de la mort, c'est un parcours rarissime dans l'histoire de la criminalité française, on ne peut pas les dissocier, ils ont fait preuve d'une sauvagerie, d'une cruauté, d'une méchanceté, sans équivalent en transformant des fillettes vivantes et palpitantes, pleines de vie en loques humaines pour reprendre la formule de FOURNIRET.

Derrière les vitres blindées de leur cage, les époux sadiques écoutent, Monique OLIVIER, tête baissée, FOURNIRET, yeux fermés, se tord les doigts ou couvre encore des notes sur les pages de son carnet.

Pour une fois, Maître LOMBARD explose :
— Dites quelque chose, bon Dieu !

Mutisme complet.

Maître LOMBARD, excédé parle d'une voix forte aux jurés :
— Mesdames et Messieurs les jurés, dans cette ville de Charleville qui a vu naître RIMBAUD, vous avez, je le sais, vécu un enfer, votre temps à tous, si précieux, c'est avec eux (en désignant les assassins) que vous l'avez passé chaque jour, chaque nuit. À l'époque, FOURNIRET, (braquant son regard menaçant vers lui), où la justice française tuait encore, comme vous… La peine capitale aurait été accomplie. Que se serait-il passé si, en 1981, la peine de mort n'avait pas été abolie, le dernier procès qui a eu lieu fut celui de Pierrot Le Fou, en 1980, ici, à Charleville-Mézières. L'abolition de la peine de mort un an après ! Pierrot Le Fou et beaucoup d'autres sont restés en vie… FOURNIRET, Monique OLIVIER, quel que soit votre sort à l'heure actuelle, personne ne peut vous plaindre,

même pas vous, Madame FOURNIRET, vous avez refusé à Monsieur BRICHET l'aumône d'une explication et cet homme admirable se réjouit que vous restiez en vie! Pourquoi? Pour Élisabeth, un stratagème dégueulasse, cette pauvre petite est tombée dans un piège vous l'avez étranglé FOURNIRET l'avez-vous mise dans un congélateur? Puis après l'avez-vous enterrée dans votre domaine? Répondez FOURNIRET

FOURNIRET reste impassible, mutisme complet.

— Et maintenant FOURNIRET, pour cette petite, le voyage est terminé, pire que n'importe quel bourreau qui accorde cet instant suprême d'incertitude, vous lui avez annoncé l'heure de sa mise à mort. Mais comment avez-vous pu faire ça, vous qui êtes notre semblable.

Maître Réginald de BECO, l'un des avocats de la famille de Marie, dernière victime de FOURNIRET qui a réussi à s'échapper s'adresse à FOURNIRET :

— Cela vous a été insupportable n'est-ce pas d'avoir été arrêté dans votre trop longue course criminelle par le courage d'une gamine de treize ans et par la présence d'esprit d'une jeune femme qui l'a crue ; vous ne répondez pas, avez-vous pour une fois honte ?

Mutisme complet, mais regard de reptile.

— J'aimerais ajouter, la souffrance des rescapés est méconnue, elle se fait discrète, presque honteuse, j'aimerais souligner un fait : en décembre 2006, les familles des victimes sont venues rencontrer Marie, la survivante, la courageuse. Tous lui ont demandé de venir témoigner lors du procès, c'est la maman d'Isabelle LAVILLE qui lui a fait d'une voix presque éteinte cette demande : « quand tu entreras dans la salle d'audience, tu le regarderas en face et tu verras il baissera les yeux… »

Maître de BECO continue :

— Vous avez baissé les yeux FOURNIRET, vous avez été renvoyé pour une fois à votre vraie place, vous n'étiez plus l'égal de Dieu !

Maître Dominique RÉMY prend la parole à son tour :

— J'aimerais, pour l'instant, conclure. Sandra NOIROT, qui a été agressée en février 2000 m'a demandé, FOURNIRET, de vous adresser ce petit message :

Je m'apprête, en ce jour, à mettre au monde un petit garçon. Il sera le signe que le bien l'emporte toujours sur le mal, que la vie est plus forte que la mort... Je vous souhaite, FOURNIRET, de vivre encore, longtemps, relégué dans l'obscurité totale, aux fins fonds d'une oubliette où croupissent ceux de votre espèce qui ont trahi le genre humain...

LE PRÉSIDENT :

— Merci, Mesdames et Messieurs les Avocats !

AUDIENCE TERMINÉE ET REPRENDRA DEMAIN 22 MAI.

L'audience est ouverte

— Mesdames et Messieurs, la Cour !

Le Président :

— Nous donnons, en ce jour, la parole aux avocats des familles. Maître SEBAN, nous vous écoutons...

— Isabelle, Fabienne, Jeanne-Marie, Céline, Mananya... comme ces prénoms sont doux et durs à prononcer !

Maître SEBAN se dirige vers le papa de Jeanne-Marie DESRAMAULT, Henri DESRAMAULT, 87 ans, dans un fauteuil roulant, casquette sur les genoux, il a beaucoup de mal à respirer, nous entendons dans le public un râle, une plainte infinie qui nous glace, son regard ne quitte pas les assassins de sa fille unique, cet homme n'a plus rien, sa fille tuée, son épouse morte de chagrin, mais lui veut rester, il a prévenu :

« J'attends le verdict, j'irai au bout de mon devoir après que vous aurez condamné les FOURNIRET je partirai rejoindre ma famille...

— Le marché criminel des FOURNIRET l'alliance d'un pauvre type et d'une paumée, voilà Mesdames et Messieurs les jurés ceux que vous allez juger, elle, Monique OLIVIER, et celui qu'elle surnomme mon fauve, mon Shere Khan, ce tigre boiteux, fourbe, arrogant et cruel qui se prend pour le roi de la jungle, connu pour le plaisir de tuer. Je suis persuadé depuis le début de ce procès que le pacte tient toujours, un pacte de non-agression avec tous ces secrets partagés, ce qui les réunit tous les deux c'est la haine des femmes, vous êtes deux tueurs en série qui ne font qu'un parce que seuls vous n'en étiez pas capables.

FOURNIRET, POSÉÏDON, LE FAUVE SHERE KHAN, dans son box, affiche son mépris à l'égard de Maître SEBAN, en fermant les yeux.

Maître DUPUIS, à son tour prend la parole, il est depuis le début du drame aux côtés de Jean-Pierre et Maryline SAISON, les parents de Céline.

— Je tiens à dire formellement l'admiration que je porte aux parents de Céline. Céline, c'était la beauté, l'intelligence, la pudeur, elle ressemblait à ses parents, cela fait huit ans qu'ils attendent justice, huit ans de vie brisée, souvenez-vous du calvaire que notre petite Céline a enduré. FOURNIRET, je me souviens que vous avez osé jurer sur la tête de votre petite fille que vous n'y étiez pour rien et aujourd'hui vous dites que le cas Céline SAISON était le processus le plus « abouti » dans votre plaisir d'humiliation. Je n'ai aucune envie de vous contempler FOURNIRET, vous n'êtes rien, quant à vous, Monique OLIVIER, vous êtes aussi coupable que votre mari, pendant dix-sept ans vous avez gardé l'intégralité de votre correspondance, un petit trésor qui ne vous quitte plus, mais ces lettres sont de la dynamite et malheureusement le détonateur va très vite exploser en étincelles brûlantes.

Maître BEYER-BUCHWALTER, à son tour, s'adresse directement à Monique OLIVIER sans oublier de rendre hommage à Maître Vincent DURETTE disparu prématurément dans un accident de voiture, c'est lui qui devait plaider aux côtés de Maître CHEMLA Gérard.

— Je sais, dit-elle aux familles des victimes, qu'il était plus que votre avocat, qu'il était votre ami. Monique OLIVIER, vous êtes une insulte pour les femmes !

En pianotant sur le pupitre, Maître BAEYER, d'une voix doucereuse, évoque l'histoire du petit chaperon rouge :

— Les nounous d'antan et les mamans d'aujourd'hui racontent des histoires pour instruire les enfants des dangers du monde. Qui ne sait que les loups les plus doucereux sont les plus dangereux ? Monique OLIVIER, vous êtes lisse comme un papier gras, comme une sorcière, pour vous, séduire, c'est naturel, mais vous ne savez pas aimer, ni vos maris, ni vos enfants, je n'ai pas vu d'amour chez vous. Même FOURNIRET a su dire à sa fille qu'il l'aimait…

Maître Gérard CHEMLA estime que le seul intérêt de ce procès est la femme de l'assassin « cette femme victime de tout et tous ».

— Mais non ! On n'est pas otage de FOURNIRET quand on ramasse une enfant, on n'est pas otage quand on se sert de sa grossesse pour faire monter dans sa voiture une fillette, on n'est pas otage quand on lave le sexe d'une enfant avant le viol.

Maître CHEMLA Gérard va conclure la fin des plaidoiries :

— Mesdames et Messieurs les jurés, je le sais, comme moi, vous êtes épuisés, ces corps d'enfants dans cette salle, ces cris qu'on entend tous, « Madame aidez-moi ! », « Monsieur, ne me tuez pas ! », nous touchons là au mal absolu et pourtant ce flot d'émotions qui nous submergent ne doit pas faire taire votre jugement. Avant-hier, à la sortie des accusés, la foule criait « À mort ! » Oui, c'est vrai, personne n'est préparé à regarder ce que nous avons vu, entendu tout au long de ce procès, alors je vais simplement essayer de parler à votre raison, je défends les intérêts des proches de Fabienne LEROY, Mananya THUMPONG et Joëlle PARFONDRY, je vous demande à tous de savoir canaliser la haine, de savoir se comporter en êtres intensément humains ; regardez les familles, elles ont toutes été admirables de dignité et ne demandent aucune pitié, aucune vengeance, elles veulent seulement que la justice passe et qu'une page se tourne. Si pendant un mois et demi d'audience, elles ont supporté les caprices d'un couple pervers, elles ont aussi subi pendant des années les insuffisances de notre système judiciaire, un système qui sait gérer le voleur, le mari jaloux, le voisin irascible mais sait-il gérer le couple meurtrier qui tue au hasard pour des raisons qu'on ne comprendra jamais ? Nous avons besoin de justice, que vous soyez là, besoin de dire notre peine, notre douleur, de dire aussi à la justice que notre système n'est pas à la hauteur.

Il faut que le procès de Michel FOURNIRET serve de leçon, il faut que l'on apprenne à travailler autrement. La plupart des tueurs en série sont arrêtés par hasard et non parce qu'on met tous les moyens pour les arrêter, or c'est dans l'influence que ce type de criminel se renforce ; comme en Belgique, des policiers, des membres de la justice ne font que travailler sur ce type de tueurs, ils ne connaissent ni les frontières, ni les limites administratives. Voilà le message que je souhaite envoyer à la justice de mon pays.

LE PRÉSIDENT :
— Merci, Maîtres…

AUDIENCE TERMINÉE.

L'AUDIENCE REPRENDRA LE 23 MAI.

Leurs noms ne nous importent peu, ces avocats ont été tous des êtres de cœur, en somme, des humains, des hommes, des femmes, ce n'était pas du cinéma ! J'ai assisté aux plaidoiries des avocats, elles ont été sublimes. Au nom de la justice, je leur demande de continuer ! Oui, il ne faut plus jamais que ces horreurs aient lieu, je n'oublierai jamais cette histoire de petit chaperon rouge, Merci Maître BAYER !

Oui, Monique OLIVIER, vous êtes un être démoniaque, dénuée de cœur maternel, n'en parlons pas, ce n'est pas la peine de jouer la comédie, d'essayer de fondre en larmes, vous n'y parviendrez pas, vous êtes monstrueuse, êtes l'instigatrice de ces horreurs, c'est vous la responsable et non votre mentor qui n'y est pour rien : il n'attendait que votre domination…

Vous avez, le couple, joué un rôle pendant de nombreuses années, mais quand le rideau tombe, il faut savoir faire face à ses erreurs, mais vous, le couple diabolique, il a fallu rendre des comptes, c'est l'heure, le verdict approche, le rideau n'est pas noir mais rouge de sang que vous avez versé, oui, chaque heure, minute, seconde, la peur va vous envahir pour le meilleur ou le pire. C'est le pire : vous regardez-vous tous deux dans le miroir ? Sans doute éprouvez-vous de l'effroi ? Craignez-vous ces magistrats, ces avocats, jurés et surtout le public, tous nous vous montrons du doigt, certains crient « À MORT ! » Mais pour vous, êtres démoniaques, la guillotine serait trop douce !

Non, FOURNIRET OLIVIER, il vous reste peu de temps, acceptez de parler, de dire la vérité, vous n'allez pas vivre éternellement, vous allez être enfermés jusqu'au jour de votre délivrance, mais la délivrance sera abstraite…

C'est un gouffre sans fond qui vous attend même après la mort, vous n'aurez aucune possibilité d'en sortir, tournerez dans un tourbillon de sang, d'encre noire…

Nous ne serons plus là pour vous laver de cette eau insipide, elle vous aura engloutis.

Pas de repos éternel !

Ce sera comme un tourbillon infernal, un volcan qui ne crachera jamais ses flammes.

Parlez ! Êtres démoniaques !

Pour le repos des familles, des victimes, elles sont autour de vous, ne les sentez-vous pas ? Elles ne sont pas sombres, mais blanches de lumière.

L'AUDIENCE REPREND

— Mesdames et messieurs, la Cour !

LE PRÉSIDENT :
— La parole est à l'Avocat Général, Monsieur NACHBAR Francis…

Sans surprise, l'Avocat Général, Francis NACHBAR, à l'issue de plus de six heures de réquisitoire a demandé une perpétuité réelle contre l'accusé sans aménagement possible et une peine de sûreté de 30 ans contre Monique OLIVIER.

Après plus de trois heures de réquisitoire, Monsieur le Procureur de la République, l'Avocat Général de ce procès hors du commun, Francis NACHBAR évoque de manière méthodique et chronologique le calvaire des petites victimes.

— Quelle litanie d'horreurs, je suis en train de vous asséner, nous éprouvons tous le besoin de prendre une respiration, une bouffée d'humanité, je le dis, vous le dis tout simplement, je suis au bord de la nausée, ces assassins… deux fêlés qui jouissent de leur indifférence de voir souffrir et mourir les victimes, le crime d'Isabelle LAVILLE, à lui seul, vaut, à tous les deux, la condamnation la plus ferme… FOURNIRET, je vous contemple, et savez-vous ce que j'aperçois ? Si le diable existe, il a un double visage, au verso la face boursouflée du vaniteux petit FOURNIRET et, au recto, une face blanche flasque, impassible, impavide, lisse de toute humanité… Côté pile : le technicien habitué des bureaux des méthodes à l'orgueil pathologique et, côté face, l'égérie criminelle, la conseillère en alibi, en impunité la muse sanglante… Quant à vous, Monique OLIVIER, vous avez su libérer FOURNIRET de ses démons pédophiles, une manipulation sournoise qui ne s'arrêtera jamais ! En prison, Monique OLIVIER, vous avez trouvé votre ange gardien dégoulinant de sang, qui pue la souffrance et la mort…

— Oui ! Souligne pour sa part le Substitut Xavier LENOIR, vous étiez, Monique OLIVIER, son arme, son bras armé, votre correspondance était et est toujours un pacte criminel, un programme commun, il aurait fallu changer de trottoir quand vous avez croisé sa route, ce n'était pas du tout votre intention.

Francis NACHBAR insiste sur l'association de deux pervers :

— Vous l'admettez, FOURNIRET, en vous citant dans un éclair de lucidité, vos propres mots sont : « J'ai trouvé la seule capable de me révéler à moi-même ». Et oui ! Vous avez trouvé votre double, celle qui mime avec son fauve les scènes de viol des fillettes, le sacrifice des vierges ! Un crime tous les six mois, pourquoi pas, c'est la moyenne… Oui, malheureusement, les faits sont là, établis, reconnus, abjects, décrits pour la dernière fois devant des familles dévastées.

FOURNIRET, comme toujours, reste figé devant ces propos, les yeux clos mais la tête droite, une statue de sel…

Monique OLIVIER, tête basse, fixe le sol, un chêne qui va se rompre, c'est tout juste si l'on n'entend pas ses os craquer, simulacre ou tout simplement sentant la fin de ce procès éprouve-t-elle du soulagement ? Après tout, qu'importe ! Elle restera en vie devant ses fantômes qui la hanteront, je l'espère, jusqu'à sa délivrance…

L'Avocat Général :

— Je demande donc la réclusion criminelle à perpétuité, nous avons aussi la possibilité d'assortir la peine d'une période de sûreté de trente ans. FOURNIRET ne pourra jamais bénéficier d'aucune mesure d'aménagement de peine, telle que la libération conditionnelle, une perpétuité réelle, incompressible rendue possible par la loi du 1er février 1994. On est sûr, avec cette réclusion criminelle incompressible, que FOURNIRET ne sortira jamais. C'est d'ailleurs ce qu'il demande, insiste l'Avocat Général Francis NACHBAR.

Quand à Monique OLIVIER, pour sa part, la réclusion criminelle à perpétuité. La cour peut assortir d'une période de sûreté de 30 ans, cette sûreté portée exceptionnellement à 30 ans au lieu de 22 qui est prévue par une loi de 1986, les dispositions de la loi de 1994 relatives à la perpétuité réelle ne peuvent s'appliquer à Monique OLIVIER, les crimes qui lui sont reprochés ont été commis avant l'entrée en vigueur de la loi.

Francis NACHBAR, à l'intention des jurés s'exprime :

— Dans l'hypothèse où vous ne prononceriez pas la perpétuité contre Monique OLIVIER, le maximum sera de vingt ans, compte tenu des réductions de peines c'est dans huit ou neuf ans qu'elle sortira, c'est çà la réalité pénitentiaire, il est de mon devoir de vous en informer, Mesdames et Messieurs les jurés.

Après un bref salut, l'Avocat Général et le Substitut regagnent leurs places respectives.

J'observe avec une réelle compassion Monsieur NACHBAR Francis, il a l'air épuisé, ses yeux expriment malgré lui l'horreur de ce procès, ses mains vont et viennent sur des papiers épars sur son bureau, je sens que malgré ces longues heures, ou avec une réelle compassion pour les familles des victimes, même avec une certaine pudeur, il n'a pas tout dit… et aurait tellement envie de hurler sa hargne contre ces êtres hideux, ces débris, ces limaces.

Non, il va partir vers d'autres cieux où il essaiera bon gré, mal gré, d'exorciser d'autres crimes…

Vous allez nous manquer Monsieur NACHBAR Francis, mais vous avez choisi, par votre métier, la loi, la justice, la vérité !

Que Dieu vous vienne en aide, vous le méritez, vous, l'être humain à part entière.

FIN DU RÉQUISITOIRE DE L'AVOCAT GÉNÉRAL

AUDIENCE TERMINÉE.

L'Audience est ouverte : 26 mai 2008

Deux jours pour la défense

— Mesdames et Messieurs, la Cour !

Au terme de deux mois de procès, la défense de Monique OLIVIER aura lieu ce jour, suivie, le lendemain, par celle de Michel FOURNIRET. Le verdict est attendu mercredi dans la soirée, nous entendrons de nouveau Maître LOMBARD qui reviendra sur les aspects humains d'un tel procès…

Les avocats de la défense… que peuvent-ils défendre ?
L'humanité, si minime soit-elle, de ces deux accusés ?
Leurs émotions ?… existent-elles encore ?

Pour la défense de Monique OLIVIER, Maître DELGENES Richard, plaide pour un mal nécessaire :

— À quoi cela sert-il que les badauds crient « à MORT », ou encore « nos IMPÔTS » ?

Plaidant avec lui, Maître Jean-Paul DELGENES s'indignait des discussions de bistro…

— Il ne s'agit pas de choisir tel ou tel parti pris, tel ou tel scénario, la parole de la défense est une parole légitime et utile.

Pendant près de deux heures, les avocats, père et fils ont essayé de différencier l'auteur et sa complice.

— Oui c'est-elle qui a permis que l'affaire éclate. N'aurait-elle pu le faire de suite ? Les aveux, c'est tout le contenu du dossier. Sans ses déclarations de 2004, Monique OLIVIER ne serait pas allée en prison et Michel FOURNIRET en serait déjà ressorti… Lui, FOURNIRET, obnubilé par son sentiment de toute puissance et par sa frustration permanente de ne pas être considéré comme tel. Il n'a pas besoin de Monique OLIVIER pour exister. Elle, au contraire, a été manipulée, humiliée, culpabilisée, oui elle s'est laissée piéger, incapable d'en sortir, elle était paniquée…

Maître DELGENES Richard continue et essaye de nous faire croire qu'à l'encontre de Monique OLIVIER « On est loin de l'image de la grosse araignée baveuse qui attire le petit Michel dans sa toile « une mère dans un box c'est pire que tout ! Mais à aucun moment, je n'avais soupçonné que le fait d'être une femme puisse devenir une circonstance aggravante. »

Pour Maître Richard DELGENES, le pacte criminel n'a jamais existé, elle s'est simplement pliée aux ordres de son

Michel
FOURNIRET
Monique
OLIVIER
R. Delgenes
G. Latapie
F. Nachbar
J. Fagnart
P. Blocquaux
G. Dumas
J. Hennequin
D. Remy

mari… elle est coupable de ne pas avoir vu en quelque sorte, c'est une victime…

— Je vais conclure, monologue Maître DELGENES Richard, sur ces simples mots:

on peut la juger pour ce qu'elle est, pour ce qu'elle a fait, pour ce qu'elle reconnaît, mais on peut la juger pour ce que FOURNIRET voyait en elle… » Michel FOURNIRET encourt la perpétuité incompressible et Monique OLIVIER la perpétuité avec une période de 30 ans. Ils ne sortiront pas de prison mais je demande une différence, une différence de peine symbolique…

LE PRÉSIDENT:

— Merci Maîtres

Comment deux avocats, certes de la défense, ont-ils pu tenir de tels propos?

Nous avons tous l'impression que ces deux êtres malfaisants, ces deux meurtriers n'existent pas.

Il est vrai que Maître DELGENES Richard, avocat, trente ans, est assez combatif, il s'était livré la veille à un journaliste…

— J'ai parfois eu les genoux à terre, mais jamais les deux en même temps, je ne veux pas trahir la confiance que ma cliente m'a témoignée, c'est une mission difficile, mais j'irai jusqu'au bout, un médecin est fait pour soigner, un avocat pour plaider alors je plaiderai…

Les familles préfèrent quitter la salle d'audience et sont allées se recueillir dans la forêt de NOLLEVEAUX, en Belgique, les bras encombrés de fleurs, que les amis, le public, leur avaient fait parvenir, avant de quitter le paquebot, le papa de Fabienne LEROY a diffusé ce poème en remerciement au nom de tous.

VIES BRISÉES

ELLES AIMAIENT RENDRE À CHACUN UN PETIT SERVICE.
LE CŒUR DÉBORDANT DE SANTÉ
ELLES N'AVAIENT PAS CONNU LE VICE
JAMAIS NOUS NE POURRONS LES OUBLIER
LEUR SOURIRE SUR UN GRAND ÉCRAN S'INSTALLE
PLUS UN MURMURE DANS LA SALLE
LEUR VIE DÉFILE JOYEUSEMENT
MAIS SE TERMINE TRAGIQUEMENT
ELLES ÉTAIENT NOS RAYONS DE SOLEIL
SUR LEURS PHOTOS ON S'ÉMERVEILLE
QU'ELLES SOIENT VIVANTES OU DÉCÉDÉES
LE COUPLE MAUDIT LES A SOUILLÉES
ET AU DERNIER INSTANT
QU'ONT-ELLES BIEN PU CRIER ?
AU SECOURS PAPA AU SECOURS MAMAN
OU BIEN MADAME S'IL VOUS PLAÎT PITIÉ
QUAND LE PROCÈS SE TERMINERA
QUAND LES MÉDIAS NE SERONT PLUS LÀ
NOUS REGAGNERONS NOS DEMEURES
LEUR IMAGE À JAMAIS DANS NOS CŒURS.

Et tous ont quitté le quai vers le recueillement de leurs enfants.

Nous avons pleuré, certains priaient, mais nous avons regagné la salle, notre ange gardien Gérald faisait signe…

Mais nous ne sommes pas restés longtemps, l'audience fut suspendue en attendant le retour des familles.

PAR RESPECT POUR EUX.

L'AUDIENCE REPRENDRA CET APRÈS-MIDI

AUDIENCE OUVERTE

— Mesdames et Messieurs, la Cour !

Pour une fois, depuis le début du procès, un brouhaha se fait entendre, je pense que depuis deux mois de procès, nous étions tous épuisés, énervés, nous voulions le verdict au plus tôt, voir ces monstres enfermés à jamais…

Mais le silence surgit soudain, grâce aux familles qui rentraient très dignes, toutes les familles de nos chères disparues étaient là, et d'un même mouvement ont fixé les accusés.

FOURNIRET et OLIVIER ont baissé la tête, mains croisées.

LE PRÉSIDENT :
— Asseyez-vous, FOURNIRET, OLIVIER !

Nous allons entendre Maître Pierre BLOCQUAUX le seul à prendre la parole au nom de FOURNIRET…

Maître BLOCQUAUX :
— Je vais commencer par dire que la vie de FOURNIRET est un champ de ruines, mais je m'adresse à vous, familles des

victimes et tiens à vous dire que nous ne sommes pas du côté, mais à côté de FOURNIRET.

— Mesdames et Messieurs les jurés, nous sentons, nous devinons ce que vous éprouvez, du jour au lendemain vous vous êtes retrouvés plongés dans l'horreur et nous n'en pouvons plus, l'horreur de chaque crime pris individuellement, l'horreur terrifiante de cette succession de crimes, nous nous souviendrons longtemps de ce mois d'avril épouvantable ; quoi qu'il ait fait c'est un homme que l'on juge, Monsieur FOURNIRET appartient à notre humanité… Hélas…

La seule façon de le défendre aurait été de le défendre contre lui-même, de l'arrêter…

de le stopper ; on a manqué trop d'occasions, la plainte classée un mois et demi après l'enlèvement d'Isabelle LAVILLE en 1987, l'enquête qui n'avance pas vingt ans après la mort de Farida, souvenez-vous du vétérinaire qui a mis fin à ses jours en prison, accusé d'un crime qu'il n'avait pas commis, les quatre mois de détention d'un jeune homme de vingt ans, mis en cause dans la disparition de Fabienne LEROY, le calvaire de Sydney CISSOU, laissé pour mort par FOURNIRET et le suicide d'une fille de l'accusé qui ne supportait plus le poids de ce dossier…

Ça fait beaucoup, ça pèse des tonnes sur le champ de ruines que fut la vie de Michel FOURNIRET…

Maître BLOCQUAUX se tourne une dernière fois vers les familles :

— Que ce ne soit pas le silence terrifiant de Michel FOURNIRET qui lui permettrait d'assouvir sa domination sur ses victimes, que ce ne soit pas le froid silence des cimetières, que ce ne soit le silence glacé de la mort affreuse de ces enfants.

Avant de me rasseoir, je vous annonce que FOURNIRET ne fera pas appel de sa condamnation. Il veut y voir un petit signe d'acceptation…

Merci, Mesdames et Messieurs les jurés, Monsieur le Président

Mais FOURNIRET n'a pas dit son dernier mot, il est près de quinze heures, avant de conclure le Président Gilles LATAPIE propose aux accusés d'user de leur droit de s'exprimer…

Monique OLIVIER se lève :

— Je… je regrette… Je regrette tout ce que j'ai fait…

C'est tout.

Quant à FOURNIRET qui auparavant s'était déjà moqué de ses avocats commis d'office avec ces propos : « Vous pouvez dire ce que bon vous semble pour servir ce que votre conscience vous dicte. »

Tout simplement, POSÉÏDON ne prend même pas la peine de se lever et s'empêtre dans la lecture de bouts de papier, nous n'y comprenons rien, il simule une émotion, un rictus est apparu sur son visage, et je ne peux m'empêcher de me souvenir de ce que son propre frère avait dit lors de son témoignage : « Michel blanc, Michel noir, mais quand il se réveillera, ce sera le suicide pur et simple. »

FOURNIRET continue de débiter des propos hors du commun surtout sur l'Avocat Général et sur Monique OLIVIER, en patois Ardennais, absolument incompréhensible.

Nous entendons tous le père d'une victime murmurer : « PAUVRE TYPE. »

LE PRÉSIDENT :

— C'est tout ce que vous avez à dire FOURNIRET ? Pourtant, devant vos enfants, vous avez promis de dire la vérité !

Aucune réponse, mais ses yeux de rapace déshabillent presque le Président, un regard de vautour nous transperce tous jusqu'à l'infini…

Nous ne savons pas pourquoi mais avant le verdict, nous attendons avec impatience la conclusion de Maître LOMBARD.

Mais cette conclusion, Maître LOMBARD Paul la dévoilera devant les journalistes.

Voici quelques propos entendus :

— Maître LOMBARD, que retenez-vous de votre face à face avec Michel FOURNIRET et Monique OLIVIER ?

— J'ai le sentiment d'avoir participé à un dialogue entre l'homme et l'inhumain, pour la première fois de ma vie, je ne suis pas arrivé à communiquer avec eux, mais dans mon subconscient je pense sincèrement que les accusés ont été dépassés par l'horreur de leurs crimes, pour moi un procès en tant qu'avocat, c'est le dialogue, là, rien, aucun dialogue, ces deux-là ne sont pas des êtres humains, j'avoue que ça me donne le frisson, Dieu merci, durant toutes les audiences auxquelles j'ai assisté, même devant la Cour d'Assises, je n'ai jamais vu autant d'horreur, d'abomination, mais si j'avais occupé le banc de la défense je tiens à le dire :

« PERSONNE N'EST INDÉFENDABLE PAS MÊME LE DIABLE »

Le même journaliste pose l'ultime question à Francis NACHBAR :

— La dureté de vos propos, Monsieur le Procureur, a surpris l'auditoire…

— J'ai requis en conscience et avec mon cœur, ma liberté de ton a peut-être semblé inhabituelle, même devant une Cour d'Assises, mais elle m'est apparue indispensable après le courage et la dignité dont ont fait preuve les familles des victimes, c'est le dossier qui est nauséabond, il reste certes des progrès à faire notamment au niveau de la sérialité, nous ne sommes pas encore au top, quand des crimes sont commis par un couple assassin intelligent qui brouille les pistes, c'est difficile, depuis cinq ans je suis plongé dans les dizaines de milliers de pages des 110 volumes de ce dossier. C'était lourd, mais quand on est Avocat Général, on ne doit pas se laisser submerger par l'émotion, je ne crois pas avoir franchi cette distance… Voilà ma réponse.

LE PRÉSIDENT :

— Mesdames et Messieurs les jurés, vous pouvez vous retirer…

LE VERDICT AUJOURD'HUI OU DEMAIN

AUDIENCE TERMINÉE

Journalistes, public, tous, courons vers la sortie pour guetter les jurés, non, nous n'allons pas encore attendre une nuit, c'est trop long, mais nous n'y pouvons rien, il faut de nouveau regagner nos demeures et attendre…

Demain sera le grand jour, le verdict ne pourra pas se faire ce soir, les jurés doivent répondre à 75 questions portant sur la culpabilité des deux accusés et seront regroupés dans une caserne de CRS d'où ils ne sortiront plus avant l'énoncé du verdict prévu demain mercredi en début d'après-midi…

Je regarde les portes du paquebot de l'enfer se refermer derrière ces atrocités, ces crimes abjects, demain le verdict…

Serons-nous soulagés ?

Mais avant, Chers Lecteurs et Lectrices j'aimerais vous communiquer les lettres écrites de la main de FOURNIRET…

À VOUS DE JUGER. EN VOICI QUELQUES EXTRAITS…

« Aucune des personnes réellement concernées par ce procès ne peut espérer en sortir indemne, c'est à elles et à elles seules que je veux m'adresser. »

« Difficile de prendre la parole quand tout ce que l'on à dire n'est pas plus beau que le silence. »

« Mais le droit de garder le silence n'est pas donné à quelqu'un qui ayant dû prendre la décision de boycotter le procès se devait de venir exposer les raisons qui ne lui ont pas laissé le choix. »

« En particulier, la présence d'une assistance composée dix fois plus de curieux et de désœuvrés de toutes qualités que de personnes concernées, muselé, inévitablement, le coupable que je suis, c'est-à-dire un être mauvais et dénué de tout sentiment humain. »

« Cette position-là, exposée maintes fois tient en six mots : PROCÈS SANS HUIS CLOS BOUCHE COUSUE. »

« En deuxième conséquence de l'absence de huis clos, je me devais de venir ici confirmer verbalement aux familles mon espoir très vif de les rencontrer. Je crois inégalable le contenu de ce qui s'échange lors d'un dialogue en tête-à-tête. Une telle rencontre me tient à cœur. »

« Ma proposition d'un tête à tête, ce n'est rien d'autre qu'une barricade dressée contre les conséquences des diverses formes de délire. Je n'ai pas le droit, tant que mon corps me porte, de ne pas lutter, de ne pas m'insurger contre ce qui fonde les familles à tout supposer et les poursuit dans leurs insomnies. »

« Ce que je vois, moi dans un tête-à-tête, c'est l'importance fondamentale du courant de sincérité spontanée propre au caractère absolu d'un face-à-face, les yeux dans les yeux. »

« Le fait de considérer comme capitale la seule rencontre que j'aurai de mon vivant avec les familles ne me laisse pas d'autre choix que de leur dire : faites l'impossible pour pouvoir venir me cracher au visage, c'est bien le moins que je vous dois. »

« S'il ne s'agissait que de me couper la tête, le narcissique manipulateur que d'aucuns virtuoses en la matière voient en moi ne pourrait qu'être flatté du privilège d'être objet rituellement en pâture, la vindicte collective c'est qu'une fois décollée, ma tête découvrirait les bienfaits de la quiétude. Mais l'important est ailleurs, ce n'est pas aux gloussements du public avide de cinoche que je le dois. »

« Ma lettre du 2 juillet 2007 a tenté de faire savoir aux familles la force de conviction avec laquelle, si je ne me dois pas plus au public qu'à une institution judiciaire déloyale, c'est en revanche à elles seules, les familles directes et indirectes que je me dois. »

« Il va se soi que la volonté de rester debout jusqu'au face à face était le moindre des respects dû à leur dignité. »

« Absence de choix gravissime dû à la non-révision d'un rapport d'instruction erroné. »

« En réponse à mon courrier du 7 novembre 2007 et à la confirmation verbale des raisons de ma demande de révision lors de l'entretien d'identité, le magistrat avisé et responsable qu'est le Président de la présente Cour n'a pu que résumer par ces quelques mots l'irrecevabilité de cette demande de correction en commun. »

« Procéduralement, ce n'est pas possible. »

Ce qui procéduralement n'est pas possible, c'était en l'occurrence l'annulation du rapport d'instruction du 25 mai 2007 et son remplacement par un rapport rendu conforme à la réalité des faits. Ce rapport d'instruction, fruit de l'accumulation des dérives d'interprétation, c'est 110 pages truffées d'erreurs parfois énormes, ne s'expliquant pas forcément par une intime conviction influencée par une affaire sensible.

« Ce rapport l'instruction l'a, c'est aussi un document écrit qui confirme la diction :

Les paroles s'en vont, les écrits restent. »

« L'heure venue du procès est l'occasion pour les professionnels de la parole que sont les avocats, de même que pour des inculpés musclés par la censure d'usage de procéder au détricotage du tissu mensonger, brodé ça et là d'erreurs délirantes sur la partie visible d'une affaire sur laquelle une médiatisation sans vergogne ouvre à deux battants les portes de l'extravagance. »

« Eh bien, cette logique-là n'est pas la mienne… »

« Prendre en compte la saloperie des bombes à retardement que constituent des écrits archivés en rouge dans la rubrique à sensation. « happés qu'ils sont par un quotidien consacré en vrac à la lecture des journaux, aux contrariétés dues à la réforme de la carte judiciaire et au programme TV du soir, eux, qui n'ont pas le loisir de songer au contenu « des jours à venir » trouveraient en une invitation à prévoir les lendemains qui déchantent, un excellent sujet d'ironie et un prétexte à s'esclaffer. »

« Vingt dieux, la chouette perspective, les ossements de Michel FOURNIRET seront desséchés depuis belle lurette ! »

« Dans dix ou dans cinquante ans, les chroniqueurs judiciaires chargés d'alimenter les ressorts d'une émission TV, sur tel ou tel accusé, étant à court de sujets délectables exhumeront des archives le précieux rapport d'instruction pondu en 2007. »

« Ce vestige empoisonné, cette bombe à retardement pourra ressurgir innocemment sans que personne n'y voit ce en quoi elle consistera. »

« Si quelqu'un ici est fondé à réfuter ce fait... « qu'il ou qu'elle veuille bien, se lever et nous expliquer l'absence de différence entre une vessie et une lanterne.

Je sais bien que dans les métiers asservis de la sphère judiciaire comme en politique, tout est comédie...

N'empêche...

« La vertu purificatrice d'une séance ponctuelle de détricotage, du tissu de mensonges avancé par des gens aussi éminemment distingués, qu'éminemment irresponsables est un argument parfaitement stupide vu son évidente incompatibilité avec le mutisme obligé d'un justiciable, à qui un procès ouvert aux quatre vents de par l'absence de huis clos ne laisse pas d'autre choix. S'il est physiquement présent que de garder bouche close. »

DÉTRICOTAGE ORAL

Allons donc, sauf à mériter le prix Nobel de l'irréflexion que l'on devrait décerner à ceux qui parlent comme ils pensent... mais... plus souvent...

« Je n'ai pas le droit d'ovaliser une fatalité qui accablera immanquablement les innocents déjà maintes fois éprouvés et blessés que sont nos descendants...

« Je n'ai pas le droit d'ovaliser une fatalité qui les condamnerait à subir l'amalgame de vrai ou de faux, par lequel la traduction des actes commis par leur aïeul sera synonyme de paroxysme et de barbarie. »

« J'obéirai seulement au devoir de ne pas les bercer d'illusions, les familles, MOUZIN, DOMECE, PARISCH, ni les autres personnes qui, concernées par des affaires non élucidées, sont la proie de défection de requins sans vergogne dont la médiocrité use de prétexte qu'il n'y a pas de fumée sans feu pour faire feu de tout bois… »

« Il ne suffit pas de se résoudre au mutisme et d'en afficher la détermination, en réaction d'une absence de huis clos. »

« Les sentiments en face d'une situation qui préside la relation humaine obéissant moins spontanément à une résolution qu'au jaillissement de la sincérité - jaillissement qui, lui, ne se domine pas… »

« Il est d'ailleurs important que les organisateurs du procès soient assez fins psychologues pour ne s'y être pas trompés ; eux qui, avertis de mon intention depuis belle lurette, en ont fait fi en rendant le procès public. »

« Il leur appartiendra d'assumer la non prise en compte de la raison du legs maudit, raison qui, elle, ne me laisse aucunement de choix. »

QUELQUES MOTS CONSACRÉS AUX AVOCATS…

Toujours écrits de la main de FOURNIRET.

« Plusieurs avocats ont été présents à mes côtés lors de l'instruction, ce fut pour moi un dilemme que la décision de les remercier.

Aussi, je viens ici leur demander de recouvrer à la fois leur indépendance d'opinion et leur dignité en déclinant une commission qui les voue à une présence réduite à un rôle de potiche indigne de leur qualité.

Bref…

Pour la simple raison qu'il n'y aurait pas de grandeur à défendre, ce qui est inexcusable, je demande aux avocats qui ont été à mes côtés tout au long de ces années d'instruction de suivre l'exemple de Maître RAHOLA.

Et s'il ne leur est procéduralement pas possible de préserver leur dignité en se désistant, qu'ils veuillent bien garder à l'esprit l'invite suivante…

« Si ce que vous avez à dire n'est pas plus beau que le silence, taisez-vous ! »

« Oh, nous savons fort bien, les uns et les autres, que :

« Qui n'entend qu'un son n'entend qu'une cloche, et que notre silence en public, hors des apartés ardemment souhaités, fera la part belle à la petitesse des témoignages de personnes trop asservies à ce qu'une opportunité d'appropriation procure à leur destin pour l'en tenir aux faits… »

« EH BIEN… INCH ALLAH ! »

« Avant de conclure, je décevrai les personnes avides de sensationnel en révélant que, hormis une tentative d'homicide sur la personne d'un professionnel de la santé, fait sur lequel jamais personne ne m'a entendu, « Le placard de ma conscience grand ouvert est vide »

« Et quand bien même, pour complaire à la soif de certains, il ne me coûterait rien d'avouer et de signer tout ce qu'on veut, c'est en vain que je devrais mobiliser mon imagination pour fournir des détails et indiquer les localisations…

« Je conclurai sur une précision : non seulement Monique OLIVIER ne fut pour moi qu'un objet que mon absence de scrupules manipula constamment par un jeu pervers consistant à dire à une pauvre paumée romanesque ce qu'elle avait soif d'entendre par besoin de compatir elle aussi, mais c'est constamment que je la frappais…

« Enfin, je ne mentirai pas en ajoutant pour finir que si Monique OLIVIER n'est pas plus parfaite que nombre de ses semblables, jamais, jamais, cette pauvre paumée n'a, à ma connaissance, contrairement à ce que « L'Info télévisée locale de 19 heures du 24 mars s'est plu à annoncer »

« Répondu, comme à une sorte de courrier du cœur machiavéliquement conçu pour vendre des parts de paradis »

« Non, c'est forcément dans les filets odieux d'un manipulateur qu'elle est tombée, d'un manipulateur assez pervers pour chercher à exploiter sans la moindre vergogne l'hébétude de la candeur naïve de personnes isolées ou souffrantes. »

« Un sale type qui, tapi dans l'ombre sournoise de l'anonymat, n'eut jamais d'autre but que la domination et l'asservissement de vieillards ou de personnes hospitalisées dont la boite à lettres ne reçoit jamais autre chose que des prospectus ou de factures. »

« Un sale abuseur de confiance qui, mû tout au plus par le désir narcissique de se donner bonne conscience tout en se passant le temps fit savoir par la presse catholique l'existence de la chaîne d'amitié et bénévolat. »

SANS HUIS CLOS PAS UN MOT…

Oui, Chers Lecteurs et Lectrices, voilà les paroles prononcées par lettres à la Justice, aux Avocats.

Peut-on y croire ? Nous ne savons, à ce jour, rien. Était-ce une nouvelle fois un simulacre ? Une manipulation ?

Avant le verdict tant attendu, que pouvons-nous penser de ce pauvre type ?
De cette femme, épouse soumise ?

PAUVRE CRÉATURE, PAUVRE SANGSUE !

28 MAI 2OO8

VERDICT.

LE PRÉSIDENT :
— Mesdames et Messieurs, la Cour !

Le temps, ce jour-là, était nuancé de gris et de pourpre, une foule innombrable, journalistes y compris encombrait le port.

Une impression indéchiffrable nous engloutissait, tandis que chacun essayait de s'engouffrer dans les salles déjà combles.

Gérald me fit signe et, lentement, j'ai eu le privilège de rentrer dans l'antre du paquebot.

Toute petite devant cette immensité de personnes humaines, j'ai attendu…

AUDIENCE OUVERTE

— Mesdames et Messieurs les jurés !

ANNONCE DU VERDICT

Tous debout, nous avons vu surgir les deux accusés ; quelle ne fut pas ma stupeur en regardant FOURNIRET !

Il avait eu l'audace de se faire couper les cheveux au carré, le col blanc immaculé lui entourait le cou…

Ma pensée dériva vers un temps très lointain, la révolution, la guillotine, FOURNIRET se prenait pour un DIEU, POSÉÏDON ou LOUIS XVI…

C'est dans cet accoutrement qu'il nous lançait son venin, son mépris !

Non, il ne regrettait rien !

MICHEL NOIR…

LE PRÉSIDENT :

— Michel FOURNIRET et MONIQUE OLIVIER sont condamnés à la réclusion criminelle à perpétuité, une peine incompressible pour le tueur en série, une peine assortie de 28 ans de sûreté pour son épouse…

AUDIENCE TERMINÉE

— Maître, veuillez faire sortir le public !

Ce ne fut pas une sortie, mais une bousculade insensée, les journalistes s'agglutinèrent près des avocats, comme une nuée de mouches…

Maître Gérard CHEMLA fut l'un des premiers à parler :
— C'est un bon verdict, une décision saine, adaptée, qui reconnaît ce qu'ils sont et ce qu'ils ont fait, le procès a été exemplaire de bout en bout.

Maître MOSER Thierry :
— C'est une satisfaction, un soulagement, une décision équilibrée, sage, réfléchie, j'espère que la petite concession faite à Monique OLIVIER la dissuadera de faire appel, de façon à éviter de nouvelles souffrances.

Maître DUPUIS Hervé : (Avocat de la famille SAISON)
— FOURNIRET nous a fait beaucoup souffrir par ses actes passés et ses attitudes au procès. Il n'y a pas lieu de se réjouir d'une condamnation à perpétuité c'est une réponse à l'attente des familles, le procès s'est tenu très dignement, en tant que partie civile, je salue l'attitude de la défense.

LATAPIE Gilles : (Président de la Cour d'Assises)
— Je suis simplement content d'en avoir terminé. Ce fut des heures studieuses, je pense qu'il était important qu'on se retire de la foule et du bruit pour délibérer.

Maître SEBAN Didier : (Avocat d'Henri DESRAMAULT)

— C'est un verdict attendu : la peine maximum pour FOURNIRET…

Maître BEHR Alain : (Avocat de la famille LAVILLE)

— Ces condamnations constituent un soulagement pour les victimes que je représente. L'implication déterminante de Monique OLIVIER, notamment dans le crime d'Isabelle LAVILLE lui vaut la perpétuité, un appel de sa part serait une nouvelle épreuve, mais c'est son droit et nous y ferions face.

NACHBAR Francis : (Avocat Général)

— À l'instruction, nous avons considéré que Monique OLIVIER avait posé un bâillon sur Jeanne-Marie DESRAMAULT ; j'ai admis dans mon réquisitoire qu'il y avait un doute.

Maître DE MOFFART (Avocate de Marie ASCENSION)

— Ce verdict me paraît logique et de nature à diminuer un risque d'appel. Pour Marie, c'est un commencement pas un aboutissement, elle veut poursuivre un combat quotidien au service des victimes.

Maître DELGENES Richard : (Avocat de Monique OLIVIER)

— Monique OLIVIER est acquittée sur le meurtre finalement, elle a échappé à la peine maximale requise. Cela prouve qu'elle n'était pas indéfendable, c'est une complice pas une tueuse, il était important qu'on sache son rôle exact dans ces faits reconnus et terribles. On ne pouvait obtenir d'autre peine que la perpétuité ; aux assises il n'y a jamais de victoire pour personne. En ce qui concerne l'appel, c'est elle en dernier lieu qui décidera…

Dahina LE GUENNAN : (Présidente des victimes en série)
— Il restera la frustration, celle d'un système judiciaire qui pendant des années n'a pas fonctionné.

Beaucoup de questions restent en suspens. On peut avancer l'idée que certaines familles attaquent l'État en responsabilité. Ce qui est positif, c'est que FOURNIRET et Monique OLIVIER ne sortiront plus de prison…

Tard, le soir, je suis restée assise sur un banc, non loin de là, des débris de toutes sortes jonchaient mes pieds, papiers gras, canettes de bière, mégots, sodas, des bouts de papier, demain ces détritus partiront vers un sac-poubelle, ils seront détruits, pauvres choses, et ne reverront jamais ces jours infinis pourvus d'horreur.

Les quais étaient vides, Charleville soufflait enfin.

J'ai vu le paquebot quitter le port, enveloppé de brume ténébreuse, au loin, une éclaircie, ne serait-ce pas un envol de mouettes ? Non, simple utopie…

Une fumée remplie de cendres rejoignait pour toujours l'infini.

Sont-elles heureuses, nos chères âmes disparues ?

Vont-elles rejoindre la clarté ?

Continueront-elles à hanter nos esprits ?

JE NE VOUS OUBLIERAI JAMAIS, PETITES FILLES ESSAYEZ DE TROUVER LE RÉCONFORT, LA PAIX.

PEUT-ÊTRE DANS UNE AUTRE VIE… JE VOUS AIME.

LA VIE APRÈS LE PROCÈS

Michel FOURNIRET et Monique OLIVIER vont quitter la prison de CHARLEVILLE-MÉZIÈRES. La maison d'arrêt va rependre une activité normale, les gardiens soufflent un peu, mais n'oublieront jamais…

Le 8 juin 2008, les FOURNIRET quittent les ARDENNES à bord de véhicules sous haute surveillance, « POSÉÏDON » prendra le chemin de la prison de CHALONS EN CHAMPAGNE, quant à sa tendre épouse, Monique OLIVIER, ce sera VALENCIENNES (NORD).

Les voilà enfin séparés de quelques kilomètres, nous savons à ce jour que ni l'un, ni l'autre ne feront appel, mais beaucoup de crimes abjects ne sont pas élucidés, il reste surtout le mystère des BABY SITTERS nous savons que FOURNIRET connaît bien la région parisienne, un véritable « GLOBE-TROTTER ». Les enquêteurs ont retrouvé sur l'ordinateur de FOURNIRET quelques portraits robots de ces jeunes adolescentes ; nous savons à ce jour qu'il rendait régulièrement visite à ces jeunes filles dans les YVELINES.

Que sont-elles devenues ? Aucune trace…

L'Avocat Général, Monsieur NACHBAR Francis, avait prévenu Michel FOURNIRET et Monique OLIVIER que leur condamnation à perpétuité ne signifiait pas qu'ils en avaient fini avec la justice.

Nous allons de nouveau les entendre à CHARLEVILLE-MÉZIÈRES et à PARIS…

Mais aucun élément nouveau ne viendra éclaircir le brouillard dans lequel la justice s'engouffre encore et toujours ; des milliers de questions restent en suspens…

Même la GRANDE BRETAGNE, sur les baby-sitters, échec des analyses…

Malgré leur divorce prononcé en prison, les époux monstrueux restent soudés l'un à l'autre et n'ont jamais oublié leur pacte… À LA VIE, À LA MORT…

Mais les familles des victimes sont présentes, le total des sommes allouées s'élève à plus de 1,4 million d'euros à répartir… L'argent peut-il contribuer à faire oublier ? Non, rien ne peut remplacer l'amour, l'affection, qui les unissent à jamais à leurs enfants, bien sûr il a fallu payer les avocats, mais que leur restent-ils ? Même pas la vérité, la vérité pure et simple, non elle n'existe pas, ils ne savent toujours pas pourquoi et comment et entendent dans leurs âmes les cris de leurs enfants… Non ! L'argent n'est pas un réconfort, loin de là…

J'aimerais parler de « QUINQUIN »

Les familles l'avaient rebaptisé « TROTTE-MENU » ou « PASSE-PARTOUT ».

Notre « QUINQUIN » a repris sa vie normale, toujours au service de la justice. Ces deux mois et demi au palais de justice n'ont pas été toujours sereins…

« On a beau en avoir vu, c'est dur à supporter, comme tout le monde j'ai vécu des instants douloureux, comme tout le monde, j'ai parfois eu les larmes aux yeux. »

MERCI QUINQUIN !

SURTOUT POUR VOTRE COMPASSION ET HUMANITÉ

Quelques mots prononcés par les familles des victimes…

Claude DOMECE : légionnaire à la retraite et sans nouvelle de sa fille Marie-Angèle depuis le 8 juillet 1988, a fondé beaucoup d'espoir dans les interrogatoires du couple FOURNIRET…

« Nous attendons avec ma fille Véronique des précisions, ses aveux ne sont pas concrets, or il faut des éléments que Michel FOURNIRET ne puisse pas nier une fois encore…

« J'ai suivi le procès chaque jour, j'ai été frappé par la dignité et la souffrance des parents, PAR LA FERMETÉ DU PROCUREUR DE LA RÉPUBLIQUE et l'attitude de FOURNIRET. Je ne désespère pas de savoir ce qu'il a fait dans les années de sa vie où la justice ne trouve pas trace de lui… à plusieurs reprises FOURNIRET… a émis le souhait de me rencontrer, ainsi que d'autres familles des victimes, je n'y suis pas allé, si c'est pour narguer les gens… non… Je pense qu'il ne parlera pas et je ne me mettrai pas à genoux devant lui. Je ne le supplierai pas ; cela lui ferait trop de plaisir…

Roger PARRISH et Pauline SEWELL, les parents de Joanna PARRISH attendent l'audition de Monique OLIVIER… Les analyses génétiques n'ont rien donné…

« Nous avons vécu la décision de Monique OLIVIER de ne pas faire appel de sa condamnation comme une reconnaissance de la gravité des faits et une volonté de ne pas faire souffrir les proches des victimes… si elle est dans cette disposition d'esprit, j'ai bon espoir… »

« Je critique la justice française et sa gestion de l'affaire, à la fin du procès de CHARLEVILLE-MÉZIÈRES j'avais rappelé qu'il ne s'agissait pas du dernier chapitre de notre quête de justice pour Joanna… Si d'aventure les prochains interrogatoires restent infructueux, il restera peu de chance de démasquer le meurtrier de Joanna.

Dix ans sans avoir entendu parler de FOURNIRET ! personne n'y croit…

Ouvrir de nouveau les portes du paquebot pour savoir quoi ?

FOURNIRET OLIVIER ne changeront pas.

FOURNIRET nie tout.

À quoi lui servirait-il de dire la vérité ?

Ils sont enfermés tous deux dans le gouffre, le néant de leurs âmes dépourvues d'humanité.

À eux, à eux seuls d'être jugés devant notre MAÎTRE À TOUS.

Aujourd'hui, deux septembre 2009, c'est la rentrée des classes, nos enfants petits et plus grands vont de nouveau franchir les portes de la vie, de leurs vies. Nous, parents, avons un devoir à accomplir, de les protéger, de reconnaître leurs premiers chagrins, leur donner le souffle puissant de la vie, il ne faut pas avoir peur de leur montrer le danger car le danger est présent à chaque instant. Il faut leur faire comprendre que la vie peut être belle, les suivre des yeux, du cœur à chaque mouvement de leur existence.

Vendredi quatre septembre 2009

Je viens de parcourir le journal, un article m'a surprise…

Comment peut-on, une nouvelle fois, dénigrer la justice, tout simplement pour un excès de vitesse…

Il n'y a pas eu d'accident, mais simplement contrôle, certes cette personne a demandé de l'aide à un ami…

Nous avons, tous et toutes, le droit d'avoir un hobby, la chasse pourquoi pas ?

La vraie chasse au gibier à quatre pattes LA VRAIE CHASSE…

Je me pose une simple question

Combien de personnes, y compris nos amis journalistes, n'ont pas demandé de l'aide à un ami haut placé, pour une simple contravention ? Combien ?

Allons, laissez à la justice faire la loi !

La vengeance est un plat qui se mange froid…

Nous, êtres humains, essayons de sourire à la vie tant que le malheur ne nous abat pas.

Nous, êtres humains, pensons à ces familles qui ont tout perdu, même le sourire.

Il faut arriver à montrer aux êtres malfaisants qui nous entourent que nous pouvons être plus forts qu'eux.

Mon livre à présent est terminé, mais avant d'apposer le mot fin, j'aimerais, chers lecteurs et lectrices, vous parler d'une personne :

L'ANGE BIENFAITEUR DU PAQUEBOT DE L'ENFER

do, alias Dominique SAVARIN-GROSSELIN…

do a passé le procès FOURNIRET en nous livrant, avec un savoir-faire étonnant, plus de 40 dessins en noir et blanc.

Michel FOURNIRET et Monique OLIVIER réunis par un seul cerveau, le visage de FOURNIRET au milieu d'un échiquier, le château du SAUTOU et la tête de mort…

« C'est ma vision du procès » indique do.

« Je me suis intéressée à l'événement parce que j'habite VILLE-SUR-LUMES et que la sœur de FOURNIRET, y a eu une maison. »

« Je veux me forger ma propre opinion sur ce procès. »

« J'ai assisté aux débats pratiquement tous les jours, j'ai eu la chance d'accéder à la salle principale et de pouvoir ainsi observer tous les acteurs. C'est une expérience très troublante que de restituer sa perception des accusés et des avocats. »

Do, ancienne élève des BEAUX-ARTS, médailles bronze et argent “Arts Sciences et Lettres”, médaille d’or au Prix de France… mais être maman oblige… Elle a arrêté tout pour l’éducation de son fils tant aimé.

Chers lecteurs et lectrices, si vous avez la possibilité de vous rendre à Ville-sur-Lumes, si vous la rencontrez et lui demandez pourquoi ces portraits de FOURNIRET et OLIVIER en noir et blanc… elle vous répondra simplement :

« Je ne voulais pas verser dans la caricature, ce n’est pas mon style, en revanche je trouve que le noir et le blanc se prêtent parfaitement à une interprétation du couple FOURNIRET OLIVIER. »

« Je ne vois que le noir pour faire ressortir l’expression du mal. »

« Pour moi, le dessin est une poésie muette dans cette sinistre affaire FOURNIRET OLIVIER, un œil attentif permet à la main de transcrire les sentiments différents de l’horreur ressentie au procès. »

« Il faut évoquer, suggérer, faire appel à sa sensibilité, sa conscience pour transmettre l’invisible, transcrire son émotion. »

FIN

Mes remerciements à mes nombreux amis, ceux qui m'ont épaulé, secouru même aux heures les plus sombres…

À feu Maître GROSSELIN Guy, Do et Laurent, leur fils le beau ténébreux.

À Mamie GR, Claude, une amie retrouvée grâce au procès.

À Jeannine, Jean-Claude, qui lui aussi a retrouvé nos âmes éperdues. Je l'aime et aimerai encore sentir ta main dans la mienne, c'est grâce à toi que ce livre est terminé. Merci !

À Michel et Bernadette, merci de votre patience.

À Nicolas BX, merci pour son calme et sa compréhension.

À Émilie, mon p'tit bout de chou, Alexandre.

À Minouche, Marie-Françoise, mes grandes sœurs. Merci de m'avoir crue.

À ma GRANDE TATA ARLETTE : tu as été la première à avoir mes premiers écrits.

À Nicole, avec toute mon affection.

À Daniel, qui j'espère lira mon livre, excuse-moi, je n'ai pu l'intituler « TINTIN aux… »

À Sylvie, Andréa, Maurenn, Mathias, COCO et JACKIE, AMIS DE TOUJOURS ET J'ESPÈRE ENCORE POUR DE NOMBREUSES ANNÉES…

À Marie-Hélène, pour son courage et sa force, surtout son sourire.

À Salvatore, mon boy-scout.

À mes parents partis trop vite dans le chemin de la lumière

À TOI, MON JACQUOUILLE, MA MARTINE, GERALD, ET TOUS LES POLICIERS DE CHARLEVILLE MEZIERES : À TOI MAÎTRE DESLANDES JACQUES, MERCI !

Pardonnez mes incessants coups de fil…

À ma Louna, Flic, Flac, Garcia, Nina

Il est très dur de finir un livre !

Dessins de do (Dominique Savarin Grosselin)
44 Grd Rue, 08440 Ville-sur-Lumes

Imprimé en France
ISBN 978-2-7563-1623-9
Dépôt légal : 3e trimestre 2010